JAPANESE LITERATURE IN THE WORLD: THREE ESSAYS

ハーバード大学

DAVID DAMROSCH

# ダムロッシュ教授の世界文学講義

## 日本文学を世界に開く

デイヴィッド・ダムロッシュ［著］／沼野充義［監訳］／片山耕二郎・高橋知之・福間 恵［訳］

東京大学出版会

To Stephen Owen
teacher, colleague, inspiration

わが師，同僚，霊感の源
スティーヴン・オーウェンに


*Japanese Literature in the World: Three Essays*
Japanese translation by Mitsuyoshi NUMANO *et al*

University of Tokyo Press, 2025
ISBN 978-4-13-083080-5

# ハーバード大学ダムロッシュ教授の世界文学講義／目次

# 凡例

・本書は、「はじめに」にある通り、ハーバード大学教授デイヴィッド・ダムロッシュ氏が二〇一七年二月から三月にかけて三回にわたって東京大学文学部（本郷キャンパス）で行った連続講義をもとにし、日本で翻訳・出版することを前提に講義の草稿を大幅に増補改訂したものである。英語のタイトルは *Japanese Literature in the World: Three Essays* だが、これは英語ではまだ出版されておらず、この日本語訳が世界で初めての刊行となる。

・本書はダムロッシュ氏が提唱する世界文学論のコンパクトな解説となっているため、様々なバックグラウンドの広範な読者（日本語を母語としない読者も含む）を想定して、人名や事項について各ページの下段に通常以上に詳しく脚注を施した。

・引用文献の出典、著者自身や訳者による若干の補足的説明などは、巻末の「注」欄にまとめた。

・日本語の著作の英訳からの引用については、原典にあたって原文を示した。原文が古文の場合、原則として原文の他に現代日本語訳も掲げた。

# はじめに

私がこの本を書いたきっかけは、沼野充義教授から東京大学にお招きいただいたことだった。世界文学の文脈における日本文学について全三回の講義をおこなうよう、二〇一七年の春に招聘してもらったのだ。講義が終わったとき、沼野教授から「これをもとに小さい本が一冊作れそうですね」と提案を受け、私は興奮と気後れがない交ぜになりながら、そのアイデアを受け入れた。興奮したのは、私がこれまでずっと日本文学を愛し、尊敬してきたからだ。私が日本文学を翻訳で読み始めたのは、一九六〇年代後半、まだ十代の頃のことで、谷崎[*1]と川端[*2]がお気に入りだった。それから、七〇年代なかばに読んだ『源氏物語』に衝撃を受け（その頃ちょうど出版された、エドワード・サイデンステッカーの明快で皮肉のきいた翻訳で読んだ）、それからは近代の作家だけでなく、それ以前の作家も同じように読み進めた。清少納言[*3]、芭蕉[*4]から、樋口一葉[*5]、三島由紀夫[*6]まで。長年にわたって、私はこれらの偉大な作家たちを、比較文学と世界文学の授業で繰り返し取りあげてきた。その間にも村上春樹[*7]や村上龍[*8]といった、より最近の作家を発見していき、そこに新しく多和田葉子[*9]が加わった。

　本書を執筆することに気後れしたのは、すでに述べたとおり、私がこれらの作家を翻訳で読んできたからである。翻訳では、かなりのものが失われうる。とりわけ文体の印象や、別のテクストとの影響関係がそうだろう。このため、翻訳を用いる研究者は、翻訳でも問題の生じない方法で題材に取り組むよう気をつけな

＊1　谷崎潤一郎（一八八六―一九六五）日本の作家。生涯を通じて見事な作品を生み出し続けた作家だが、その作風は時代によってさまざまな色をもっている。美や性を描くことに優れ、『春琴抄』「刺青」などが有名。また関西移住後には、関西弁を巧みに用いた『細雪』などの代表作が生まれる。

＊2　川端康成（一八九九―一九七二）日本の作家。代表作は「国境の長いトンネルを抜けると雪国であった。」で始まる『雪国』。ノーベル文学賞を受賞しており、日本的な世界を美しい文体で綴る。

＊3　清少納言（九六六頃―没年不明）日本の作家、随筆家。紫式部のライバルとも評される女性作家である。自然や、身の回りの出来事について日記のように書いた『枕草子』が代表作。周りの女性たちから疎まれるほど機知に富んだ作品は、自然や人間に対する魅力的な批評で溢れている。

＊4　松尾芭蕉。↓44頁。

＊5　樋口一葉。↓99頁。

＊6　三島由紀夫。↓145頁。

＊7　村上春樹。↓217頁。

いといけない。英語で書くカズオ・イシグロ[*1]や、ドイツ語で書く多和田葉子のように、私が原語で読める作家を除けば、本書で論じる作家を選ぶ際の条件の一つは、優れた翻訳があることだった。素晴らしい翻訳は、作品の多くの要素を伝えてくれる。文体的な印象でさえ、創造性に富んだ翻訳家なら、近いものを用意できる。外国に作品が広まっていくとき、翻訳で読まれることが多く、翻訳者はみな、新たな言語でじっくり読んでくれる理解力のある読者がいることを願うものだろう。私はそのような読者であるよう努めた。

翻訳はまた、文学作品の制作それ自体にも重要な役割を果たす。たとえば、魯迅[*2]、芥川龍之介[*3]、村上春樹など、大作家が同時に優れた翻訳家でもあることはめずらしくない。また自分の第一言語以外の言語で幅広く読書した作家も大勢いる。明治期までずっと、日本で学ばれた中国語はまさにこれにあたり、紫式部[*4]は仕えていた中宮彰子に、女性が学ぶのは望ましくないとされていた漢文、つまり中国語の講義をした。ほとんどの作家は、自国の作家と外国の作家を両方読んで育つ。そして世界文学において重要な位置を占める作品は、外国の作品と積極的な関わりをもっていることが多い。

直接の接触や影響のほかに、文化横断的な文学潮流が作家たちの作品を形づくる助けになることもある。たとえ直接、接したことのない外国作家であっても、実際には多くの共通点をもつことがありうるのだ。これから見るように、明治期

＊8　村上龍。↓236頁。
＊9　多和田葉子。↓242頁。
＊1　カズオ・イシグロ。↓188頁。
＊2　魯迅。↓130頁。
＊3　芥川龍之介。↓140頁。
＊4　紫式部（九七〇年以降―一〇一九年以降）日本最古の長篇小説とされる『源氏物語』を書いた日本を代表する女性作家。さまざまな女性に愛され、そして憎まれた光源氏の人生を描いた同作は、今でも多くの読者に親しまれている。現代語訳や漫画版なども多数出版されている。

の大作家、樋口一葉はまさにこのケースだ。彼女は日本の古典をたしなみ、外国文学に目立った関心を示さなかった。しかし、彼女の小説が掲載された雑誌には、彼女を初期に擁護した森鷗外[*1]のような、西洋の作家たちと刺激しあいながら、新たな方法で創作していた同時代作家の小説がたびたび載せられていた。そして、さらに離れたところでも、異なる地域の作家たちはしばしば、昔から引き継がれてきた問題や、世界規模の新たな展開に反応して作品を書いている。比較可能なそれぞれの状況への応答として書かれた遠い地域の作品を読み比べることで、私たちが非常に多くのことを学べることについては、あとでモリエール[*2]と近松門左衛門[*3]のケースを見たときにわかるだろう。活動の場も遠く、作家としてもかけ離れた存在ながら、彼らは、封建秩序が衰退するなかで都市の中産階級が興隆するという出来事に応じて戯曲を書いたのだ。

私は各章を、それぞれ理論的な記述で始める。それに続く実際の比較をおこなう上での土台を築くためである。近代以前を扱った第Ⅰ章の出発点は、古典学者マルセル・ドゥティエンヌ[*4]の緻密な調査にもとづく論考「比較不可能なものの比較」とする。第Ⅱ章の主題である明治および徳川時代には、姿を現しはじめた経済的・文化的「世界システム」に、日本の作家が果敢に飛び込んでいった。ここではいくつかの比較をおこなうにあたって、フランコ・モレッティ[*5]の影響力の大きい論文「世界文学への試論」を用いたい。第Ⅲ章で扱う現代においては、グロ

＊1　森鷗外（一八六二—一九二二）明治・大正時代の作家・軍医。ドイツへの長期留学で西洋文学の知識を学び、詩や小説の実作、評論で活躍する。有名な「舞姫」「高瀬舟」を始め、多彩な作品を書いたが、世界文学的には共訳詩集『於母影』や、アンデルセンの『即興詩人』、ゲーテの『ファウスト』の翻訳も重要。

＊2　モリエール。→68頁。

＊3　近松門左衛門。→68頁。

＊4　マルセル・ドゥティエンヌ（一九三五—二〇一九）ベルギーの古典学者、比較文化学者。ジョンズ・ホプキンス大学で教授を務める。著書に『ディオニュソス——大空の下を行く神』など。

＊5　フランコ・モレッティ。→92頁。

ーバリゼーションが多くの執筆者を取りまく環境にもなれば、作品自体が内包する最重要テーマにもなっている。レベッカ・ウォルコウィッツ[*1]の言葉を借りれば文学はますます「生まれつき翻訳」になっているが、これはすでに一八八〇年代に、初期の比較文学者ハッチソン・マコーレー・ポズネット[*2]が論じたテーマでもあった。彼は、世界の読者を対象として書かれた文学について、明らかに賛否の入り交じった見方をしていた。世界文学の研究は、単に国境の開放や自由な交流についての話では終わらない。不均衡や不平等、強いられた移住、失敗した移住、そして克服しがたい翻訳不可能性についての話でもあるのだ。

　私はいま概要を述べた比較研究の数々を、初めはコロンビア大学、次にハーヴァード大学における授業で、そしてまた北京からイスタンブール、コペンハーゲンまで場所を変えておこなわれた一連の「世界文学研究所 Institute for World Literature」のセミナーで発展させてきた。これら全ての場で出会った学生と同僚に感謝している。とりわけ世界文学研究所の副所長であるデリア・ウングリャーヌ教授は、持ち前の注意深さと、鋭い視点をもって本書の草稿を読んでくれた。なお、ここで扱ったいくつかの題材は、私の英語の著作『世界文学をどう読むか』に載せた内容を改稿したものである。東京での講義を練り上げ、また書籍化のためにこれらの小論を仕上げるうえでは、リサーチ・アシスタントであるボタゴズ・ウッセンさんに助けられた。彼女は東京大学の革新的な現代文芸論研究室

＊1　レベッカ・ウォルコウィッツ。↓189頁。

＊2　ハッチソン・マコーレー・ポズネット。↓170頁。

で数年学んだあと、ハーヴァード大学比較文学科の博士課程に加わった。私の取り組む比較研究に関係する日本の論文を根気強く、探し出し、要約し、翻訳してくれた。とはいえわかったのは、ほとんどの場合、日本人による比較研究は意外に少ないということである。もちろん、近松とモリエールや、三島由紀夫とククリット・プラモート[*1]のように、関連性の薄い作家を比較した研究が乏しいのは当然かもしれない。プラモートにいたってはタイの国外ではあまり知られてもいない。しかし、魯迅と芥川の比較研究さえ、日本にはあまり存在しない。この一流の両作家は、互いの母語をよく知っており、また相手の国に滞在した後に、自分の最も革新的な作品群を書いている。しかも魯迅は芥川の短篇を二つ訳しており、芥川はその翻訳を称賛しているのである。それにもかかわらず、両者を比較した数少ない日本の研究は――そして中国の研究もほとんどが――伝記的な事実関係や、一方が他方のテクストに影響されて書いたと思われる数点の作品に重きを置いている(1)。両作家を相手との関係性から捉えるため、なすべきことがたくさん残されている。

国境横断的な異文化比較研究は、作家についての各国文学研究に取って代わるものではない。むしろ、多国間の比較研究は、それぞれの状況にまつわる専門知識から――それが文学的なものであれ、文化的なものであれ、政治的なものであれ――多大な恩恵を受けている。しかし、作品をそれが生まれた環境においてし

＊1　ククリット・プラモート。→91頁。

か捉えないのは、作品の持つ、より多彩な価値を理解する妨げになる。とりわけ、作品の文学環境と見なす範囲を、同じ場所で同じ言語によって書かれた作品との関係に狭めた場合はそうである。ハイデルベルクで二〇一七年の秋に行われた東アジア研究会で、私が樋口一葉とジェイムズ・ジョイス[*1]の比較研究について発表したとき、ある日本研究者は、この一葉についての発表から学ぶところはなさそうだと感じたらしく、彼女の学者としての関心は「つねに作品をその置かれていた文脈において捉えることにある」と言った。私は彼女の発言にまったく同感だったが、ただし「文脈」を単数から複数に修正したいと思った。というのも、作品は多様な文脈の中に存在するのだから。作品の制作から普及、そして後世の受容にいたるまで、さまざまな次元に注意を払うことで、私たちは作品をより完全に理解できるのである。

樋口一葉を例に取ろう。彼女は第一に明治後期の作家であり、友人、競争相手、模倣者との関係から研究することができるし、そうすべきだ。しかし、彼女は第二にモダニズム[*2]作家でもあるから、彼女の周りの至るところで活発に展開している根本的に国際的な文化潮流の一部でもある。ジョイスや魯迅のような外国人から芥川のような同国人にまで見てとれるこの国際的なモダニズムは、一葉独自の役割を理解するために重要な文脈を提供してくれる。また彼女は第三に女性作家であるから、家父長制社会で女性がさまざまな時と場面で遭遇した、恒常的な課

＊1　ジェイムズ・ジョイス。↓100頁。

＊2　モダニズム　既存の方法を新しい実験的な手法などを使って打ち破っていく運動のこと。文学では、十九世紀後半から二〇世紀中頃まで続いたとされ、たとえば言葉そのものの性質に焦点を当てたり、「意識の流れ」のように語り方自体に意味を持たせたりした。

題にも取り組むことになった。彼女には、アメリカの同時代人シャーロット・パーキンス・ギルマン*1や、ロンドンに暮らしたヴァージニア・ウルフ*2、そして上海の張愛玲《チャンアイリン》*3らの仲間に加わる権利がある。また四つ目の重要な側面として、彼女が地理的にも経済的にも周辺に位置したことが挙げられる。これは、若かりし頃のジェイムズ・ジョイスとのさらなる共通点ともなる。彼は半周辺の地ダブリンでどうにかやっていこうともがきながら、珠玉の短篇をいくつも書いたのだ。一葉の作品を当時の東京の文壇という枠内で理解するうえでも、モダニズムと近代性、一般的な女流文学、そして世界全体における中心と周辺の関係性についての幅広い知識が役に立つ。外部から隔絶した文学環境においてさえ、このことは当てはまるだろう。勃興する近代的な中産階級の新たな社会的、経済的、文化的状況に、作家たちが積極的かつ創造的に反応しだした近世以降の日本の場合、こうした知識がいっそう役立つのである。

『万葉集』*4から現代にいたるまで、日本では文学と国民性の強い結びつきが広く認められる。おそらくそれが、日本の研究者が国内ばかりに焦点を絞るひとつの原因だろう。とはいえ、同等の要因として比較文学という学問の形成が挙げられる。この学問領域は一九世紀にヨーロッパで生まれたあと、つい最近まで主たる焦点を西欧諸国の文学に置きつづけてきたのだ。一九六〇年に、『比較および一般文学年鑑』の創刊者であるスイス系アメリカ人の比較文学者ワーナー・フレ

*1　シャーロット・パーキンス・ギルマン（一八六〇—一九三五）アメリカの女性作家。女性解放論者としても熱心に活動し、その著作「黄色い壁紙」は、フェミニズム文学を考える上で非常に重要な一作である。

*2　ヴァージニア・ウルフ（一八八二—一九四一）イギリスの作家で、代表作に高度な技法によって人間の心理を綴った『ダロウェイ夫人』が挙げられる。フェミニズム文学の先駆ともいえる作家でもある。

*3　張愛玲（一九二〇—九五）中国の女性作家。天津で生活をした経験もあるが、太平洋戦争勃発後、上海にもどり、そこで創作を開始。男女の恋物語を通じて、上海・香港における社会の歪みを暴露する。

*4　『万葉集』（奈良時代後期、もしくは平安時代前期に成立）日本に現存する最古の歌集。全二〇巻に及ぶ。天皇から庶民まで幅広い作者による歌が載せられ、のちの『古今和歌集』などと比べると素朴な歌も含まれるのが特徴的。

デリック[*1]は、アメリカの「世界文学講座」は名称からしておかしいと主張している。

このように尊大な名称が、品位ある大学にあるまじき浅薄さと党派心を生み出す、という事実を別にしても、この名称を用いることで人類の大半の気分を害するのは、はっきり言って悪しき宣伝活動である。［中略］ときおり、ふとした瞬間に、私は我々の講座をNATO文学と呼んだら良いのではないかなどと考える——しかし、これだって誇大広告だ。なぜなら、我々は日頃、一五あるNATO加盟国のうち、せいぜい四分の一しか扱わないのだから。(2)

比較文学講座がアジアに設立されはじめてからも、主眼はヨーロッパ内での相互関係に置かれつづけ、限定的な「東西」比較研究——基本的にはアジアの一国の文学をそれら西洋の列強国の作家たちと比較する——によって補われるのみだった。日本と中国の研究者は、両国の伝統を比較してきたが、いずれの国でもアジアの他言語を習得したり、より広範な「南南」関係を学んだりする者はわずかだった。比較文学者の平川祐弘[*2]は、一九五〇年代に東大で受けた大学院教育について鋭くこう指摘している。

たしかにクルティウス、アウエルバッハ、ウェレックといった偉大な学者たちは、ナショナリズムを克服すべく、記念碑的な研究書を書いた。しかし私のような外側の人間には、西洋比較文学研究は、新たなかたちのナショナリ

＊1　ワーナー・フレデリック（一九〇五—九三）ドイツ文学と比較文学を専門領域とした研究者。著書に *The Challenge of Comparative Literature, and Other Addresses* など。

＊2　平川祐弘（一九三一—）日本の比較文学者、東京大学駒場の比較文学比較文化研究室の中心の一人。東西の文学を比較した多くの研究書を書いた。イタリア文学の古典を優れた翻訳で紹介した功績も大きく、訳書にダンテ『神曲』、ボッカチオ『デカメロン』、マンゾーニ『いいなづけ』などがある。

ズムの表れに見えた――それは、このような表現が許されるならば、西洋ナショナリズムであって、我々から見れば、ヨーロッパ人とアメリカ人の排他的クラブであった。これはある種の大西欧共栄圏だったのである。[3]

韓国人の比較文学者キム・ジェヨンが、グローバル文学をあつかう韓国の新雑誌の創刊号に掲載した、雑誌の方向性を示す論文の題名を用いるならば、「ヨーロッパ中心の世界文学からグローバルな世界文学へ」比較文学の領域が開かれていくにつれて、こうした状況はいまでは、西洋でもアジアでも変わりはじめている。[4]キム・ジェヨンのグローバルな展望に沿って、私は以下の各章で、日本の作家を西洋のみならずアジアの作品との関係からも考察する。

　本書を、恩師であり同僚でもあるスティーヴン・オーウェン[*1]に捧げる。私は学部生の頃、当時イェール大学の若き助教授だった彼の授業に出席したことがある。それは中国の前近代文学についての、大変啓発的な授業だった。それ以来、彼は文化横断的な文学研究に向けて私を鼓舞し続けてくれた。中国の伝統についての深い知識と、その他多くの言語での世界文学の幅広い知見に基づいた彼の授業は、広域にわたる東アジアの世界に対して私の目を開いたのだった。同様に感嘆させられたのは、翻訳に基づいた議論（そのための訳文もしばしば授業のために彼自身が用意したものだった）であっても多くのことを伝達できる彼の能力だった。後にハーバードでの同僚となってから、私は学部生向けの世界文学入門の授業を何度も

＊1　スティーヴン・オーウェン。→43頁。

彼とともに担当する機会に恵まれたのだが、そこでも中国および日本文学を扱った彼の講義は、ホメロスの叙事詩やペルシャの詩の翻訳を検討しながら彼が示した洞察の数々によって豊かに彩られていた。本書によって、オーウェン先生の教えてくださったことすべてに対して多少なりとも恩返しできることを願っている。

文学研究を開かれたものにし、国、地域、世界それぞれの文脈を等しく重視したものにする。その一助になればと、私は以下の小論を書いた。これらの事例研究はいかなる意味でも、取り扱った作家について、決定的な読みかたを示そうとしたものではない。その反対に、これらの小論は、小論を意味するフランス語「エセー」をモンテーニュ[*1]が用いた際の意味である「実験、試行、仮説的な企て」そのものであり、広範な日本の主要作家を、いかに国境外の作家と関連づけられるか実験したものである。本書が、文学の研究方法についてのエセーとして、また世界における日本文学の位置をより深く正確に分析するための手引きとして、役立つことを願っている。

*1　モンテーニュ（一五三三—九二）フランス・ルネサンス期の人文主義者で、ボルドー市長に任じられるなど社会的にも活躍する。穏やかな懐疑主義に基づく考察をまとめた『エセー』は、ルネサンス精神を具現化した著作で、のちの哲学者・作家に広範な影響を与えた。

# I　近世の世界文学

## 現代とそれ以前の「世界文学」の違い

グローバル化しつつある今日の世界では、まったく異なる地域の著名な作家たちが、しばしば互いの作品に深く親しんでいるものである。互いについてのそうした知識は、かつては同じ国家的背景をもつ作家同士でしか得られなかっただろう。村上春樹はトルコ語がわからず、オルハン・パムク[*1]は日本語を喋れないが、彼らはそれぞれの母国語ですぐに互いの作品を読むことができる。日本語・トルコ語間の翻訳出版には多少のタイムラグがあるとしても、彼らはそろって英語に堪能なので、英訳によって、ときには原著が東京やイスタンブールの書店に並ぶのとほぼ変わらないタイミングで読める。彼らの小説は定期的に、『ニューヨーカー』[*2]誌のような共通の場で発表されるし、おそらく二人はブックフェアや文学フェスティバルで直接会うこともある。しかし仮に彼らが知り合いでなく、互いの作品を読まずにいたとしても、なお彼らの小説は、自国の作家たちに劣らず、世界文学共通の資源に由来しているのである。『千夜一夜物語』[*3]、ドストエフスキー[*4]、カフカ[*5]、そしてイタロ・カルヴィーノ[*6]の作品は両作家にとって重要なものであり、二人が先駆者の作品を変形し、転倒させる独特なやり方に注意を払うときでさえ、両作家には顕著な共通性が見出される。文学的な結びつきを離れても、両作家はグローバルな現代性という課題に対応しつづけており、文学的な観点だ

＊1　オルハン・パムク（一九五二―）トルコ人作家。二〇〇六年にノーベル文学賞を受賞している。ポストモダン的な独創的な手法を用いる。代表作『わたしの名は赤』。

＊2　『ニューヨーカー』誌　アメリカを代表する雑誌の一つ。さまざまな情報が掲載されているが、小説や批評なども充実しており、文学史上重要な作品を何度も掲載してきた。

＊3　『千夜一夜物語』（八世紀頃―一五世紀頃）インド、ペルシアなどに起源を持ち、アラビア語に翻訳されて集成された説話集。シェヘラザード姫が自分の命を守るために、一夜ごと王にきかせる物語という形式をとる。おとぎ話からSF的なものまで、さまざまなジャンルを含む。

＊4　フョードル・ドストエフスキー。→133頁。

けではなく、社会的な観点でも、両作家を比較するための共通項は容易に見つかるのである。

　こうした共通性は、過去の文学に目を向けたときには、それほどはっきりしない。一八六八年以前、日本の作家はアジアの外で生み出された文学とほとんど交わりを持たず、アジアに限ってさえ、日本で強い存在感を示していたのは中国文学だけだった。近代以前、あるいは近世においては、我々は比較文学よりもいわば比較不可能文学を扱わねばならない。本章では、この比較不可能性が絶対的というより相対的なものであること、また比較不可能性のせいで、明治以前の作品を世界の他地域の作品と組み合わせて、異文化比較という観点から分析すべきでないことにはならない、ということを論じよう。それどころか比較不可能性という課題は、これまで気づかれていなかった類似と相違を明らかにすることで、直接的な影響関係を離れてより深い比較の観点を探すよう、我々にうながしてくれるかもしれないのである。

　こうした課題に洗練されたやり方で取り組む新たな研究が、近年になって現れはじめた。ヴィーブケ・デーネーケ[*1]はその先駆的な著作『古代の世界文学――中国と日本、そしてギリシアとローマの比較』（二〇一三）において「非対称と不均衡を有効な発見装置とみなす」アプローチをとることで、「歴史的に関連のない文化の比較における非対称性」に照準を合わせた研究を推し進めた（1）。このような

＊5　フランツ・カフカ。→139頁。

＊6　イタロ・カルヴィーノ（一九二三―八五）イタリアの小説家。幻想的な文学作品で有名だが、他にもさまざまなジャンルの作品を執筆している。『冬の夜ひとりの旅人が』や、架空の都市をめぐるマルコ・ポーロの物語『見えない都市』などが有名。

＊1　ヴィーブケ・デーネーケ　マサチューセッツ工科大学教授。日・中・韓を視野に入れた東アジアと前近代世界の比較研究を行う。著作に、日本文学を新しい視点から考え直す『日本「文」学史――「文学」以前』などがある。

比較は、世界の文学表現の多様性を理解する手助けとなり、さらには我々が見過ごしていた、あるいは当たり前のこととみなしていた我々自身の文学のもつ特徴を明らかにしてくれるかもしれない。デーネーケやハルオ・シラネら[*1]の研究に立脚して、イタリア人研究者エドアルド・ゲルリーニ[*2]はその著作『世界文学としての平安宮廷詩』（二〇一四）で、近代以前の日本とイタリアの宮廷詩の比較は、両者が歴史的連関を持たなくとも、双方の伝統を理解する手助けになると主張している。同じように、『源氏物語』の独自性もまた、母国における物語の伝統と比較するのに劣らず、ヨーロッパの宮廷ロマンスと比較することでよりよく理解されうるし、同時に「ロマンス[*3]」や「物語[*4] narrative fiction」の概念も、西洋かアジアどちらか一方の伝統のみならず、両方の伝統の光によって照らされることで、より包括的に理解できるのである。

### ドゥティエンヌ『比較不可能なものの比較』

この問題を考える手がかりを、私は二〇〇〇年に出版された古典学者マルセル・ドゥティエンヌの著作『比較不可能なものの比較』から学んだ。彼がこの著作の題材としたのは、ジョンズ・ホプキンス大学で一九九〇年代に人類学者と歴史学者のグループによって行われた、世界の古代文明の多彩な側面についての研究である。ドゥティエンヌは同書の第二章「比較可能なものの構築」において、

＊1　ハルオ・シラネ（一九五一―）日本文学研究者。コロンビア大学の東アジア言語・文化学部学部長を務める。著書に『芭蕉の風景　文化の記憶』など。

＊2　エドアルド・ゲルリーニ　イタリア人の研究者。日本語と日本文学を研究対象としている。本書で挙げられている論集は、東京大学での二年間の研究調査の成果として出版されたものでもある。

＊3　ロマンス。→24頁。

＊4　物語（narrative fiction）：一連の出来事が順次語り手によって語られていく形式のフィクション作品。ここでは日本の「物語」と対比されている。

密接な関係にある隣りあった社会のみを比較する代わりに、より遠くに目を向け、「認識的な不調和を見つけ出すのに用いることができるような、より単純に言えば、他の解釈者や観察者の注意を逃れてきた細部に注目し、その特徴を明らかにすることのできる」ような「対比的アプローチ」を用いるべきだと主張する。(2)彼がこの対比的アプローチを発展させるうえで重要なきっかけを得たのは、彼の研究グループが、いくつかの互いにかけ離れた文化の創設場所と創設神話について研究し、創設者と創設の場が領土確立のためにどのように活用されてきたかに注目しだしたときである。この目的のためにドゥティエンヌは、古典学者と、アフリカ、日本、アメリカの初期文化の専門家を集めた。このプロジェクトはさいさき良く滑り出したが、日本を研究するメンバー側から問題提起があったことで立ち止まった。

創設者による「はっきりした」創設という概念から逃れ、移動や推移、儀礼的身ぶりといった、実際の創設行為とかけ離れ、先んじてさえいる領域化の行動全体の研究に移るのは容易に思えた。しかし、比較不可能性の一例らしきものを発見して我々は驚き、試行錯誤のための教訓を得た。ある日のこと、それまで他のメンバーが手探りで研究を進めている間、じっと黙りこんでいた二人の日本人研究者が、ついに残念そうにこう打ち明けたのである。最古の文書によれば、日本にはそもそも創設という出来事も創設者も存在しない

のだと。(3)

ドゥティエンヌは日本人の同僚が残念がって述べた内容に驚かされたが、しかし彼らにグループから去るよう促すのではなく、「私は彼らに心から感謝し、ようやく私たちは本当の意味で「創設し、居住しつづける」ことがなにを意味したのか考え始めることができた、と彼らに告げた。比較不可能性の挑戦を受けたことで、「創設」のようななじみ深いカテゴリーが不明瞭になり、砕かれ、崩壊し始めようといていたのだ」(4)。ドゥティエンヌが言うには、この経験が「「創設」という語の誤解を招く透明性」を追放しうる「複数比較研究」を実践するよう彼らのグループを導き、「「領域を作る」という概念が、ある社会から、別の社会へと移るとき、その意味がいかに変化しうるかを知るための概念分析をすること」を可能にしたのである(5)。

ドゥティエンヌの考えでは、複数比較研究は知的理想かつ道徳的理想であり、私たちが外部に投影した自らの価値観によっておおよそ構成される普遍主義の共通記号の下に、歴史的・文化的多様性を押し込めることを避ける最良の手段である。あるいはサンスクリット学者シェルドン・ポロック*1の言葉を借りれば、課題となっているのは「ヘゲモニーなき比較」を実践することである(6)。このような実践によって、我々は国や文化の伝統が持つ個性を公平に扱うことができる。見せかけの普遍主義を促進したり、あるいは極端な分離主義に引きこもって、文学現

*1　シェルドン・ポロック　サンスクリット、およびインドに関する研究者。現在はコロンビア大学にて教鞭をとる。

象をきわめて浅く理解してしまい、「小説」や「詩」の認識を、自分に最も近い文化で用いられる特定の小説や詩の形式に単純化してしまったりせずにすむのである。

## 偏った「普遍性」

このような問題は「東西」比較研究において長らく議論されてきた。一九九八年の研究書『東西のドンファン――比較文学の諸問題について』において、プリンストン大学で学び、大阪に拠点を置く研究者ヨコタ村上孝之[*1]は、ほとんどの東西比較は普遍的価値を装った西洋の概念に基づく分析のせいで台無しになっていると主張している。すでに一八世紀末、ヘーゲル[*2]は詩を、個々の言語に縛られることなく詩的観念を伝達する、普遍的な精神芸術だと説明しているが、ほとんどの詩の例を彼の偏愛する古代ギリシア・ローマ詩人のものから引いている――かなり独特な種類の普遍主義である。ヨハン・ゴットフリート・ヘルダー[*3]はよりグローバルなアプローチをし、彼が普遍詩 Universalpoesie と呼ぶものの野心的な選集を編み、そこに中東とアジアの詩を含めた。しかしヘルダーもまた、あらゆる文学はあらゆる言語と同じく、それぞれに特有の社会・自然環境から生じることを強調した。

　詩は人々にまじった変身の神プロテウスであって、人々の言語や習慣や癖、

＊1　ヨコタ村上孝之（一九五九―）比較文学研究者。近代日本のセクシュアリティ、現代日本漫画に関する著作がある。大阪大学准教授。

＊2　ヘーゲル（一七七〇―一八三一）ドイツ観念論の哲学者。絶対精神が展開する過程を弁証法的に説明するその哲学は、マルクスら多くの思想家に影響を与えた。『精神現象学』等の難解な哲学書が哲学者を引きつける一方、『歴史哲学講義』等の講義録は、歴史や美学など幅広い対象を鮮やかに体系化してみせている。

＊3　ヨハン・ゴットフリート・ヘルダー（一七四四―一八〇三）ドイツの思想家。ゲーテらを感化し、感情と天才を尊ぶシュトゥルム・ウント・ドラング運動に駆り立てたこと、民族の歴史と風土を重視する立場から言語学的考察や民謡の収集をし、グリム兄弟らのドイツ語研究・民話採録に道を開いたことなどから、ロマン主義の先駆者とされる。

その気質や居住地の気候、さらにアクセントにまで応じて変化する。国家が移動し、言語が混ざって変化し、新たな出来事が人々を揺さぶり、彼らの嗜好が別の方向を、彼らの努力が別の目標をとり、新しいモデルが彼らのイメージと概念の組み立て方に影響を及ぼし、小さな肢である舌さえ違う動きをし、耳も別の音に慣れていくのだから、詩の芸術は国家ごとに異なるだけでなく、ひとつの民族のうちでも変化するのである。[7]

舌でさえそのように変化しやすいのであれば、我々はどれほど自信をもって「ひとつの民族」について語れるだろうか？　文化的差異についてのヘルダーの熱狂は、底流する恐怖と、いかなる概念によっても内包できないあまりに巨大な多様性に直面している不安の色を帯びている。「私はいつも非常にぞっとするのだ」と彼は『書簡』において述べている。「国家や時代の特徴がわずか数語によって説明されるのを耳にするたびに。なぜなら実に膨大な量の差異が国家、中世、古代と現代といった語に包まれているのだから！」[8]

文学に関して言えば、ミルトン[*1]のソネット[*2]と芭蕉の発句を「抒情詩[*3]」という同カテゴリーに押し込めたなら、膨大な量の差異を見せかけの統一性に押しこむことにならないだろうか？　彼らは同時代人だが、遠く離れた世界に住み、まったく違う詩の作法にしたがって制作していた。実のところ、一つの文化のうちでさえ、文学規範や文学的価値は大きく変わってきたのであって、我々が中国の唐王

＊1　ジョン・ミルトン（一六〇八—七四）イギリスの詩人。失明状態で書き取らせた全一二巻（邦訳二巻）に及ぶ大作叙事詩『失楽園』は、聖書に基づき、アダムとイヴがエデンの園を追放される物語を描く。悪魔のアンチ・ヒーロー的な魅力が現代でも高く評価されている。

＊2　ソネット　四行二連と、三行二連の一四行から成る詩のこと。押韻の形にルールがあり、「ペトラルカ風」と「シェイクスピア風」の二種類のルールが特に有名。中世のイタリアから生まれた。

＊3　抒情詩　比較的短く、個人の主観的な感情を表現する詩。

朝の杜甫[*1]による定型詩を現代中国の詩人北島[*2]の自由詩[*3]と比較し、あるいはシェイクスピア[*4]のソネットをエミリー・ディキンソン[*5]の警句的な四行詩と比較したなら、それは本当に比較可能なものについて語っているのか、まったく疑わしい。日本の場合、文化的・美的に大きな変化が起こったのは、文bunという伝統的な概念が文学bungakuとして近代化し、西洋化したときである。ヴァージニア・ウルフと三島由紀夫は、大きな違いがあるとはいえ豊富な共通点をもち、それは二人がともに崇拝した紫式部とそれぞれの共通点よりも多いのである。

## 『源氏物語』を現代人が読むという難題

近代以前のテクストを現代の規範や期待に沿わせずに読むという難題に関して、紫式部の『源氏物語』は格好の例となる。この傑作は現代の我々にさまざまなレベルの試練を課すのである。手始めに、韻文[*6]と散文[*7]がほぼ全ページで混淆していることが挙げられる。彼女は八〇〇近い詩〔短歌〕をこの本の全五四帖に散りばめており、とりわけ西洋の読者は、この混淆をどう判断したものか、ずっとわからずにきた。『源氏物語』を一九二〇年代に初めて英訳したアーサー・ウェイリー[*8]は、大部分の詩をばっさり切り捨ててしまい、削除を免れた韻文も散文として訳した。そのようにしてウェイリーは『源氏物語』を、ヨーロッパの小説や、ある種の洗練された大人のための童話に似せたのである。その狙いは、翻訳の標題

＊1　杜甫（七一二―七七〇）中国唐代の詩人として、詩仙の李白と並び、詩聖と讃えられる。激動の時代に彼を襲ったさまざまな出来事を踏まえ、情景とともに詠んだ詩の数々は、深く誠実な心情の表れとして後世に広く受け入れられた。『春望』の冒頭の一節「国破れて山河あり」は日本でも有名。

＊2　北島（一九四九―）中国の詩人。中国の現代文学に強い影響力をもつだけでなく、海外でも高く評価されている。天安門事件の際に執筆された「回答」など。

＊3　自由詩　伝統的な韻律（詩における音のパターンの規則）や押韻を排し、自由な形式で書かれた詩。

＊4　ウィリアム・シェイクスピア（一五六四―一六一六）イギリスの劇作家・詩人。世界文学で最も重要な作家の一人として、いまだに世界中で広く読まれ、上演されている。代表的戯曲に『ハムレット』『真夏の夜の夢』など。

＊5　エミリー・ディキンソン（一八三〇―八六）アメリカを代表する詩人の一人。生前はわずか一〇篇の詩しか発表されなかったため無名の

ページに掲げた題句にもよく表れている。彼は題句を日本の作品ではなく、一七世紀フランスの作家シャルル・ペロー[*1]のシンデレラの童話から採った。それどころかウェイリーはシンデレラをフランス語で引用したのである。Est-ce vous, mon prince? lui dit-elle. Vous vous êtes bien fait attendre!（「王子さま、あなたですの？」彼女は彼に言った。「ずいぶん待たされましたこと！」）。ここではシンデレラの美しい王子 Handsome Prince が紫式部の「光 Shining Prince」源氏に重ねられる。それもヒロインの冷静さを強調する、あまり日本人らしくない直接的な表現の引用によって。

原作から数百の詩を省くというウェイリーの選択は、この作品の伝統的受容に真っ向から反するものだった。紫式部の詩は、近代以前、つねに彼女のテクストの中心として、それどころか作品の本質として考えられてきたからである。早くも一二世紀に、大詩人の藤原俊成[*2]に、あらゆる詩人の卵は『源氏物語』を読まねばならないと断言した(9)。しばしば人々は、うねうねと伸びた叙述全体にわずらわされることなく、特に好まれた詩を中心にした抜粋のみを読んでいた。マシュー・チョジック[*3]は、このテクストの完全版は西洋の小説の影響でようやく人気が出て、日本人の読者は本全体を小説のように読み始めたのだとする(10)。今日では日本でさえ、わずかな読者しか紫式部の原文を読んでおらず、谷崎潤一郎や他の訳者による現代日本語訳を読むほうがはるかに一般的である。漫画版で読むのでな

うちに死んだが、その後一七〇〇篇の詩が新たに発見され、今の名声を得ることとなった。自然や愛などの伝統的なテーマを、それまでにはなかった新しい表現で歌う。

＊6　韻文　詩に特有の音数やリズムなどの一定の規則や形式に従って書かれる文。散文と対置される。

＊7　散文　日常使われる話し言葉や、書き言葉のような文。詩とは違い、決まったリズムを持たずに書かれる。

＊8　アーサー・ウェイリー（一八八九―一九六六）イギリスの東洋学者で、中国と日本両方の文化に通じた。『源氏物語』の訳は、より忠実な訳が出た現代でもなお高く評価され、日本語への「もどし訳」も刊行されている。ヴァージニア・ウルフらが属したブルームズベリー・グループと近い関係にあった。

＊1　シャルル・ペロー（一六二八―一七〇三）フランスの詩人、童話作家。同時代の作品が古代にひけをとらないと主張し、批評家ボワローらと論戦になった。民話を題材に子供向けの童話を書いた初期の作家として知られ、「赤ずきん」「シンデ

いとすればだが。

日本の文壇において詩の価値が優先されていたことは、散文作家として紫式部が創作するうえでも重大な影響を及ぼした。彼女の物語が詩の場面を中心に組み立てられているというだけでなく、彼女は近代小説の主要素である、たとえば登場人物の成長や、わかりやすい序盤・中盤・終盤を備えたプロットにさほど関心を示していないのである。源氏とその幼妻である紫の上は――この登場人物から紫式部という呼び名が定着したとされるのだが――話が三分の二まで進んだところで死んでしまい、この本は新世代の登場人物たちを迎えて再始動する。物語は第五四帖でとりあえず一段落するが、それはいかなる意味でも西洋小説の読者が期待する終わり方ではない。紫式部もいつかは物語を先に進めるつもりだったのかもしれない。しかし、彼女の作品設計において、クライマックスといえる「小説的な」終わり方が意識されていたとは思われない。

紫式部は、登場人物についてもその行動についても、小説より詩らしく描いている。彼らは基本的に名前ではなく、彼らが引用したり、詠んだりした詩行に由来する、変遷するあだ名によって識別される。いかなる意味でも固有名詞としての本名ではなく、たとえば「紫」は、いくつかの詩で藤とともに用いられ、源氏との情事と関連づけられる、ラヴェンダー色の花を付ける植物にすぎない。それどころか、「紫」は実は最初に、源氏の初恋の相手である藤壺のあだ名として用

レラ」などは作家の名以上に有名である。

＊2　藤原俊成（一一一四―一二〇四）日本の歌人で『千載和歌集』の撰者。和歌だけではなく、『源氏物語』などの平安物語からも影響を受けたとされる。静かな奥深さを意味する「幽玄」という概念を中世に広め、また息子の定家ら、歌人の育成にも秀でていた。

＊3　マシュー・チョジック（一九八〇―）アメリカ出身、日本で活動するタレント・文筆家・日本文学研究者。

いられ、のちにその姪である物語の中心的ヒロインに移譲される。ウェイリー以来、ほとんどの翻訳家は登場人物に固有名を与えてきたが、原文では固有名をもっているのは下流の取るに足らない人物のみである。「光源氏」も、いくつかの異なったあだ名で言及されるのが常であり、「源氏」という名前自体、天皇である父親から非嫡出子として与えられた（源という）「名の持ち主」を意味するに過ぎない。つまり、源氏というのは不定冠詞つきの源氏で、皇族と認められながら除かれた子供のことなのである。紫式部が主要人物をどれだけ生き生きと成長させたとしても、彼らは世代から世代へ繰り返し現れる類型を演じながら、普遍的な性質をほのめかしつづける。友情、羨望、競争、そして空想といった詩的場面を繰りひろげる叙述のなかで。

紫式部が執筆していた——そして改革していた——「物語」ジャンルは一般的に「ロマンス[*1] romance」あるいは「テール tale」と英訳される。こうした散文による長篇は、しばしばお化けや幽霊や不思議な出来事に満ち、程度の差こそあれ、遠い過去に舞台を置くのが典型である。そして、ジャンルの序列の頂点をめぐって詩と競い合うばかりでなく、また詩と散文物語のあいだで史書とも競わねばならなかった。加えて、日本の詩や史書はともにしばしば、より威光を放つ中国の詩や史書に脅かされていた。中世ヨーロッパにおけるラテン語のように、中国語は上流階級の男性によって学ばれ、また書かれたが、女性は中国語を用いた執筆

＊1　ロマンス　現実にはありえないような冒険や、恋愛に焦点を合わせたフィクションの作品のこと。もともと、正式な文章を書くための古典語ではなく、俗語で書かれた荒唐無稽な物語を指した。

技術を磨くことはおろか、それを学ぶことすら望まれなかった。自国語での「物語」は女性のあいだで、読むのも書くのも流行したが、若い女性をターゲットとした現代の「チックリット」[*1]のように、これらの作品は基本的に道徳的価値の疑わしい、軽薄な娯楽とみなされていた。(11)

このような見方に対抗するために、紫式部は物語そのもののなかではっきりと自作品を擁護した。第二五帖で我々は、源氏の家に住む女性たちが、春の長雨の時期には絵入りロマンスを読んで楽しんでいることを知る。源氏はたまたま彼の若い養女である玉鬘の部屋に立ち寄る。玉鬘は「誰より熱心な読者」で、このときは絵入りロマンスの膨大なコレクションに夢中になっていた。二人はこうしたフィクションの価値について細やかな議論を交わす。場面の冒頭から、紫式部は「物語」の価値を擁護するとともに、彼女が受け継いだこのジャンルの制約を非難する。彼女によれば玉鬘は、「絵とお話にたいへん没頭し、日がな一日それに費やしていた。数人の侍女も文学事情によく通じていた。玉鬘はいろいろな種類の数奇なことや驚くべきことに出くわしたが（それが事実かどうかはわからなかったが）、自分の不幸な生い立ちに似たものはほとんど見出さなかった」(12)。紫式部はここで暗に、主に男性によって書かれたこのジャンルの先行作品に対し、自分の物語がもつ新たなリアリズム[*2]の重要性を主張している。

しかし源氏は、女性が良い書き手になれないのはもちろんのこと、良い読者に

＊1　チックリット　若い独身女性を主たる対象とした、（ときに評論家受けは悪い）大衆小説のジャンル。その代表作『ブリジット・ジョーンズの日記』は映画化され、日本でもヒットした。

＊2　リアリズム　文学・芸術では「写実主義」と訳すことが多い。現実をあるがままに描写しようとする文学・芸術上の立場・方法。

なれるかどうかさえ怪しんでいる。玉鬘の部屋を眺め渡すと、源氏は散らかった絵や写本に目をやらずにはいられなかった。「まったくどれもこれもひどいものですね」彼はある日、言った。「女性というものは心地よく騙されるために生まれたようです。こうした昔話にほんの一片の真実さえめったに含まれてないことをすっかりよく知っていながら、それでもあらゆる種類の些事に夢中になり、温い雨に髪がすっかりもつれたのにもろくに気付かず、それらを書きつけているのですから」[13]。

しかし彼は毒気のない性差別的見解を披露するや否や、ただちに前言を和らげてこう付け加える。「たくさんの作り話のなかに、真の感情や信じるに値する一連の出来事を発見することがあるのは認めないといけません」と。彼自身がそのような物語を読むことに魅了されることはなかったにせよ、「娘に読み聞かせるところにときどき居合わせて物語を聞くことはあり、この世には優れた語り手が確かにいるものだとひそかに思ったりはする」という。ただ源氏は再び立場を変え、すぐに物語の真実性に新たな攻撃をくわえ、自身のおこなった物語への称賛を弱める。「こういう作り話はきっと嘘をつくのに習熟したひとによって生み出されるのでしょうね」。それに答えて玉鬘は、硯を押しやると――彼女自身も物語を書き始めていたのだろうか？――見事に応酬する。「きっと」彼女は言い返す「それは嘘をつく才能に恵まれた方のお考えなのでしょうね」[14]。

この流れから浮わついた会話が続き、そこでは真心をよそおう源氏の誘惑に、作り事とはいいながら真実を伝えるフィクションが皮肉っぽく対置される。この場面は、源氏が次のことを認めて締めくくられる。「実生活も架空の物語も同じだと思ったほうが良いようですね。私たちはみな人間であり、自分のやり方があるのです」(15)。彼は、自分の若い娘でさえ物語の影響を受けるだろうことに同意し、そうであるからには彼自身も「自分が適切と思うロマンスを選ぶために莫大な時間を」費やすという――その最中には間違いなく物語を楽しみもする――「そして選んだロマンスを書き写させ、絵も添えさせるのだ」(16)。この一幕は、紫式部がそこに属し、また逆らって書いていた文学環境について、フィクションの技法を扱った専門書を一冊まるごと読むのと同じくらいのことを教えてくれる。

## 詩の多様性――「西風」の場合

近代以前の文学を読むのはただでさえ困難だが、詩を、文化ごとにすぐれて特有の形式や、伝統や、用途に配慮して読もうとすると、その難易度はさらに高くなる。我々が一片の書き物を「詩」と呼ぶとき心に思い描いているのは、どのような形式的特徴だろうか？　また詩の社会的役割をどのように考えているだろうか？　ソネットや俳句[*1]といった個々の文学形式にまつわるルールの多様性をはるかに超えて、それぞれの文化はしばしば詩の性質や、社会における詩人の役割に

＊1　俳句　日本の短い定型詩の一種で、短歌とともに代表的なもの。五・七・五の一七拍で構成される。切れ字や、季語があることもその特徴の一つ。

ついて独自の考え方をもっていた。そしてこうした違いが顕著に表れるのは、古い時代の文学に注目するときである。したがって、ダンテ[*1]を読むにせよ芭蕉を読むにせよ、それぞれの詩人の時代と場所における詩の際立った特性を考慮して、我々の理解を修正しなければならない。最初の例として、一五三〇年頃のイギリスの歌集に含まれる、次のような匿名の抒情詩について考えてみよう。

Western wind, when wilt thou blow,
　The small rain down can rain?
Christ, if my love were in my arms,
　And I in my bed again![17]

西風よ、お前はいつ吹き、
　小雨は降るときを得るのか。
神様、もし恋人を抱いて
　再びベッドに憩えたら！

一般に「西風」として知られるこの詩だが、ときおり「春に憧れる冬の恋人」という説明的な題名を与えられており、この題名は詩をはっきりと中世後期および近世イングランドの季節の移り変わりを扱うものとする。我々は、詩の詠み手が（物を売るためか、町で仕事を見つけるためか）冬のあいだ家を離れているが、西風

*1　ダンテ（一二六五―一三二一）ダンテ・アリギエーリ、イタリアの詩人。故郷フィレンツェを追われ、放浪しながら俗語で書いた『神曲』は、西洋古典の伝統を踏まえ、キリスト教的中世の影響下にありながら、理想の女性ベアトリーチェへの愛や、政敵に対する辛辣な記述など作者自身の心情も盛り込まれ、ルネサンス文学の嚆矢となる。

が春の小雨をもたらす頃には作物を植えるため家に帰ることになるのだと想像できる。これはたしかにありそうな話である。しかし我々はまだ、旅人が屋内にいるのか屋外にいるのかも、とぼとぼと道を歩いているのか宿の窓からじっと外を眺めているのかも、声に出しているのか考えているだけなのかも知るすべを持たない。詠み手の性別さえはっきりせず、また詩というものが主として音楽形式の「リリック」として、「リラの演奏とともに歌われた」時代にこの詩も生まれたのであれば、「西風」の恋人の性別は、歌っているのが男か女かによって変わったことだろう。

「西風」の根底にある口述性（口に出して発話される性質をもっていること）は、印刷されてもなお見て取れる。その詩脚数は、四つの強音がある行 Western wind, when wilt thou blow と三つの強音の行 The small rain down can rain が交互に来る。この型は「バラッド格調」として知られ、民間伝承の物語詩であるバラッド[*1]を歌うのに広く用いられていた。実はこのバラッド格調は、歌う際にはまったく不規則ではない。詩語は四拍子の音楽に配置され、二小節で八拍となる。長さが足りないように見える二行目と四行目は、個々の状況に応じて、たとえばアマチュア詩人が八拍目で休止し、一呼吸入れる時間を与えたり、あるいは劇的な効果を生むために重要語を長く発音する余地を生んだりする。一五三〇年の歌集では後者が採用され、一シラブルの blow に十分な長さを与えることで風が吹

＊1　バラッド　またはバラードとも。民衆のあいだで伝承されてきた物語詩。音楽とともに語られることが多い。中世から一九世紀にかけてヨーロッパで広まる。バラッド格調はバラッド内で使われる韻律のこと。

いていることを表現し、また最終行では、官能的に響く後ろから二語目の bed を引き伸ばすために余分の拍を用いている。

## 詩の多様性──「君の名を呼ぶこと」の場合

アルゼンチンの詩人アレハンドラ・ピサルニク[*1]が一九六五年に書いた「君の名を呼ぶこと」と題された謎めいた詩において、我々は韻律においても主題においても、まったく異なる世界に足を踏み入れる。

君の不在の詩ではなく、
ただのスケッチ、壁に入った亀裂、
風の中の何か、苦い味。(18)

さまざまな点で、ピサルニクの詩は「西風」と根本的に異なる。行ごとに定まった韻律やシラブル数もなく、また韻をすっかり放棄したことで抒情詩の伝統にも背いている。歌われるより読まれることを意図され、その印象は発話的なのに劣らず視覚的である。壊れた絆を連想させる壁の亀裂は、二行目と三行目の断片的なフレーズに視覚的に反響する。いかなる動きも、予期される解決もなく、動詞ひとつ含まない。恋人に再会をもたらす肥沃な春風の代わりに、ここで我々が受けるのは、誰にも良いものをもたらさず、苦い後味だけを残す向かい風である。一六世紀の詩人は「君の名を呼ぶこと」を抒情詩とすら認識しなかっただろうし、

＊1　アレハンドラ・ピサルニク（一九三六―七二）アルゼンチンの女性詩人。スペイン語で執筆。イディッシュ語を話すユダヤ人移民の家庭に生まれる。孤独、死、狂気などを扱う詩が多い。薬物の過剰摂取により自殺。

実際、この作品は冒頭から、それまでの詩人が作ったような「君の不在の詩」ではないことを主張している。否定的な意味の他の、いかなる意味でピサルニクは西洋抒情詩の伝統に属するのだろうか?

## 詩の多様性——インドの抒情詩の場合

ここで我々は、まったく別の伝統に則ったいくつかの作品と「比較対照」することによって、詩的伝統についての洞察を得られる。西暦九〇〇年以前に作られたインドの短い抒情詩が好例となる。

誰が怒らずに見るというの?
下唇を刺された彼のかわいい奥さんを。
匂いをかぐと危いという私の警告を馬鹿にして
蜂のいる蓮なのに。今は苦しむことね。[19]

英訳では再現されていないが、原文ではこの詩に韻律があり、脚韻[*1]を踏んでいる。おそらく「西風」のように歌われたのだろう。とはいえ、一読して明らかに異なるのは、この詩の話者が別の誰かに語りかけていることである。「西風」ではひとりの話者が、彼または彼女の離れた恋人を想いつつ、ただ風にのみ語りかけていた。これに対して、この詩で我々が思い描くのは、唇を腫らしてしまい、ぶざまな顔に夫が腹を立てるかもしれないことを恐れている親友へと話者が語りかけ

*1　脚韻　韻文のなかで、複数の句や行の最後に同音や類音を繰り返すこと。どの箇所がどのように脚韻を踏むかには、さまざまなバリエーションがある。

ている社交的場面である。この詩は、上流階級の男性が用いた、より凝って洗練されたサンスクリットとは異なり、女性や奴隷の会話に一般的に用いられていたプラクリット（「自然な」）方言で書かれている。したがって言語それ自体が、話者の無遠慮さに劣らず、話者の正体が刺された妻の女友達だと暗示しているのである。

もし我々がこの詩を「西風」や「君の名を呼ぶこと」のように読んだとしたら、夫に怒られる苦しみという詩の結末をヒントにして、おそらくは妻の精神状態についての詩だと思うことだろう。しかし、この見地に立つと、詩はややボリュームに欠け、物足りない。それに苦しみという観念が唐突に導入されるのは望ましくなく思える。蜂に刺されるのは実のところ一瞬のわずらわしさにすぎず、常識的な配偶者ならば怒るより同情するものだろう。もしかして、この妻が結婚したのは虐待的な夫だと想像すべきなのだろうか？　リップクリームを持ってきてくれるのではなく、唇が腫れてキスができない程度のことで怒り出すような？　エウリピデス[*1]からジョイス・キャロル・オーツ[*2]にいたるまで、西洋文学には配偶者の虐待に関する作品の長い伝統がある。とはいえ、この説明はあまり当てはまらないようだ。ここで友達は夫を非難するにはほど遠く、どんな夫であれ妻の腫れた唇を見たなら怒って当然だと主張することから始めるのだから。なぜ、友達はもう少し口を刺された女の肩を持たないのか？

＊1　エウリピデス（前四八五頃―前四〇六頃）　古代ギリシアの三大悲劇詩人のひとり。ギリシア悲劇の完成者ソポクレスに対し、破綻を恐れず、ときに通俗的とされながらも緊迫感を盛り込み、神の登場によって突如解決へと導く彼の作風は現代的といえる。代表作に『メデイア』『バッコスの信女たち』がある。

＊2　ジョイス・キャロル・オーツ（一九三八―）アメリカの女性作家、プリンストン大学教授も務めた。小説・詩・戯曲などさまざまなジャンルで著作は非常に多く、筆名によって推理小説も書き、短編小説の名手としても知られる。代表的作品に長編『彼ら』、短篇集『愛の車輪』など。

この謎は、我々がサンスクリットの詩をさらに読み進めればすぐに解決する。なぜなら、多くのサンスクリットの「カーヴィヤ」、つまり抒情詩が、禁じられた愛や不倫を題材にしているからである。そのうえ、インドの詩人たちはしばしば、恋人たちが情熱のあまり嚙んだり引っ掻いたりした傷跡をもって、不倫発覚のきっかけと説明する。したがって、詩の冒頭の二行連句から、「カーヴィヤ」詩の読者や聴衆はただちに詩の背景を察したことだろう。つまり、妻の愛人は思慮を欠いて隠しようのない箇所を嚙んでしまったのだと。この見抜いてくれと言わんばかりの失敗からして夫が怒るのは当然であり、また古典的な題材を愉快に扱うそのやり方に詩人の技術が見て取れるのである。

サンスクリットの恋愛詩の選集からもこれだけのことを読み取りうるのだが、より明確な注釈を参照することもできる。なぜならサンスクリットの伝統のなかで、学匠詩人が詩的言語についての詳細な論文を書いているからである。先ほどの詩は、サンスクリット詩学の初期理論を代表するアーナンダヴァルダナ[*1]の論文『ドゥヴァニアロカ』すなわち「暗示を照らす光」で引用されている。アーナンダヴァルダナの論旨は、詩は述べられた内容自体ではなく暗示によって作用する、ということで、直接的に見える詩の描写はしばしば、何か言外のものを暗示することを狙って書かれているのだと示される。上述の詩は詩的暗示の例として取り上げられているのである。紀元一〇〇〇年頃、アーナンダヴァルダナの論文への

＊1　アーナンダヴァルダナ（八二〇—八九〇）インドの詩人。「ドゥヴァニ」という独自の術語を用い、それまで修辞法の一つとしてしか見られていなかった「ラサ」（美的陶酔）を詩の本質と主張した。サンスクリット文学において、最大の詩人とも言われている。

注釈として、彼の信奉者アビナヴァグプタ[*1]はこの詩の詳説を提示した。彼の解釈は、この詩がいかに社会的なものとみなされていたかを教えてくれる。なにしろ、アビナヴァグプタは決してこの詩が一組の友人のみを主題にしているとは考えていないのだ。むしろ、はじめに個人的な会話と思えたものは、社会的な出来事に密接に関係していることが判明する。

この連の意味は次のようなものである。不実な妻が愛人に唇を噛まれた。夫の非難から彼女を守るため、ここで賢い女友達は、夫がそばに居ると知りながら気づいていないふりをして、彼女に語りかける。「今は苦しむことね」この表面的な意味は不実の妻に向けられる。他方で、暗示される意味は夫に向けられ、彼女が無罪だと伝えている(20)。

我々は西洋の抒情詩を読むとき、ひとりまたはふたりの人物に焦点を合わせるものと予期しがちだが、アビナヴァグプタによる読解はすぐさま、それを超えたところにこの詩を展開させる。もっとも、この点に限れば、まだボッカチオ[*2]やモリエールの作品において、不実のヒロインやずるがしこい召使いがしばしば二重の意味合いをもつ言葉を異なる相手に発することに、類似を見出せるかもしれない。しかし、アビナヴァグプタはまだ彼の理解に基づいてこの場面を描写し始めたにすぎない。「さらなる暗示は」彼は続ける、「妻が夫からひどく虐待されたと聞いたなら、彼女の不品行を想像するだろう隣人たちに向けられている」という。そ

＊1　アビナヴァグプタ（一〇世紀後半—一一世紀前半）インドの宗教思想家、美学者。インド思想史上に重要な著作として『タントラ・アーローカ』が挙げられる。その一方で、詩論家、演劇理論家としても活躍し、『ロチャーナ』が有名。

＊2　ボッカチオ（一三一三—七五）イタリアの文学者。ダンテをいち早く評価し、ペトラルカとともに古典文献の収集・研究をするなど、ルネサンス期の重要人物。ペストの流行する町から避難した人々が逸話を語りあう枠物語『デカメロン』は、近代短篇小説の祖とされる。

れでは隣人たちも居合わせているのか？　しかも隣人たちだけではない。「恋敵が虐待されたことや、不倫していたこと（の報せ）によって喜ぶであろう、夫の別の妻に向けられた暗示もある。この暗示は「かわいい妻」のかわいいに込められていて、友人に話しかけられている妻のほうが他の妻よりも魅力的なことを示しているのだ」。二人目の妻がいることを認識して——あるいは創作して——アビナヴァグプタは話者が友達に告げているのは次のようなことだと信じている。「別の妻の前で不徳を責められると考えて卑下するんじゃないの。むしろ、しっかり自尊心をもって輝いていくべきよ」。

いまや庭はかなり混み合ってきたが、しかしまだ来る人がいる。アビナヴァグプタは妻の愛人までも同様に居合わせていると推定しているのである。「妻の秘密の愛人にも暗示がある。彼に対し「今日はこうしてあなたの心から愛する人、あなたをひそかに慕う人を守ってあげたわ、でも二度とこんなに目立つところに噛みついてはだめよ」と告げている」。そして最後には「近くに居る賢人らに、語り手の賢さが暗示される、「こうやって私は事態を隠蔽したの」（とまるで彼女が言うかのように）」[21]。我々がいる詩の世界は、孤独な恋人が春に嘆いているのとは明らかに異なっているのである。

この相違が我々に教えてくれるのは、アレハンドラ・ピサルニクは、みずからが脱構築[*1]する西洋抒情詩の伝統的手法に、なおとどまっているということである。

＊1　脱構築（デコンストラクション）　もともとはフランスの哲学者ジャック・デリダの用語で、階層的な二項対立に基づく考え方など、西洋哲学の伝統的な枠組みを崩し、新たな構築を試みる思考法。二〇世紀末に広く人文・社会科学に影響を与え、批評理論にも応用されるようになった。その結果、哲学の専門用語の域を超えて、一般的に既存の伝統や手法の解体の意味で使われることも多い。

「西風」とのあらゆる違いにもかかわらず、「君の名を呼ぶこと」はそれと根本的に似た空想世界を生み出しているのである。過去数世紀の西洋文学ではしばしば、個人主義が著しく重視されていた。多くの近代小説は、ジェイムズ・ジョイスのスティーブン・ディーダラス[*1]のように社会的制約から逃れる主人公や、ギュスターヴ・フローベール[*2]のボヴァリー夫人のようにその制約に悲しくも閉じ込められた主人公を扱い、総体としての社会に対置された主人公の精神的成長に焦点を合わせている。ハロルド・ブルーム[*3]が『西洋の正典』に収めたような西洋文学のほとんどは、「個人的思考を表象したもの」(22)である。西洋の抒情詩は長らく、口に出された個人の思考を描くという形式をとっており、ピサルニクの詩も十分にこの傾向を示している。初期の英詩人同様に、ピサルニクは恋人の不在に苦しむ話者を提示し、我々はその話者の頭のなかにいるようだ。他の人物はその場に現れず、その「場」すらわずかに暗示されるにすぎない。「西風」のように、話者は室内にいるかもしれないし、屋外にいるかもしれない。彼女は——あるいは彼だろうか？——たんに壁や風について考えているだけかもしれないし、亀裂の入った壁を見ながら冷たい微風を感じているのかもしれない。つまり、ここでもまた話者の頭のなかでの出来事が焦点となっているため、どちらとも断言できないのである。

＊1　スティーヴン・ディーダラス　ジョイスの小説『若き芸術家の肖像』の主人公・『ユリシーズ』の主要人物。

＊2　ギュスターヴ・フローベール（一八二一―八〇）フランスの小説家。一九世紀フランスの写実主義小説の代表者として知られ、『ボヴァリー夫人』や『感情教育』が有名。

＊3　ハロルド・ブルーム（一九三〇―二〇一九）アメリカの文学研究者。代表作『影響の不安——詩の理論のために』の他に、四十冊以上の文学批評書を書き、多くのアンソロジーを編纂した。「西洋の正典」の強力な擁護者として知られる。イェール大学で教えた。

# インドの叙事詩『ラーマーヤナ』と詩の発明

こうした例をもとにすると、抒情詩というジャンルは本質的に「個人の思考」を示すものだと考えがちであるが、サンスクリット詩においてはより社交的な世界が開けている。この社交性の強調はインドの詩法に深く根づいたものであって、しばしば強い道徳的・宗教的側面をともなっている。このことは、サンスクリットの伝統の基礎文献の一つである、叙事詩『ラーマーヤナ』（前二〇〇年頃）にも見て取れる。この傑作の序章は、詩の発明そのものを題材にしているため、サンスクリットの伝統的な詩法の性質を理解するうえで大いに役立つ。顕著にメタ詩的な場面として、賢者ヴァールミーキ[*1]は——彼は叙事詩の著者とされている——自分の叙事詩の冒頭で詩を発明し、そのことに驚く。森の僧院の長であるヴァールミーキは沐浴のためガンジス川の支流に向かう途中で、残虐な暴力シーンに出くわし、ふと立ち止まる。

樹皮の衣服を弟子の手から受けとり、彼は歩きまわった。その感覚はしっかり制御され、彼は広大な森林をくまなく見まわしていた。

尊者は近くに、ひとつがいのクラウンチャと呼ばれる美声の鳥が、寄りそって飛びまわるのを見た。

しかしまさに彼の面前で、ニサダという狩人が、悪を為したいという邪心

＊1　ヴァールミーキ（生没年不明）『ラーマーヤナ』を書いたとされるインドの詩人。同作品は「最初の詩」、作家本人は「最初の詩人」という意味の言葉で呼ばれもする。

に満たされて、つがいのオスを撃ち落とした。

オスが撃ち落とされ、地面で身もだえし、その身が血にまみれるのを見て、連れは痛ましい叫びを発した。

そして敬虔な予言者の心は、鳥がこのようなやり方で狩人に撃ち落とされるのを見て、悲しみに満たされた。

そして哀れみの気持ちが高まったとき、バラモンは考えた「これは間違っている」と。クラウンチャのメスが嘆くのを聞いて、彼は次の言葉を口にした。

「ニサダよ、興奮の絶頂にあって無警戒なクラウンチャの片割れをお前は殺した。だからお前は長生きすべきではない」。

そして成り行きを立ったまま見つめ、彼がこう口にしたまさにそのとき、次の考えが心に浮かんだ。「この鳥についての悲しみに襲われたとき、私は何を声に出したか?」。

それでも熟考のすえ、この賢く思慮深い男は結論に達した。それから、あらゆる賢者のなかの雄牛である彼は次の言葉を弟子に告げた。

「韻律に沿った四部に分かれ、それぞれが同じ数の音節で、そして弦楽器や打楽器の伴奏に合う形で、悲しみが、ショーカがわき上がるなか、私の口から生まれたこの発話はシュローカ[*1]と呼ばれるべきだ。それは詩であり、他

＊1　シュローカ　サンスクリット文学において用いられる韻律の名称。

の何物でもない」。

ところで賢者が最良の発話をしているあいだに、喜ぶ弟子はすでにそれを記憶したので、師は喜んだ。

ついに賢者は規定の沐浴を浴場でおこない、なおもこのことについて考え込みながら、帰っていった。

［中略］

そして彼の全ての弟子達はそのシュローカを再び斉唱した。歓喜し、驚きに満たされて、彼らは何度も何度も繰り返して言った。

「偉大なるその予言者が四つの韻律に沿った部分に分け、全て同じ音節数で歌い上げたショーカ、悲しみは、彼のあとに繰り返されたおかげで、シュローカ、詩になったのだ[23]」。

この場面の主だった三つの特徴は、いずれもなお今日でも理解される意味での文学性に富んでいる。すなわち、詩は技巧的な言語によって構成されるものだと示されること、鳥の苦しみに人間的な意味合いを与えるという象徴性を帯びた出来事を描いていること、そして詩は初期段階の文学組織あるいはネットワークを介して受容され伝達されるということである。この三つの特徴こそが、画期的なヴァールミーキの詩的発話を、連れを亡くした鳥の悲鳴から区別する。詩人たちがはるか昔から自分を歌の上手な鳥になぞらえてきたとはいえ、クラウンチャの嘆きはいかなる意味でも技巧的ではない。その絶望の叫びはせいぜい、つがいのオスを射落とした、（残酷で野蛮な森の住人である）狩人の心を喜ばすくらいだろう。これと対照的に、二度語られたとおり、悲しみに襲われたヴァールミーキの発話は、「韻律に沿った四部に分かれ、各行が同じ数の音節で、そして弦楽器や打楽器の伴奏に合う」——これはシュローカという用語の簡潔な定義である。サンスクリットのあらゆる韻律形式のうち最も一般的で、広義にはしばしば「歌」や「詩」そのものを表すシュローカとは、一六音節の行が二つ合わさった二行連句で、その一六音節は四音節のまとまり四つに分かれることが多い。したがって、この詩の「詩情」が「悲しみ」に由来すると示唆されていても、この詩は同時に、未加工の悲しみの表現は、技巧的に整えられないかぎり、詩らしくならないことも強調しているのである。

しかし、この一節はさらに、真の詩はたんに技巧的なだけでは不十分なことも示している。詩作は道徳的行為でもあるのだ。狩人の手にかかって鳥が殺されるのは、それ自体としては日常的な出来事であって、漁師が魚を捕ったり、鳥がヒナを養うため虫を与えたりするのに比して、別段、悲しいことではない。しかしヴァールミーキが立ち止まって子細に観察すると、彼が目にしたのはたんに狩人が夕食を得たという出来事ではなく、完全なる道徳劇である。この詩は鳥を分かちがたいカップルとして擬人化する。鳥たちが若い恋人たちのように（冒頭で如才なく語られるように）森をめぐったあと、彼らはどうやら「興奮の絶頂」にありながら、「邪心に」満ちた狩人によって殺される。彼らが交尾して逃げられないあいだに殺したとなれば、それはルール違反である。このように擬人化され、恋愛と喪失にまつわる普遍的な経験で象徴的に満たされ、クラウンチャのメスの悲しみは動物界から人間界へと境界を超え、ヴァールミーキの心に転写される。この悲しみによって、彼の心にはメス鳥に対する同情と狩人に向けた怒りが湧き、技巧的に整った呪いの言葉を生み出したのである。

たとえ完璧に整えられたとはいえ、なおこの二行連句はしっかりとこの世界に存在しているとは言えない。『ラーマーヤナ』は長くつづく口承伝統の産物であるから、その序章において詩は文書によって記録されるものとしては表されない。ひとたびヴァールミーキが別のことを考えたなら消滅しかねず、またおそらくは、この詩が復唱可能なかたちで保存され、聴衆に伝達されなければ、ヴァールミーキとともに滅びてしまっただろう。だからこそヴァールミーキには弟子がともなっているのであり、その弟子は「この賢者が最良の発話をしたそのとき」ただちにそのシュローカを記憶する、そのため「師は喜んだ」。このように保存されながらも、なおこの詩がその存在を確実にするにはもう一歩先へ進む必要がある。出来事が起こったその場の目撃者だけでなく、広い聴衆へ、聞き手たちで構成された永続的な共同体へと詩は伝達されなければならない。ヴァールミーキの弟子たちがこの一節の最後で宣言するとおり、「偉大なるその予言者が四つの韻律に沿った部分に分け、すべて同じ音節数で歌い上げた「ショーカ」、悲しみは、彼のあとに繰り返されたおかげで、「シュローカ」、詩になったのだ」。そのうえ彼らはこの定義を「何度も何度も繰り返し」、それによって彼らのなかに、とこしえに記憶するのである。

## 東洋と西洋の詩の作られかた

文学テクストが関わりをもつ実社会について、それぞれの文化がそれぞれの理解を有するとすれば、そもそもテクストの生じかたについての観念も異なるはずである。プラトン[*1]とアリストテレス[*2]にさかのぼる西洋の伝統において、文学は詩人や作家が創り出すなにものかである――この想定は西洋の言語において「詩」や「フィクション」を意味する単語に組み込まれているものである（poetry はギリシア語の *poiesis*「創造すること」、fiction はラテン語の *fictio*「形作ること」に由来する）。この「創り出す」という観念は、作家の至上の創造性を褒め称えもするかもしれないが、しかしまた文学を、非現実や幻惑や嘘そのものへと色を変えるスペクトルの上に据えもするのである。このことを理由にプラトンは、大半の詩人は嘘の物語を語るので「聞く者の考えを駄目にする」と不満をもらし、[(24)] 彼の国家から詩人を追放することを提案したのであり、他方でアリストテレスは詩を歴史書と比

＊1　プラトン（前四二七―前三四七）古代ギリシアの哲学者。理念としてのイデアを想定し、現実はその模像にすぎないとするイデア論を展開し、西洋の形而上学の基礎を固めた。文学的には、彼が理想の国家像から詩人を追放したこと、また哲学を語る対話篇そのものが文学として優れていることも重要である。

＊2　アリストテレス（前三八四―前三二二）古代ギリシアの哲学者。師のプラトンと対照的な現実主義者であり、論理学・倫理学・政治学・動物学など西洋諸学の土台を築き、「万学の祖」と呼ばれる。文学も例外ではなく、彼の『詩学』は叙事詩や悲劇の特徴を分析し、近世の古典主義の理論的基盤にもなった。

べ「より哲学的で価値あるもの」[25]とし、偶然に左右される日常の出来事を離れて、普遍的な真実を伝えられるものとして賛美したのである。

　他方、近代以前の東アジアの文化では、詩人はしばしば——怪奇小説や日本のモノガタリの作者とは対照的に——現実に深く根ざしており、聴衆の身体・精神世界に対し、上でも下でもない位置にある存在だと考えられてきた。詩人がおこなうのは題材を創り出すことではなく、周囲のものを観察し、それについて深く考えることだとみなされてきたのである。中国研究者のスティーヴン・オーウェン*1は、一般に中国詩の最盛期とされる唐王朝（六一八—九〇七）の詩を論じる際に、この違いを強調した。その著書『伝統的中国詩と詩学——世界の予兆』において、彼は八世紀の詩人、杜甫の詩を引用している。

細草微風岸　危檣独夜舟
星垂平野闊　月湧大江流
名豈文章著　官応老病休
飄飄何所似　天地一沙鷗*2

細草《さいそう》微風《びふう》の岸《きし》、危檣《きしょう》独夜《どくや》の舟《ふね》
星《ほし》垂《た》れて平野《へいや》闊《ひろ》く、月《つき》湧《わ》きて大江《たいこう》流《なが》る
名《な》は豈《あ》に文章《ぶんしょう》に著《あらわ》れんや、官《かん》は応《まさ》に老病《ろうびょう》に休《や》むべし
飄飄《ひょうひょう》何《なん》の似《に》たる所《ところ》ぞ、天地《てんち》の一沙鷗《いちさおう》

女性が友達に助言するサンスクリットの詩とは異なり、杜甫の抒情詩は孤独な観察者の独り言であって、この面では多くの西洋詩と似ている。しかし、話者は彼を取り巻く自然界の一部となっており、病気や老化や政治的苦悩といった詩人の

＊1　スティーヴン・オーウェン（漢字表記では宇文所安、一九四六—　）アメリカの中国文学研究者。中国前近代の詩（特に唐詩）や比較詩学の専門家。ハーバード大学で長く中国文学・比較文学を教え、現在は同大学名誉教授。唐代の詩の研究書の他、編書『中国文学アンソロジー　起源から一九一一年まで』、共編著書『ケンブリッジ版中国文学史』、杜甫のすべての詩の英訳など、著作多数。

＊2　現代語訳（竹村則行訳）「細く柔らかい草が茂る長江の岸辺をそよ風が吹く中、旅中の私は帆柱《ホバシラ》を立てた船の中で独り眠れぬ夜を過ごす。夜空には満天の星が降るように輝き、地上の平野はどこまでも広がり、水面に浮かぶ月影を湧き上がらせるように波立ちながら長江は流れてゆく。私のような者がどうして詩文で名声を得ることができようか、この老衰と病気では（工部員外郎の）職もあきらめるしかない。こうしてふらりふらりと天下を流浪する私はいったい何に似ているかといえば、それは天と地の間を漂うあの岸辺の鷗《カモメ》だ」。下定雅弘・松原朗編

内面での出来事を前に、風景は消え去っていくどころか、子細に描かれ、その物質的な特徴が詩人の個人的な問題や記憶と照応しているのである。オーウェンが評するように、杜甫の詩行は「特殊なタイプの日記の内容かもしれない。それは普通の日記とは異なり、まさにその瞬間に起こった経験を表現する、強烈で生々しいものなのだ」[26]。この観察の生々しさのために、詩の読者は話者を創作上の架空の人格ではなく、杜甫その人であると考える。のちの芭蕉[*1]と同じく唐王朝の詩人たちは、自らの個人的な経験と考察を、芸術的に整え、また詩の伝統の資源を用いることで恒久的な価値を与えて、読者に届けることを自分の役割と心得ていた。芭蕉はこの中国人らによる伝統を、日本人の先行者たちの伝統と合わせて、受け継いでいるのである。

これと大きく異なり、西洋の作家たちはしばしば、自分を取り巻く世界からの芸術的自立こそ重要だと主張してきた。自分の作品がなんら意見表明でないことを繰り返し力説し、自分の言うことに意味なんてない、とさえ述べることがあった。たとえばアーチボルト・マクリーシュ[*2]が彼の「詩学」で一九二六年に表明したのは、「詩は意味を伝えず／ただ存在すべきだ」ということである[27]。その三世紀半前に、サー・フィリップ・シドニー[*3]は彼の『詩の弁護』において似たような見解を表している。「さて、詩人はと言えば、彼は何も断言しないので、決して嘘はつかない」[28]。対照的に、杜甫がその経験を事実だと保証するとき、読者は疑

『杜甫全詩訳注（三）』講談社、二〇一六年、一四一―一四二頁。詩題は「旅夜書懐（旅夜懐を書す）」である。

＊1　松尾芭蕉（一六四四―九四）江戸前期の俳人。三十代の初めに江戸に下ると、俳諧師として活躍する。とりわけ『おくのほそ道』に代表される、俳句を交えた紀行文を得意とした。「古池や蛙飛びこむ水の音」など、誰もが知る句も多い。

＊2　アーチボルト・マクリーシュ（一八九二―一九八二）アメリカの詩人。一九三二年にピューリッツァー賞を受賞。初期の作品には、第一次世界大戦を古い時代の終わりだと感じた作者の思いが色濃く反映されている。国会図書館長や、ハーヴァード大学教授も務めた。

＊3　サー・フィリップ・シドニー（一五五四―八六）イギリス・ルネサンスを代表する詩人の一人。詩論「詩の弁護」でも有名。

いを抱かなかった。彼がその詩を書いたのは、老年になって放浪し、細い草が揺れて砂の上に一羽のかもめがおり、月明かりに照らされているのを観察したその夜に違いない。『詩の弁護』のなかでシドニーが詩人の仕事を「装うこと」だとしているのに対し、杜甫の同時代人は、彼が天と地、かもめと詩人の深い照応を把握しているとみなしていた。

これは非常に重大な違いであるが、西洋の伝統とのこうした違いは、種類の違いより程度の違いである。詩人らが目に捉えたものを決して書き写すだけではないことを、杜甫の読者はよく承知していた。古い中国の詩は精緻に組み立てられたもので、詩人は長く愛されてきたイメージや比喩や歴史的な言及を駆使して、自分を取り囲む世界から選りすぐった素材を、詩のかたちに織り上げるのである。同様に、偽のまがいものであることをどれだけ強調してみせても、西洋の作家はアーチボルト・マクリーシュほど極端に、自分たちの作品にいかなる知的意味もないとは主張してこなかったのである。マクリーシュにしたところで結局これは矛盾した立場であって、彼の詩が、詩は意味を伝えず、ただ存在すべきだと断言するとき、これは意味を大いに含む意見表明であろう。西洋の詩人の多くが孤独な思索という流儀で書いているとはいえ、杜甫と変わらず、自分の実体験を物語っているかのような詩人もつねに存在してきたのだ。事実、早くも紀元前七世紀には、ギリシアの大詩人サッポー[*1]が、愛する女性が若くて格好いい男性とじゃれ

*1　サッポー（前六三〇頃または前六一二頃―前五七〇頃）古代ギリシア随一の女性詩人として知られる。その生涯について詳細は不明だが、少女や青年を題材として率直な恋愛詩を書き、広く名声を得たほか、レスボス島に若い女性を集め、教育したともされる。女性同性愛者をレズビアンと呼ぶのはここに由来する。

合っていたときに彼女が感じたことを、あたかもそのまま記したかのように書いている。

わが眼には、かの人は神にもひとしと見ゆるかな、
君が向かいに坐したまい、いと近きより、
愛らしうもののたまう君がみ声に聴き入りたもう
かの人こそは、
はたまた、心魅する君が笑声《わらい》にも。まこと、
そはわが胸うちの心臓《こころ》を早鐘のごと打たせ、
君を見し刹那より声は絶えて
ものも言い得ず、
舌はただむなしく黙して、たちまちに
小さき炎《ほむら》わが肌《はだえ》の下を一面に這いめぐり、
眼《まなこ》くらみてもの見分け得ず、耳はまた
とどろに鳴り、
冷たき汗四肢にながれて、身はすべて震えわななく。
われ草よりもなお蒼ざめいたれば、
その姿こそ、わが眼にも息絶えるかと
見えようものを。(29)

とはいえこの詩でさえサッポーは、ありのままの観察に虚飾に満ちた比喩を混ぜこんでいる。たしかに嫉妬で蒼ざめたかもしれないが、おそらく「草よりもなお蒼ざめ greener than grass」はしなかっただろうし、言葉を失っても、舌は物理的に「壊れて broken」はいない。体が火照り、耳鳴りはしただろうが、実際に炎となって燃えあがったわけではない。

## ワーズワースの詩作の場合

杜甫とサッポーの差は、ある程度はそれぞれの文化において詩人が自らの仕事を果たすやり方の差を反映していると言えるが、同時に読み方や受容の仕方の差でもある。中国と西洋の詩における想定を比較して、スティーヴン・オーウェンは杜甫の夕景をウィリアム・ワーズワース[*1]のソネット「一八〇二年九月三日、ウエストミンスター橋にて作詩」と対比させる。杜甫と同様に、ワーズワースも戸外の景色をじっと見つめる。

大地はかくも美しく示せるものを他に持たない。
かほど壮麗で琴線に触れる景色を
通り過ぎてしまえる者は鈍感なのだろう。
街はいま、衣服のようにしてまとう、
朝の美しさを。静かに、ありのままに、

*1　ウィリアム・ワーズワース（一七七〇―一八五〇）イギリスのロマン主義を代表する詩人。湖水地方に暮らし、自然を書くことを愛し、そしてその能力に長けていた。コールリッジとの共作『抒情歌謡集』が代表作であり、イギリスにおけるロマン主義宣言とみなされている。

　　船も、塔も、円屋根も、劇場も、そして寺院も
　　野に低く、空に高く開かれてあり、
　無煙の空気のなか、みな光り輝いている[30]。

特殊な詩題にもかかわらず、オーウェンは次のように読むべきだと言う。「ワーズワースが景色を見ていたのか、ぼんやり思い出していたのか、それとも空想から組み立てたのかはどうでも良い。この詩の語句は、詩が無限の特殊性をもつという点で、ある歴史的な瞬間のロンドンに割り当てられたものではない。詩句は何か別のもの、別の意味合いに読者を導き、その意味合いにおいてはテムズ川に浮かぶ船舶の数などまったくどうでもよいのである。この意味合いは捉えがたく、全貌には永遠に手が届かない」。この詩が扱うのが個人の幻視力であれ、自然と産業社会の対立であれ、その他の主題であれ、オーウェンによれば、「テクストが表すのは可能な意味合いの豊富さであって、一八〇二年九月三日の夜明け頃のロンドンではないのだ[31]」。

　しかし、なぜこの詩を一八〇二年九月三日のロンドンを表すものとして読めないのか？　たしかにワーズワースがテムズ川のボートを数えるよう我々に促さないのは事実だが、杜甫だって葉っぱの枚数を数えていないではないか。ワーズワースのソネットの末尾の数行は（オーウェンによって引用されてはいないが）、彼の書きとめた一瞬の特殊性を公然と述べ立てている。

太陽もかほどに美しく、早朝の威光で
谷や、岩や、丘を染めたことはない。
かほどに深い静けさは、見たことも感じたこともない！
河は心の望むままゆるやかに流れる。
神よ！　家々さえも眠っているようだ。
そして壮健な心もすっかりおだやかに臥している(32)！

この数行で、ワーズワースは彼の目の前に広がる光景を共有するよう読者に促している。たしかに彼がこのイメージを記録したのはずいぶん後かもしれないし、それどころかこの光景はまったくの創造かもしれないが、それを言えば杜甫もまた夕景をひねり出したのかもしれないし、夕焼けを見ていたとしても、記録したのは翌日かもしれない。両者の違いは詩人そのひとの実践と同じくらい、読み手がどう想定したかにかかっているのである。

こうした想定は文化ごとに異なるのみならず、ひとつの文化のうちでも時とともに移り変わる。一九世紀の読者はイギリス・ロマン主義の詩を、詩人の個人的体験を深く反映したものとみなしていた。キーツ[*1]が一八一九年に「安らかな死となかば恋に落ちて」書いた「ナイチンゲールに寄せる頌歌(33)」は、迫る早世を予期したこの肺病やみの詩人が憂鬱を表現したものとして理解されていた。より最近の読者はときに、詩人の虚飾を強調することを好んだが――本当にナイチンゲー

＊1　ジョン・キーツ（一七九五―一八二一）イギリスのロマン派詩人。「美」に強い関心を抱きつづけ、その思いを体現した。著作に、長篇詩『エンディミオン』や悲劇『オットー大帝』など。

ルの声を耳にしたのか、「空想や白昼夢」を得たのか、話者自身にも不確かなまま、この頌歌は締めくくられる――しかしキーツの同時代人は、実在のナイチンゲールが暮れゆく夕日のなかで恍惚としながら発した、魂のこもった声をキーツが耳にし、美と死滅について思案させられたと信じて疑わなかった。

中国と日本の詩人たちは社会的な出来事を機会として詩を書いてきたが、「機会詩」[*1]は西洋でも長らく書き続けられてきた。バイロン[*2]はいくつもの詩に「私が三六歳の年を終えたその日　一八二四年、一月二二日、メソロンギ」といった題名をつけ、自分の経験を大量に記録している。この詩が与える衝撃の大きさは、バイロンが実際に、独立戦争のために赴いたギリシアのある町で、思索にふけりながら自分の誕生日を祝っていたことを読者が知っているかに左右される。バイロンが中世の騎士やスペインの女たらしについて書いたときでさえ、その「バイコン的英雄」[*3]はすぐに作者の変装した姿の一つだとわかる。詩に含まれる皮肉に満ちた多数の挿話が示唆する視点に立って読めば、チャイルド・ハロルドの黙想もドン・ファンの性的放埒もバイロンの日誌に含まれる仮想の記事と見なされる。逆に二〇世紀の大部分において、文学批評家はこの詩を、ニュー・クリティシズム[*4]の批評家であるウィリアム・ウィムザット[*5]が「言葉による肖像《イコン》」と名づけたものとして、すなわち、その意味内容が作者についての伝記的知識から独立して、すべて作中で示されていることが望まれる、自律的な制作物として捉えたがった。

＊1　機会詩　戴冠式や、戦争などの歴史的、社会的に重要な出来事を記念する目的で作られた詩のこと。個人のレベルで重要な行事があった場合に作られることもある。

＊2　バイロン（一七八八―一八二四）イギリスのロマン派を代表する詩人。貴族の生まれだが破天荒な生涯を送り、さまざまな国を巡ったのちに書いた『チャイルド・ハロルドの巡礼』は特に有名。ギリシア独立戦争に自ら義勇軍を率いて参戦し、同地で死亡。詩に加えその生きかたが、ロシアなど幅広い地域で模倣された。

＊3　バイロン的英雄　イギリスのロマン派詩人バイロンに由来する英雄の一形式。挑戦的で尊大、伝統的な価値観を軽視することなどがその特徴として挙げらる。

＊4　ニュー・クリティシズム　新批評とも呼ばれる。作品を書かれた当時の社会背景や、作者の伝記的事実から切り離し、あくまで作品だけを分析しようとする批評の方法。特に一九三〇―四〇年代のアメリカで重要視されたが、現在でもその影響は色濃く残っている。

しかし、一九八〇年代以降の文学研究では、文学作品をその当時の社会的、政治的そして作者の伝記的背景に置き直そうという努力が盛んになり、そうした読み方においてはふたたび、ワーズワースのソネットが実際に一八〇二年九月三日に書かれたかどうかが違いを生むことになる。

実のところ、その日にはおそらく書かれていない。ウィリアム・ワーズワースがウェストミンスター橋から見る早朝のロンドンの景色に胸打たれたその旅行に妹ドロシー[*1]は同行していたのだが、彼女がこの出来事を記した日付は一八〇二年七月二七日であって、ワーズワースの題名の日付より六週前なのである。内容は次のとおり。「さまざまなトラブルや災難のあとで、私たちは土曜の朝、五時半か六時にロンドンを発った［中略］私たちはチャリング・クロスでドーヴァー行きの馬車に乗った。美しい朝だった。私たちがウェストミンスター橋を渡るとき、ロンドンのシティは、そしてセント・ポール大聖堂は、あの川に浮かぶいくつもの小船とともに、とびきり美しい眺めをなしていた［中略］そこには自然そのものの偉大な光景の一つが、どこか純化したものとして存在してさえいた」(34)。日付の変更から推測できるのは、結局のところこの詩が、ワーズワースが叙述した景色を見たときに生み出した「機会詩」ではないということである。たとえこの詩の草稿が七月に書かれたとしても、ワーズワースはあとになって、日付をかなり後ろにずらしたのだ。その理由は七月末、彼はフランスで一か月を過ごすための

＊5　ウィリアム・ウィムザット（一九〇七—七五）アメリカの批評家。ニュークリティシズムの原理となる「インテンショナル・ファラシー」（意図的誤謬）を提唱した。

＊1　ドロシー・ワーズワース（一七七一—一八五五）イギリスのロマン派詩人。

途上でドーヴァー行き馬車に乗っていたからである。このフランスという地に、彼は動乱のフランス革命初期にあたる一七九一年から九二年にかけて暮らし、社会の徹底的な再編という革命家たちの希望を――恐怖政治とそれに続くナポレオン帝政によってくじかれた希望であるが――共有していた。

革命期のフランスに滞在していたときのこと、ワーズワースはアネット・ヴァロンというフランス人女性と激しい恋に陥り、ワーズワースの家族が帰国を迫ったときには、この密通からすでにカロリーヌという娘が産まれていた。一八〇二年七月、彼はイングランドで婚約し、アネットとの関係を清算するためにフランスに舞い戻ったのである。娘とは、一〇年前の幼少期以来、初めて会うことになっていた。この旅行のあいだに、彼は革命の推移についての無念さや――それに比べてはっきりとは述べられていないが――破綻した恋愛や、カロリーヌとの短い再会について、後悔に満ちた一連のソネットを書いた。たとえば彼女は、カレーの浜辺を舞台にしたソネット「麗しき夕景、平穏と解放」に、身元不明の子供として登場する。

私とここを散歩する、愛し子よ！　愛娘よ！
お前が厳かな考えに触れていないようでも、
その本性が神聖さにおいて劣ることはない。
お前はアブラハムの胸に年中抱かれており、

寺院の奥の聖堂で祈っているのだ。
　私たちが気づかなくとも、神はお前とともにある。[35]
伝記的に読むなら、この詩が表現しているのは、カロリーヌが自分なしでもうまくやっていけることについての作者のアンビバレントな安心感と、たとえ彼がごく稀にしか訪れられないとしても、この始祖アブラハムは彼女を年中抱いているのだ、ということである。

　差し迫った結婚を前にしてアネットのもとに滞在するのは心中穏やかだったはずもなく、ワーズワースはしかるべき時間が過ぎれば、すぐに立ち去ることにしていた。ソネット「一八〇二年八月、カレー近くの海沿いで作詩」で彼は故郷に帰ることを切望している。「私は、多くの恐れを抱き／懐かしい国へ、多くの率直なため息をつく。／かの国を愛さない人に囲まれ、ここに逗留する」[36]。対となる作品「上陸の日、ドーヴァー近くの谷で作詩」ではイングランドに帰国した際の感情が表現されている。「ここで、祖国の土を踏み、私たちは息を吹き返した」と、このソネットは始まる。フランスに残してきた娘の代わりに、遊びに興じるイングランドの少年たちを見て、ワーズワースは慰めを得る。「袖の白いシャツを着て遊ぶ／あそこの草原にいる少年らも／石灰岩の岸にうねる波の轟音も――／全てが、全てがイングランドらしい」。青春時代の恋人と短い再会を果たしたあと、故郷の地で彼はいま「一時間つづく完璧な祝福」を別の女性と――妹のドロシーと——経験する。

お前は自由だ、
我が国よ！　そして存分に楽しく、自慢に値する
一時間つづく完璧な祝福、イングランドの
草を再び踏みしめ、そして耳にし、目にする、
かくも大事な同伴者と肩を並べて。(37)

このように、ワーズワースの作品もまた杜甫と同じく、個人的経験と観察を伝えるものとして読むほうが、一般的な風景や、架空の人格についての空想的な思考を表現するものとして読むより自然だろう。なるほど、ワーズワースは恋愛のもつれについて非常に遠回しにしか言及していない。ソネットは日付と場所を指定しているとはいえ、アネットもカロリーヌも、それどころか彼の妹さえも実名で呼ばれていない。代わりにワーズワースに、個人的な出来事を発展させ、イングランドの平和と自由に対するフランスの混乱と圧政という対比として描いた。とはいえ杜甫も基本的には彼の不幸の原因、つまり政界での野心が潰えたことや、朝廷を去ったことについて間接的にほのめかすばかりである。つまりワーズワースがアネットやカロリーヌの名に言及する気がないのと同様、杜甫も決して玄宗皇帝や自分の政敵の名前に言及しないのである。

かくして東アジアとヨーロッパの伝統における詩人の役割の根本的な違いは、

詩人の実践のみならず、読者の読み方にもよっているのである。とはいえ、結果として生まれた詩は、我々の側に異なった要求をし、我々の異なった読みの慣習を受け入れることで、実に大きく異なった印象を与える。杜甫の詩を彼の人生と切り離すのが難しいのに対し、伝記的事実を考慮してワーズワースのソネットを読むことは、その詩がときに示唆するとはいえ、決してはっきりとは求められていない。カロリーヌとドロシーについて「大事な子供」や「大事な同伴者」として言及することで、ワーズワースは曖昧ながらも事実をなかば告げているかもしれないが、しかし、彼は読者に自分の生涯について、意図的に一部しか見せていないのかもしれない。そうすることによって、ワーズワースならば作者の勝手な自己顕示だとみなしただろう個人情報の氾濫によって、読者は注意を逸らされずにすむ。登場人物の素性を限定しないことで、ワーズワースはソネットが読者により強い共感を与えることを望んだのだ。つまり、我々は自分の恋人や子供や同伴者の顔を代わりに詩のなかに当てはめることができるのである。したがって、ウェストミンスター橋のソネットの日付を変更したのは、伝記的な不正行為とは違う何かである。ワーズワースはソネットの雰囲気にぴったりの瞬間に、つまり不安な出発のときではなく、安堵する帰国の時期に詩を位置づけた。ソネット集において、人生の出来事をもとに創作する、まさにそのときに事実を改変することによって、ワーズワースはなお、フィクション作家としての詩人という西洋の伝統にとどまっている。

杜甫のもっとも有名な詩のうちに、全体で「秋の瞑想」と題された後期の一連の抒情詩がある。これらは死の三年前、老齢の詩人が体を病み、ついに宮仕えへの復帰を断念した七六六年から七六七年に書かれたものである。これらの詩には、ワーズワースの連作ソネットから取り出されたような詩行が含まれる。「千家山郭静朝暉　日日江楼坐翠微（千家《せんけ》の山郭朝《さんかくちょう》暉《き》静《しず》かに、日日江楼翠微《じつじつこうろうすいび》に坐《ざ》す）／［中略］故国平居有所思（故国平居《ここくへいきょ》思《おも》う所《ところ》有《あ》り）」[*1]。こうした観察において、杜甫とワーズワースは一見とても近しいが、その手法は明らかに異なる。ワーズワースは詩の目的を果たすために「ウェストミンスター橋」を夏から秋に移行させたが、このような時期の変更は中国の伝統ではほとんど考えられない。秋の一連の出来事を夏の最中に書いたり、夏の経験を取り上げてそれを秋に置き換えたりすることは、杜甫の頭に浮かばなかったろう。そのような移行を彼が試したなら、ほぼ間違いなく詩的不条理を生んだはずである。なぜなら中国詩は移り行く季節にぴったり寄り添うものだからである。咲く花、季節ごとの仕事、その他諸々は推移すべきものだった。たとえそうした点を修正したところで、夏の詩の本質的な調子は、秋の状況にはふさわしくなく思われただろう。したがって、夏の光景が秋の出来事を装うことはそもそも不可能だったのである。

＊1　下定雅弘・松原朗編『杜甫全詩訳注三』講談社、二〇一六年、五二七—五三〇頁。「千家山郭静朝暉　日日江楼坐翠微」は「秋興八首、其の三」の最初の部分、「故国平居有所思」は「其の四」の最後の部分である。現代語訳（小川恒男訳）。「千戸の家々を抱える山中の城郭を朝日が静かに照らし、私は毎日長江を見下ろす住まいで山の緑に向かっている。／［中略］長安でかつて暮らした頃のことについていろいろな思いがこみ上げる」。

## 芭蕉の発句の場合

スティーヴン・オーウェンの分析に基づいて、我々はワーズワースの比較対象を杜甫から芭蕉[*1]に拡張できる。芭蕉が尊敬していた唐の詩人や、日本における彼の先駆者と同様に、彼自身も自分の役割が自然界に強く結びついたものだと知っていた。『笈の小文』の冒頭で彼はこう述べている。「西行《さいぎょう》[*2]の和哥における、宗《そう》祇《ぎ》[*3]の連哥における、雪舟《せっしゅう》の絵における、利休《りきゅう》が茶における、其貫道《そのくわんだう》する物は一《いつ》なり。しかも風雅におけるもの、造化《ぞうくわ》にしたがひて四時《しいじ》を友とす[*4]」。彼の発句は基本的に、自然のなかでの観察に対応して詠まれており、それは彼の絵画と同様である。芸術、自然、そして詩の密接な結びつきは、彼が弟子の許六の絵のなかに、自然の景色のうえから絵の一部として俳句を書き込んだ絵画「ほろほろと」（65頁）によく表れている。芭蕉は弟子たちに対し、「今思ふ躰《てい》は、浅き砂川を見るごとく、句の形・付心《つけごころ》ともに軽きなり。其所《その》に至りて意味あり[*5]」と説いたことで有名であり、また蛙や魚といった生き物を精密に観察することによって無我の境地に至ろうと試みていた。「ほろほろと」において彼は作品のうちに、そっと滝の轟音を引き起こしている。しかしまさにこの詩において「無」のはずの「我」は、滝に流される山吹にひそかに人生の儚さを見ている。

　ほろ〱と山吹散るか滝の音[*6]

*1　松尾芭蕉。→44頁。

*2　西行。→66頁。

*3　宗祇（一四二一―一五〇二）室町時代に活躍した連歌師で、古典学者でもある。準勅撰連歌集「新撰菟玖波集」を編纂したことでも有名。

*4　現代語訳「和歌の道で西行《サイギョウ》のしたこと、連歌の道で宗祇《ソウギ》のしたこと、絵画の道で雪舟《セッシュウ》のしたこと、茶道で利休《リキュウ》のしたこと、それぞれの携わった道は別々だが、その人々の芸道の根底を貫いているものは同一である。ところで、俳諧というものは、天地自然に則《ノット》って、四季の移り変りを友とするものである」（井本農一他校注・訳『新編日本古典文学全集七一　松尾芭蕉集二　紀行・日記編　俳文編　連句編』小学館、一九九七年、五六頁）。

*5　訳者による現代語訳　私のいまの考えでは、あたかも砂床を浅い川が流れていくように、形式と、［連句を］付ける際の心が軽やかであるような詩こそ、意味のある詩である。

*6　現代語訳「滝の音が激しく響いているが、その滝のほとりの黄色い山吹の花が、ほろほろと散って

早瀬に流される山吹は、生命のはかなさを具象化している。死の避けがたさは、芭蕉の紀行文において一貫して関心事となっている。彼は旅路において繰り返し死を想像する。自分はこの旅するはかない歳月のように消えるのだと。たとえば『奥の細道』の有名な冒頭のように。

月日《つきひ》は百代《はくたい》の過客《くわかく》にして、行《ゆき》かふ年も又旅人也《またたびびとなり》。舟の上に生涯《しょうがい》をうかべ［中略］古人《こじん》も多く旅に死せるあり。*1

『野ざらし紀行』は、旅路で死ぬのだという前向きな決意を主張する俳句で始まっている。

野ざらしを心に風のしむ身哉《みかな》*2

ここで秋風を締め出すことのできない芭蕉の弱い心は、尺八のようになり、風の旋律とそれが運ぶ悲しみに対して開かれている。文化的・宗教的特殊性のために、このイメージはヘーゲルの普遍詩の観念とは異なるかもしれない。しかし、ピサルニクの「君の名を呼ぶこと」を吹き抜けた冷たい風との比較には耐えうることだろう。

芭蕉が旅を繰り返した主たる目的は、江戸の外れに庵を結ぶ彼が、属していたとも、いなかったともいえる江戸の社会を抜け出して自然に実際に身をさらすことで、詩的なインスピレーションを回復することだった。芭蕉を描いた絵ではしばしば、彼は家や戸外で植物の芭蕉の下にひとりたたずむ孤独な人物として描か

いるよ」（井本農一他校注・訳『新編日本古典文学全集七一　松尾芭蕉集二　紀行・日記編　俳文編　連句編』、五六頁）。

*1　現代語訳「月日は永遠に旅を続けて行く旅人であり、来ては去り去っては来る年々も、また同じように旅人である。船の上で働いて一生を送り［中略］風雅の道の古人たちも、たくさん旅中に死んでいる」（同上書、七五頁）。

*2　現代語訳「道に行き倒れて白骨を野辺にさらしてもと覚悟をきめて、旅立とうとすると、ひとしお秋風が身にしみることよ」（同上書、二一頁）。

れており、彼は『奥の細道』の冒頭で、自身が孤独な旅人であると繰り返し表明している。長旅から戻ったばかりにもかかわらず、彼は言う。

　　や、年も暮、春立る霞の空に白川の関こえむと、そゞろ神の物につきて心をくるはせ、道祖神のまねきにあひて、取もの手につかず［中略］住る方は人に譲りて[*1]

そして友人の家にとどまったのち、「[*2]弥生《やよひ》も末の七日《なぬか》［中略］むつましきかぎりは宵《よい》よりつどひて［中略］送る」という。しかし、芭蕉は結局のところさほど孤独ではない[39]。二章あとで、我々は芭蕉が弟子の曽良[*3]と共に旅していることを知る。ようやくここで名前が呼ばれ、読者は同行者の存在に気づくのである。

芭蕉は自分の詩を、自らが体験したことを直接、表したものとして提示しているが、彼の詩は自然に対する反応の結果であるだけでなく、社会的に生み出されたものでもある。彼と曽良は旅が進むにつれてさまざまな人物と出会っており、紀行文には面倒でせわしない世間との交流のなかで静寂を求めるさまが描かれている。こうした社会を詩人は放り出そうとしてきたはずなのだが、しかし遭遇してしまうのである。最も印象的なのは、彼が『野ざらし紀行』（一六八四）に収められた旅に出発したときのことで、そこで彼はたまたま捨子に出くわす。「富士川のほとりを行《ゆく》に、三《み》つ計《ばかり》なる捨子《すてご》の哀《あはれ》げに泣有《なくあり》。この川の早瀬《はやせ》にかけて、うき世の波をしのぐにたえず、露計《つゆはかり》の命待《いのちまつ》まと捨置《すておき》けむ[*4]」。彼は不思議に思う。

＊1　現代語訳「が、新しい年になると、春霞の立ちこめる空のもとに白川の関を超えたいと、そぞろ神が私にとりついて心を狂わせ、道祖神の旅へ出てこいという招きにあって、取るものも手につかない［中略］今まで住んでいた芭蕉庵は人に譲り」（同上書、七五頁）。

＊2　現代語訳「三月も下旬になっての二十七日［中略］親しい人々はみな、前の晩から集って［中略］送ってくれる」（同上書、七六頁）。

＊3　曽良（一六四九―一七一〇）日本の江戸時代前期の俳人。神道や歌学を学び、のちに芭蕉を師として旅に同行した。

＊4　現代語訳「富士川のほとりにさしかかった時、三歳ばかりの捨て子がいかにも悲しげな声で泣いていた。この川の急流に子供を投げ込んで、自分たちだけこの浮世の波をのりこえてゆくというのも、心がとがめてできない。それで、どうせ露が乾くまでのはかない命とは知りながら、こうして川原に捨てて置いたのであろう」（同上書、一一二頁）。

「いかにぞや、汝《なんぢ》、ち、に悪《にく》まれたる歟《か》、母にうとまれたるか。ち、ハ汝を悪《にくむ》にあらじ、母は汝をうとむにあらじ」[*1]。そして芭蕉はこう結論づける。幼児の割に合わない苦しみの原因は「唯《ただ》これ天にして、汝が性《さが》のつたなきをなけ」[*2]。

芭蕉はこの目を見張る遭遇に三つのやり方で反応している。まず、この未加工の場面を「小萩《こはぎ》がもとの秋の風、こよひやちるらん、あすやしほれんと」[*3]と、自然と比べることで処理している。次に、彼の詩的直観から同情的な反応が生まれる。光景の悲惨さに「袂《たもと》より喰物《くひもの》なげてとをる」[*4]。それから三番目の反応が起こる——俳句である。

猿を聞人《きくひと》捨子に秋の風いかに[*5]

子供の哀れな泣き声は『ラーマーヤナ』の序章に登場した鳥、クラウンチャの嘆き声に匹敵するものである。ヴァールミーキ同様に芭蕉の場合にも、悲しい経験が同情を生み、ついで同情が、未加工でいびつな泣き声を詩に変える（興味深いことに、ここでは俳句自体の形式も苦しみに歪んでいるようである。通常の五・七・五の音数に代わり、この俳句は七・七・五という破格の音数になっている）。いつもどおり、芭蕉は経験を自分より前になされた詩的反応と比べ、そのうえで自分の風景についての見解を述べるよりも、もし古代の詩人がこの子を見たなら何と言うだろうかと考える。彼の反応はただちに彼の詩をそれ以前の伝統と結びつけるが、貧困による苦しみという社会状況への詩人の関わりによって、また詩を取り囲む散文

＊1　現代語訳「それにしても、お前はどうしたのだ、父に憎まれたのか、母に嫌がられたのか。いやいや、父はお前を憎んだのではあるまい、母はお前を嫌ったのではあるまい」（同上書、一二二頁）。

＊2　現代語訳「ただこれは天命であって、お前の生れついた身の不運を、泣くほかはないのだ」（同上書、一二二頁）。

＊3　現代語訳「この小萩《コハギ》を吹く冷たい秋の風に、もろい命の今宵のうちに散るか、あすはしおれるだろうかと」（同上書、一二二頁）。

＊4　現代語訳「袂から食べ物を取り出し、投げ与えて通り過ぎようとした」（同上書、一二二頁）。

＊5　現代語訳「猿の鳴声に腸《ハラワタ》をしぼる詩人たちよ、この捨て子に吹く秋の風をどう受け止めたら良いのか」（同上書、一二二頁）。

描写の高度なリアリズムによって、そうした伝統に優越することになる。

注目すべきは、芭蕉が子供をはかない小萩の花と比較した最初の反応によって、俳句を生み出したわけではないということである。このイメージは俳句の土台としては非常に優れていたかもしれないが、しかし明らかに物足りなさがあった。芭蕉が経験していることは結局のところ、きわめて「詩的でない」瞬間であり、『古今和歌集』[*1]や中国の唐王朝の詩人ならばめったに記録しないような光景なのである。萩の花についての技巧的な詩作へと逃避する代わりに、芭蕉は子供に食べ物をやるために立ち止まったのであり、そのわずかな食糧が子供と芭蕉を暗に結びつける。このときついに彼は詩を作るのであり、その詩で彼は、古代の先人がこのような詩的でない対象に取り組んだなら何を書いただろうという、答えのない――そしてもしかすると答えようのない――疑問を呈する。

泣き声から同情へ、そして制作へと至るという詩的創造の基本段階について言えば、芭蕉もヴァールミーキもよく似ているが、彼らはまったく違う世界のなかで詩を作っている。芭蕉と同伴者が旅の途中で訪れるのは、『ラーマーヤナ』に見られるような抽象的で記号のような風景ではない。地元民が住み、他の旅人も訪れる、実在の場所である。ヴァールミーキの森に比べて現実的なばかりでなく、より文学性を意識してもいる。つまり、芭蕉の詩的先駆者の残響に満ちているのである。孤独ではなく、絶えず広がっていく集団において詩の創造は進められる。

＊1　『古今和歌集』（九〇五）醍醐天皇の命を受けて、紀貫之などによって編纂された、平安時代の勅撰和歌集。後世の評価は時代によって変わるが、万葉集と並び、日本の短歌の基礎となったのは疑いない。貴族らしく優雅で理知的と評される。

昔の詩人が芭蕉の旅行に刺激を与え、そのなかで彼は新しい詩を生み出すのだし、またそうして生まれた詩を彼は出会った人々と交換する。なかには旅路で一門に加えた新たな弟子も含まれており、新たな世代の詩人が将来にわたって彼の詩を保存し、またその詩を土台とするのである。

芭蕉の制作過程を知るうえでの好例が、『奥の細道』のなかで東北地方に入ったことを意味する白河の関の通過後に見られる。彼はこう伝える。

須《す》か川《がは》の駅《えき》に等窮《とうきゆう》といふものをたづねて、四五日《しごにち》とゞめらる。先《まづ》「白河の関いかにこえつるや」と問《とふ》。「長途《ちやうど》のくるしみ、身心《しんじん》つかれ、且《かつ》は風景《ふうけい》に魂《たましひ》うバゝれ、懐旧《くわいきう》に腸《はらわた》を断《たち》て、はかぐ〵しうおもひめぐらさず。

風流《ふうりう》の初《はじめ》やおくの田植《たうえ》うた

無下《むげ》にこえむもさすがにと語れバ、脇《わき》・第三《だいさん》とつゞけて、三巻《みまき》となしぬ。[*1]

芭蕉はこの詩の成り立ちを、風景に対するきわめて個人的な反応として提示するが、しかし、この反応もまた人々との結びつきの助けを借りたものである。自分を迎えた主人に親しげに質問されたことで、詩人は疲れを克服し、散漫な思考を詩にまとめることにしたのにくわえ、そうして生まれたこの詩もまた、同伴者の協力を得た一連の詩的創作のきっかけとなっていくのである。

＊1　現代語訳「奥州街道の宿駅である須賀川に、等窮という者を訪ね、ここに四、五日引き留められた。等窮は会うとまず「白川の関では、どんな句を作りながら、関越えをなさいましたか」と尋ねた。そこで「長い旅路の苦しさで、身体が疲れていたうえに、あたりの風景の美しさに心をとられ、また白川の関にゆかりのある古歌や故事を思う情にせまられて、思うように十分句を案ずることもしませんでしたが、（自分はようやく白川の関を超えて、陸奥《ミチノク》の地に一歩を踏み入れ、これから陸奥の名所・旧跡を探ろうとするのだが、その陸奥の風流の第一歩は、鄙《ヒナ》びた奥州の田植歌から始まった。いかにも奥州らしい趣である）という一句ができました。一句もなしにこの関を超えるのは、さすがに気がすまないから作っただけのことです」というと、それではこの句を発句にして連句を巻こうということになり、等窮が脇句《ワキク》を詠み、曾良が第三を詠みつづけるといったふうで、滞在中ついに三巻の連句ができあがった」（同上書、八五―八六頁）。

## ワーズワースの詩「ティンタン修道院」の例

これと大きく異なって、西洋の作家はしばしば、彼らを取り囲む世界から自身は芸術家として独立しているのだと主張してきた。ワーズワースは確かに偉大な自然詩人と称賛されるが、彼の詩は往々にして、自然に直接応じたものではなく、また詩人の過去や未来の経験とも複雑な関連を有しているのである。この側面については、芭蕉の白河の関での経験を、ワーズワースの優れた詩「ティンタン修道院」と比較するのが有益だろう。この詩のなかでワーズワースは自分を、家族や友人から「何年も遠ざかり、放浪しつづける」さなかの「自然の崇拝者」として描いている。彼はこの詩を特定の時間と場所で作っており、詩の正式な題名「一七九八年、七月一三日、ワイ川のほとりを再訪した際に、ティンタン修道院の数マイル上流で書かれた詩行」にそれは明かされている。芭蕉と同じく彼も同伴者と旅をしていたが、その同伴者とはふたたび妹のドロシーであって、芭蕉の友人曽良のような詩作仲間ではなかった。ワーズワースはなごやかな競争のうちに詩を書いたのではなく、自分一人で書き、この詩的な場所を再訪するにも、先行する詩人のことをじかに意識することなく、自分が以前にこの景色を見た際の経験を思い起こしている。詩の冒頭で彼が次のように述べるとおりである。

五年が過ぎた。五度の夏が、五度の

長い冬期とともに！　そしてふたたび私は聞く
山の泉から流れるこの水音を、
山奥の甘いささやきとともに。(39)

芭蕉のような詩人は、偉大な先人に負けないほど創造的に、そして力強いやり方で白河の関に応答するという難題にひるむかもしれない。だが、ワーズワースが恐れるのは、自分がもはや若いころ熱狂したようには景色に応じられないかもしれないということである。彼が述べるには、五年前、自然は

私にとって全てだった――そのときの自分を
描くことはできない。鳴りひびく瀑布が
熱情のように私を悩ました。高い岩、
山、そして深く陰鬱な森、
それらの色も形もそのときの自分には
欲望、つまりは感情であり愛であり、
思考によって供給されるはるか遠くの魅力を
必要とせず、また目から借り受けていない
いかなる関心も要らなかった――時は過ぎ
切望した喜びはいま　みなあとかたもなく、
目のくらむほどの魅惑のかけらもない。(40)

「ほろほろと」において芭蕉は、自分も実際に見た滝の絵の上に詩を書き、そこに滝の音を記録したが、ワーズワースはそれをおこなわない。ただ、彼は風景を言葉で表す能力に不安を抱いているわけではないし、実際にとてもうまくやってのける。彼にとって難しいのは、想像力を働かせて、今の自分と、自省せずに光景に没頭することができた、まだ若かりし日の（芭蕉のような）自分を結びつけていくことである。きわめて自意識の強いワーズワースであるから、若い頃でさえ、そのような直接体験の機会があったかは疑わしいが、「ティンタン修道院」という作品の枠内では、二八歳の詩人が五年前には自分はずっと衝動的な人間だったと信じていることが必要なのである。この大人になった詩人には、たとえ詩自体は「力強い感情の衝動的な氾濫」を契機にしているとしても、その氾濫する感情を静謐のうちに思い返し、きわめて完成度の高い芸術作品に仕立てるには、五年かかるのだ。

## ワーズワースと芭蕉の共通性

ワーズワースと芭蕉の違いを過度に強調することも避けるべきだろう。杜甫と同様に、芭蕉の詩が西洋の伝統と異っているのは、種類よりは程度においてである。芭蕉はただ単に、白河の関の眺めや、田植え中に民謡を歌う女性の声に反応しているわけではない。自ら述べているとおり、白河の関に立つ彼は「懐旧に」

**図1**　「ほろほろと」（許六画）

ふけっており、旅路で主として考えていたのは、前の時代の詩人についてであり、自分が見た風景に彼らがどう反応してきたかであり、さらには日本や中国の似た風景に彼らがどう反応してきたかである。ハルオ・シラネもこの場面について次のように書いている。「この白河の関はほとんどすっかり旅人の空想のうちに存在し、詩的な結びつきの一環としてここにある〔中略〕このとき芭蕉は西行[*1]、源頼政[*2]、その他、能因法師[*3]のかつての痕跡を探そうとした者たちの痕跡を追っており、その能因法師もまた平兼盛[*4]の痕跡を追っていたのである(41)」。

芭蕉自身の説明によれば、実のところ彼がこの詩を書いたのは、白河の関で風景を実体験しているときではない。彼いわく、そこに居たときには圧倒されるのを感じていた――眺めそのものによって？　過去の詩への追想によって？　新しいものを書くという難題によって？　どんな理由にせよ、彼はその場で何も書くことができなかった。彼が詩を作ったのは、のちに宿場に戻り、歓迎する主人と言葉を交わし、主人から目にした光景について何を考えたか尋ねられたあとのことであり、彼は自分が圧倒されてその場で詩を書けなかったことを恥じたのである。したがって彼はこのとき静謐のうちに――ワーズワースならこう言ったかもしれない――彼をじかに圧倒したものについて、思い返すのだ。あるいはあとになって、厳密な記録作品とは言いがたい『奥の細道』を書くに至ったときに、そう主張したことになるのである。ハルオ・シラネは「『奥の細道』はしばしば信

＊1　西行（一一一八―九〇）日本の歌人で、鎌倉前期に活躍する。裕福な家柄であったが、のちに出家し、その後、陸奥の旅に出る。その旅の最中にも多くの歌を残す。『新古今和歌集』に最も多くの歌を採用された歌人で、松尾芭蕉にも影響を与えたとされる。

＊2　源頼政（一一〇四―八〇）日本の平安末期の武将。和歌を詠むのに長けていた。

＊3　能因（九八八―没年不明）日本の歌人。平安時代に活躍し、その歌人としての才を買われ、身分の高い人々の専門歌人となっていた。

＊4　平兼盛（生年不明―九九〇）日本の平安中期の歌人。藤原公任の「三十六人撰」を基にした三十六歌仙と呼ばれる優秀な歌人グループの中の一人。

頼の置ける旅行記として読まれるにもかかわらず、これはせいぜい実際の旅行におおまかに依拠したフィクションの類いとみなされるべきだ」と述べた[42]。芭蕉は『奥の細道』を旅路で書いていないどころか、その直後に書いたわけでもないのである。なぜなら彼がこの偉大な物語を完成したのはそこで描かれている旅行の五年ほどあとであって――ワーズワースがティンタン修道院訪問について私的な記録を完成させるのにかかったのとちょうど同じ時間の隔たりがあったからである。

芭蕉の世界は、固有で独特のものであり、深く日本の伝統に根ざしている。しかし、たとえ芭蕉と、海を超えたより広い世界――中国からインド、イングランド、そしてアルゼンチンにいたるまで――とのあいだにいかなる直接的な結びつきも、それどころか間接的な結びつきさえなかったとしても、そうした他の例と比較することで、彼にとって詩が何を意味したのか、そして今日の我々にとって彼の詩が何を意味するのかをよりよく理解することができるのである。

## 『町人貴族』と『心中天網島』に見る商人階級の興隆

アジアとヨーロッパにおける伝統的な詩の体系が異なったとはいえ、両地域は接触を繰り返してきた。帝国主義的な侵略によって築かれた直接の関係を除いても、近代性は姿を現すや地球の広範囲に影響を与えた。たとえ作家同士が互いを知らないにしても、さまざまな意味で比較されうる経済的・社会的発展に反応して彼らは作品を書くことがあったのである。たとえば世界のいくつもの地域で、商人階級は一七―一八世紀にかけて新たな力を誇示していき、一九世紀には古い貴族制にすっかり取って代わった。文学作品はこうした変革を初期から扱いはじめたので、それぞれのかたちでこの過程を経験したまったく異なる文化の作品を並べれば、とても魅力的な比較ができるのである。

適例として、フランスの劇作家モリエール[*1]の『町人貴族』（一六七〇）と、近松門左衛門[*2]によって一七二一年に大坂で書かれた『心中天網島』に着目したい。彼らはほぼ同時代の偉大な劇作家であって、モリエールが死んだとき、近松は二〇歳だった。フランスと日本の演劇は互いにまったく独立して伝統をはぐくんでおり、根本的な手法において異なるが、しかし右記の作品を書くにあたって両劇作家はともに、自分を取り巻きはじめた新しい社会秩序について真剣に考えていた。この共通の関心が、両作品の魅力的な相似を――同じくらい興味深い相違とともに――生むのである(43)。

モリエールの作品の題『町人貴族』*Le Bourgeois Gentilhomme* には意図的な矛盾がある。中流の商人（町人）は貴族とはみなされない。gentilhomme という単語は貴族中心の集団に生まれた人間を指すものとして中世に生まれた。しかし、モリエールのジュールダン氏は裕福な布商人の息子でありながら、愚かにも父親

＊1　モリエール（一六二二―一七三）一七世紀フランスの劇作家・俳優。コルネイユ、ラシーヌと並んで古典劇の三代作家とみなされる。得意としたのは喜劇で、代表作の『人間嫌い』や『守銭奴』からもわかるように、ある典型的な性格の登場人物が引き起こす事件を描くのに長け、その人間洞察力が高く評価された。

＊2　近松門左衛門（一六五三―一七二五）日本の歌舞伎と文楽（人形形式の劇）を代表する作家。『曾根崎心中』は実話をもとにした作品で、若い男女の悲恋を描いている。この作品以後「心中もの」ブームが起き、実際に心中事件も多発した。

から受け継いだ財産の強みだけで貴族階級に跳びあがれると思っている。彼は中産階級の出自を恥じており、召使いが心にもなく、ジュールダンの父親は布についての芸術鑑定家であって決して商人ではなかったとおべっかを使うと、のぼせあがってしまう。

ジュールダン氏　馬鹿な奴らがね、おやじは商売人だったと言ってるんですよ。

コヴィエル　お父さまが商売人ですって！　そんなのはただの中傷ですよ。だって、お父さまが商売人だったことは一度もないんですから。ただお父さまは、とても親切で面倒見がよかっただけなんです。それで、布地にとても詳しかったから、あちこちから布地を選んで来て、家に運び込ませて、お金と引き換えにお友達にわけてあげてただけなんですよ。[44]

とはいえジュールダン氏も、「貴族」になるためには、自分の出自を隠蔽するだけでは足りないことを知っている。つまり、教育と洗練と、貴族らしい趣味の良さが要るのである。それで彼はダンスの先生、音楽教師、フェンシングのコーチに加え、哲学者まで、真の紳士が享受すべき文化的優位を彼に与えてくれると見込んで雇うのである。この戯曲[*1]は音楽とダンスの先生が、ジュールダンから受けとる大金が彼に教える屈辱の埋め合わせになっているか議論する場面から始まる。ダンスの先生はこのような粗野な客を取ることを恥じるが、音楽教師はジュール

＊1　戯曲　舞台で演じられることを目的として書かれた文学作品。西洋では、紀元前六世紀から五世紀の間に古代ギリシアのアテナイで形式が整えられた。日本では明治時代にヨーロッパの「ドラマ」の訳語として「戯曲」が使われ、演劇のテクストを広く戯曲と呼ぶようになった。

ダンとやっていくことを良しとする。「あの方の褒め言葉にはお金がついてくる」からである。[45]

　商取引からなるこの世界で、ジュールダンは趣味において有利な交換をするのみでは満足しない。彼は、自分の娘は貴族としか結婚させないと言い張り、あるいは自身も貴族にのみ許される性的放埒を楽しもうとする。彼はすでに、自分と同じそれなりの境遇に育った妻をもっていながら、女侯爵ドリメーヌと恋に落ちた――あるいはそう主張している。あまりに地位がかけ離れているため、彼女と会話することさえかなわずにいるのだが。ともあれ彼は、ドラントという、「金色の」あるいは「光り輝く」という意味の名をもつ堕落した男性貴族との交友を楽しんでいる。ドラントは商人への支払いのためジュールダンから金をせしめるだけでは飽き足らず、彼自身がドリメーヌそのひととの恋愛を進展させるためにもその金を利用する。つまり、ドラントはジュールダンの恋心について彼女に働きかけるふりをして、実際はジュールダンからの贅沢な贈り物を自分からのものとして彼女に手渡してきたのである。

　はるか彼方で、近松は似たような社会的軋轢を『心中天網島』において考究している。主人公の治兵衛は紙屋で、彼にまつわる事件の語り手である太夫は肯定的にこう語る。「紙屋治兵衛と名を付けて、千早《ちはや》ふるほど買ひに来る。かみは正直、商売は所がらなり、老舗《しにせ》なり」[*1]。ジュールダン氏と同様に、治兵衛は自分の

＊1　現代語訳「紙屋治兵衛と名をつけて、大勢の客が買いにくる。繁盛するのは、「神は正直」の諺《コトワザ》どおり、正直に商い、場所柄もよく、老舗《シニセ》だからである」（山根為雄校注・訳「紙屋治兵衛・きいの国や小はる　心中天の網島」『近松門左衛門集2　新編日本古典文学全集75』小学館、一九九八年、四〇三頁）。

階級の女性と結婚しているが、手の届かないひとに恋してしまう。それは小春という高級芸者で、侍や地位の高い人々も客に取っていた。小春が彼の気持ちに応えたため、治兵衛は彼女を置屋から買い取ろうと必死になるが、高い身請け費用が払えない。彼の恋敵である豪商の太兵衛は、小春を得るに必要なのは金のみだと確信しており、こう述べている。「銀《かね》持つたばかりは太兵衛が勝つた。銀の力で押したらば、なう連れ衆。何に勝たうもしれまい」[*1]。太兵衛は商業が時代遅れの社会構造に取って代わると信じている。彼はこう言う。「ハテ刀差すか差さぬか。侍も町人も客は客」[*2]。

日本でもフランスでも衣服は社会的地位のはっきりした証であり、モリエールと近松はともに、新しい衣装を着ることで新しい社会的役割を身にまとおうとする人物を描いている。ジュールダン氏は、貴族のあいだで最新のファッションだと仕立屋に言われるまま、けばけばしく似合わない服に夢中になっている。突飛な羽根飾りとフリルだらけの彼を見て、妻と女中が笑いを堪えられずにいると、彼は怒り出す。『心中天網島』で治兵衛は小春の自由を買い上げにいくとき、置屋の主に敬意を払わせようと盛装していくが、道の途中で怒り心頭の義父に出くわし、彼から賤しい出自を隠蔽しようとしていると非難される。義父は皮肉げに言う。「婿殿これは珍しい、上下《うへした》着飾り。脇差、羽織、あつぱれ能《よ》い衆《しゅ》の銀遣《かねづか》ひ。紙屋とは見えぬ」[*3]。

＊1　現代語訳「金のある点だけは太兵衛が勝った。金の力で押したなら、のう、連れの衆、何にでも勝てるだろう」（同上書、三八九頁）。

＊2　現代語訳「ハテ刀を差すか差さぬかの違いで、侍も町人も客は客」（同上書、三九〇頁）。

＊3　現代語訳「婿殿、これは珍しい。上下着飾って、脇差、羽織姿はおみごと金持衆の散在姿、とても紙屋とは見えぬ」（同上書、四一四頁）。

いずれの戯曲にも、着飾ることを芝居の一種として説明する、メタ演劇的な発言がある。モリエールのジュールダン氏は、娘の意中の人物クレオントが貴族ではないという理由でふたりが結婚するのを許そうとしなかったが、賢い従者コヴィエルはちょっと前に見た仮面劇から「いいことを思いついた」ことで問題を解決する[46]。彼がクレオントをトルコの王子に仕立てると、ジュールダンはこの異国の貴族を義理の息子にしようと大はしゃぎする。変装したクレオントはジュールダンに偽の称号である「ママムーシ」（オスマン帝国の軍人階級である「マムルーク」からの借用を思わせる）を授ける。それからクレオントがジュールダンにトルコ風の晴れ着を着せると、驚いたジュールダンの娘がこう叫ぶ。「お芝居でもやってるんですか[47]？」。

はるかに深刻なのは『心中天網島』で、治兵衛と小春は自分たちが晴れて自由に結ばれることはないと知り、自殺を企てる。そのような軽率な振る舞いを是が非でも阻止しようとして、治兵衛の兄である孫右衛門は侍の格好をして、客を装って小春を訪ねる。彼は見せかけの上流階級の権威が、彼女に命を粗末にしないよう説くにあたって自分の言葉に重みを持たせてくれればと望んでいる。侍の装束に身を包んだ彼は、役者になったように感じ、ぼやいてみせる。「人にも知られし粉屋《こや》の孫右衛門。祭の練《ね》り衆《しゅ》か気違ひか。つひにさゝぬ大小ぼつこみ。蔵屋《くらや》敷《しき》の役人と。小詰役者《こづめやくしゃ》の真似《まね》をして」*1。

*1　現代語訳「人にも知られた粉屋《コヤ》の孫右衛門が、祭りの練《ネ》り衆《シュ》か気違いかのように、いまだかつて差したことのない大小を腰にぶちこんで、蔵屋敷《クラヤシキ》の役人と称し、下っぱ役人の真似《マネ》をして」（『近松門左衛門集2　新編日本古典文学全集75』四〇〇—四〇一頁）。

いずれの戯曲でも、伝統的な社会規範が新たな社会的役割の下からその存在を主張する。庶民の太兵衛は、士農工商は皆ただの客だと主張するが、本物の侍に出くわすと――たとえそれが実際には侍に扮した治兵衛の兄であっても――置屋から逃げ去ってしまう。ジュールダン氏は衣服が貴族を作ると信じているが、上流階級がどのような服装をすべきか判断する能力さえ布商人の父親から受け継がなかったこともあり、誰のことも欺けない。モリエールの喜劇では近松の悲劇よりも社会規範が強力であるが、このことはジュールダン氏にとってむしろ幸いであるかもしれない。彼はそもそもドリメーヌに近づく機会さえ持てなかったからである。ジュールダンの妻は彼がドリメーヌとドラントのために準備した晩餐を中止させる。彼女は夫にこう言う。「私は自分の権利を守ってるだけなんですからね。それに、世界じゅうの女が私の味方になってくれますよ」[48]。治兵衛の妻と同じように、彼女も恋敵に真っ向から立ち向かう。「それから、あなたもあなたですよ、立派な貴族でいらっしゃるあなたが夫婦の仲を邪魔したり、うちの人があなたに夢中になっているのを放っておくなんて、いいことでも褒められたことでもありませんよ」[49]。ジュールダンに初めて会ったばかりのドリメーヌはこの非難に困惑する。彼女は、自分が求婚者ドラントに会うのに都合のよい場所をジュールダンが提供してくれただけだと信じているのだ。彼女は階級の境界を超えるのに反対する点では、「自分より身分の高い人と結婚なんかしたら、いろいろと困ったことになるに決まってます」と述べるジュールダンの妻に劣らない[50]。ジュールダン夫人がたとえ確信していたとはいえ、あらゆる妻が自分の味方だという考えは、日本の場合、間違いになるだろう。治兵衛の小春との深い結びつきを知った妻の小さんは、彼らの関係を終わらせようとやっきになるのではなく、なんと治兵衛がお金を調達する一助となるために自分の服を売る。治兵衛と小春を生きがたくするのは小さんの父親であって――それは彼の真情というより、家族の体面を気にしてのことである。

## モリエールと近松の違い

固定されてきた階級社会の激しい揺らぎについてモリエールと近松はそろって考究し、自分の職業である芝居を、社会的地位の不確かな世界に生きることの明瞭な比喩として用いた。とはいえ彼らの戯曲の差もまた相当なものである。それらは文化的差異の大きさに起因するばかりでなく、ふたりの劇作家が人生でおこなった個人的選択の結果にもよっている。モリエールは、彼が戯曲で諷刺している当の商人階級の出であった。父親は富裕な室内装飾業者で、宮廷社会のうちに自分と家族のためのささやかな地歩を固めるべく、貴族の顧客とのコネを当て込んでいた――まさに、舞台の上演初日にモリエール自身が演じた布商人の息子ジュールダンの野望そのものである。モリエールは彼の出自を題材にするときでさえ、そこから距離を置いており、『町人貴族』もルイ一四世の宮廷を楽しませるための笑劇、ファルス[*1]として書いた。階級変動の深刻な緊迫感がこの劇を生み出したが、モリエールはその緊迫感を滑稽なかたちで表現している。

対照的に、『心中天網島』は胸を引き裂く悲劇であって、近松が日常生活について書いた二四作の世話物のひとつである。戯曲全体を通じて中流の登場人物が情の深さと痛ましい感傷性を露わにするが、モリエールの劇どころか当時のほとんどの西洋劇に登場する中産階級の人々はめったにそんなことはしない。近松の登場人物がそなえる激情は、人間の俳優をまったく使わずに具体化される（『心中天網島』は人形劇[*2]である）ことでとりわけ印象的である。近松は、彼の時代最高の人形劇の巨匠となるために、モリエールと逆の階級を目指した。武士階級の裕福な家に生まれた近松は、若いころ公家の屋敷に仕えたが、それから京を去り、平民の商人階級が興隆する中心地であった大坂に移った。そこでさまざまな出来事と騒々しい動きに満ちた人形浄瑠璃という人気の娯楽形式に携わるようになる。近松は人形芝居の発展に寄与する。厳かな人形遣いが人形に命を与える一方で、太夫がつかの間の喜びと終わりなき悲しみを語り上げることで人形にあらゆる人情の細やかさを備えさせる、いちじるしく流動的で激烈な芸術形式に発展させたのだ。

小春が客の相手をするのを格子窓ごしに見ながら、治兵衛は「エ、知らせたい、

＊1　ファルス　中世のフランスで誕生した笑劇。簡単な筋立ての物語で、高尚というより、笑いを目的とした民衆向けの劇。

＊2　人形劇　人間ではなく、人形を人形遣いが操作し劇を行う。マリオネットはもちろん、影絵芝居などもこれに分類される。後述される「人形浄瑠璃」は、浄瑠璃（三味線を伴奏として語られる物語）に合わせた人形劇。

呼びたいと。心で招く気は先へ」[*1]と働きかけたいと願うが、太夫の述べるように「身は空蟬《うつせみ》の抜殻《ぬけがら》の。格子に抱きつき、あせり泣く」。心中の約束を果たすため、小春が置屋を抜け出すのを治兵衛が手助けしたとき、ただ戸を開けるだけのことが、苦しい不安の場面となる。

治兵衛様、早う出たいと気をせけば。せくほど回る車戸《くるまど》の。開《あ》くるを人や聞きつけんと。しやくつて開《あ》くれば、しやくつて響き。耳に轟《とどろ》く胸の内。治兵衛が外《そと》から手を添へても。心震《ふる》ひに手先も震ひ。三分《ぶ》、四分《ぶ》、五分《ぶ》、一寸の。先の地獄の苦しみより。鬼の見ぬ間と、やう〳〵にあけて。[*2]

ついに彼らが抜け出すと、太夫はふたりが死地と定めた場所に赴くのを悲しく歌い上げる。「今置く霜は明日消ゆる。はかなき譬《たと》へのそれよりも、先へ消え行く、閨《ねや》の内。いとしかはいと締めて寝し。移り香《が》も、なんと」[*3]。

学者であり人形劇の通であった穂積以貫[*4]との会話で、近松は背景の描写にあっても「心情をこめて書くことを第一にしないと、必ず感銘が薄いものだ」と述べた(51)。近松のリアリズムは社会に根ざしたものであった。

たとえば公家や武家をはじめとして皆それぞれの身分を区別し、立居振舞いの区別から詞《ことば》遣いまで、その身分にふさわしいことを第一に心掛けている。したがって、同じ武家であっても、或は大名、或は家老、その他俸禄の高下に従い、その身分身分の格式によって差別をしている。これも、読む人それ

＊1　現代語訳「［前略］エエ知らせたい、呼びたい」と、心で招き、気は小春の所へ行き、身は蟬《セミ》のぬけがらのように放心状態で、隙間だらけの格子に抱きついて、あせり泣く」(『近松門左衛門集2　新編日本古典文学全集75』三九四頁)。

＊2　現代語訳「［前略］治兵衛様、早う出たい」と気をせくと、せくほど回る車戸の音がして、開ける音を人が聞きつけはしないかと、持ち上げゆすって開けると、つれて音が響き、耳に轟《トドロ》いて胸の内はどきどき。治兵衛が外から手を添えても、心の震えに手先も震え、三分、四分、五分、一寸の少しずつ。一寸先は地獄へおちる苦しみが控えていても、それよりも恐ろしい鬼の見ぬ間に逃げ出そうと、ようやく戸をあけて出た」(同上書、四二三頁)。

＊3　現代語訳「今おりている霜は明日は消えるが、そのはかないたとえの霜よりも先へ消えて行く閨(ねや)の内で契った二人の命。閨の内で、いとしいかわいいと抱きしめて寝た折の移り香も、今はなんとなろう」(同上書、四二四頁)。

＊4　穂積以貫(一六九二―一七六

ぞれの心によく共感することを大切とするからだ(52)。

同時にまた、彼のリアリズムは慎重に様式化されたもので、彼は登場する女性のセリフを例として、この点を説明している。「浄瑠璃の文句はみな実際の事柄をありのままにうつすのだが、その中にまた、人に興を催させるためにあるので、現実の世の中にはないことがある。卑近な例として、若い女の役の人形の言葉は、実際の女の言葉には言えないことが多い。これらはまた芸というもので、本当の女の口からは言えないことをかくさずに言うから、女の本当の心持ちがあらわれるのだ(53)」。彼が説明するに、芸術とは「真実と虚偽との紙一重の間にあるもの」なのである(54)。

近松の世界はきわめて現実的であると同時に、詩的象徴に満ちている。戯曲の最終幕で、破滅へ向かう恋人たちは「仏になる」ことを意味する御成という名前のついた御成橋など、いくつもの橋を渡る。西洋の戯曲では宗教的な象徴が婚姻の秘蹟を支えることを読者は予期するかもしれないが、近松は戯曲の最後に主人公らを悟りの境地に向かわせる。自殺の直前に彼らは剃髪し、修道僧と尼のようにこの世を諦める。しかし彼らはいつか二人そろってよみがえる日を待ち望んでもいる。小春が「何か嘆かん。この世でこそは添はずとも。未来は。言ふにおよばず、今度の〳〵。つゝと今度のその。先の世までも夫婦ぞや」*1と言うとおり、彼女はこの期待を宗教的実践の中心に据えている。「一つ《ひと》蓮《はちす》の頼みには。一夏《いちげ》に

九）江戸時代の儒教学者。「以貫」は「いかん」または「これつら」と読む。古学に加え、算学、韻法などにも造詣が深い。本文で引用された近松の発言は、彼のものとされる浄瑠璃注釈『難波土産』に収められている。

＊1　現代語訳「何を嘆くことがありましょう、この世でこそ添わなくても、来世は言うに及ばず、次の、次の、ずっと先の、その先の世までも夫婦ですよ」（『近松門左衛門集2　新編日本古典文学全集75』四二六頁）。

一部。夏書《げがき》せし」＊1。

このような深い詩的・哲学的要素を戯曲に取り込むことで、近松は人形劇の荒々しく騒々しい世界と、彼がなじんで育った思索的で洗練された貴族の芸術のあいだに橋をかけた。近松と同じく、モリエールも単純で大衆的な劇の形式を変革したことで名を成した。彼の時代まで舞台喜劇はおおよそ、あけすけなユーモアを表現するためにカラフルな仮面を付けた俳優――言わば人間による人形――によって演じられる、定番の登場人物だらけの道化芝居が中心だったのである。近松が貴族的な感受性を大衆娯楽の世界に取り入れたとすれば、モリエールは地に足の着いたリアリズムを貴族の世界の描写に取り入れた。彼は宮廷のために戯曲を書いたが、その宮廷生活の描写は、貴族に媚びへつらったものではない。ドリメーヌは冷笑的であり、ドラントは嘘つきでひとを利用する嫌な人間である。読者は彼らの結婚がたえず不誠実とひどい借金つづきだと予想できる。劇の終わりに幸福を定められた人物は、率直な物言いのクレオントと、快活で愛情豊かなジュールダンの娘ルシールである――このルシール役を舞台初日に演じたのはモリエールの若妻だった。未来は、ジュールダンが不可能にもかかわらず、加わりたいと焦がれた貴族社会ではなく、彼らに属しているのだ。

＊1　現代語訳「一蓮托生《イチレンタクショウ》の叶《カナ》う頼みに、一夏《イチゲ》に一部を夏書《ゲガキ》しました」（同上書、四二六頁）。なお夏書とは夏籠もりの修行としておこなわれる書経のことである。

## ジェイムズ・メリルの詩にみる、時代を超えた比較の可能性

こうした例が示すように、我々は遠くの作品であれ、比較可能なテーマを扱っていれば比較対照することができる。この二つの戯曲の場合は、時代の経済状況や、愛情と家族の圧力というテーマ、そしてメタ演劇性についての芸術的な問い、さらにはそれらを三つまとめて、比較の土台として用いることができる。しかし、我々はまた、近代以前の作品が近代の世界に移動し、現代の作家に国内外でインスピレーションを与える世界文学になるとき、どのように受け入れられるかも観察できる。今日の文芸同士はかつてないほど密接に組み合わさっており、俳句のように以前はひとつの文化に固有だった詩の形式さえ、世界中に見られるようになっている。ここで私は、芭蕉の遺産にひときわ印象深い現代的反応を示した、アメリカの詩人ジェイムズ・メリル[*1]のきわめて感動的な詩的紀行文「出立の散文」について考えたい。メリルは彼の世代でも指折りの創造力豊かな詩人であって、ピューリッツァー賞、詩を表彰するボーリンゲン賞、さらに二度の全米図書賞を獲得している。彼は陽気な皮肉屋で、多彩な様式を自在に使いこなす達人であった。ハロルド・ブルームは彼を「アメリカ詩におけるモーツァルトだ」と評している。メリルは飽くなき実験主義者で、ソネットやヴィラネル[*2]といった伝統的な形式を利用するのが大好きだった。「出立の散文」で彼は一連の秀逸な実験

＊1　ジェイムズ・メリル（一九二六―九五）アメリカの詩人。詩人として活躍しはじめたが、のちには小説家としても頭角を現す。『神聖喜劇』でピューリッツァー賞を受賞する。

＊2　ヴィラネル　田園詩として生まれた詩の形式。一九行で構成され、三行ごとの連（最終連のみ四行）の末尾は二つの韻を交互に踏む。

を取り囲んでいる叙述部を、俳文形式で——つまり、散文のスケッチが俳句を挟むかたちで——構成している。

私は「出立の散文」を芭蕉と結びつけるいかなる学者の考察も目にしたことがないが、メリルのこの詩的日誌は日本旅行を詳述したもので、明らかに芭蕉の詩的紀行文を下敷きにしている。メリルの文章は、自作の一、二の俳句を軸とした、基本的に一から二ページの長さのエピソードを連ねていくという形式である。メリルは芭蕉の紀行文を多くの面で参考にしており、なかでも儚い美と精神的な省察の拠り所として身体性を強調することを受け継いでいる。たとえば芭蕉は『笈の小文』の冒頭の数行で、詩的精神の拠り所として、朽ちていく身体を強調している。

百骸九竅《はくがいきうけう》の中に物有《ものあり》。かりに名付《なづけ》て風羅坊《ふうらぼう》といふ。誠にうすものゝかぜに破れやすからん事をいふにやあらむ。かれ狂句を好《このむ》こと久し。［中略］ある時は倦《うん》で放擲《ほうてき》せん事をおもひ、ある時はすゝむで人にかたむ事をほこり、是非《ぜひ》胸中にたゝかふて、是《これ》が為《ため》に身安からず。しばらく身を立《たて》む事をねがへども、これが為にさへられ、暫《しばら》ク学《まなん》で愚《ぐ》を暁《さとら》ン事をおもへども、是が為に破られ、つゐに無能無芸にして唯此《ただこの》一筋に繋《つなが》る。*1

メリルは「出立の散文」を一九八〇年代のエイズ危機の暗い影の下で書いている。たくさんの友人が、よい治療法も見つからぬまま死んでいき、彼自身もおおやけ

*1　現代語訳「百の骨と九つの穴を持ったこの我が身の中に、あるて「もの」がある。それを仮に名付けて風羅坊と、みずから名乗っている。風羅と名付けたのは、その身が風に破れやすい薄衣のようなはかないものであることを、いうのであろう。その彼《カレ》風羅坊は、俳諧《ハイカイ》の狂句を好むことがすでに久しく［中略］もっとも、今までに、ある時は飽いてほうり出そうかと思い、またある時は進んで励み、人に己を誇ろうと考え、どちらともきめかね、胸中に思い煩って、そのため心身の落ち着かぬこともあった。また一度は世間並みの出世をしようと志を立てたこともあるのだが、狂句が妨げになってそれもならず、あるいはまた仏教を学んで自分の愚を悟ろうとしたこともあるのだが、やはり狂句のために志を破られ、ついに無能無芸で、ただこの一筋の道に携わることになった」（『新編日本古典文学全集七一　松尾芭蕉集二　紀行・日記編　俳文編　連句編』四五頁）。

にはしなかったが罹患していた。冒頭のスケッチは、旅行としての人生という芭蕉のテーマを思い起こさせ、同時にそれを皮肉る。彼と恋人が念願の日本旅行に出発しようとするとき、親友のポールから電話を受ける。ポールはメリルが「有名で広大で複雑で、まるで遠洋定期船」と評する、ミネソタのメイヨー・クリニックで癌治療を受けている。このクリニックは年配の夫婦だらけで、中年で同性愛者の友人は自分を場違いだと感じる。このスケッチは一組の上等な俳句で締めくくられる。

ポールはひとりきりであり、もしかすると「航海して」さえいなかった。「訪問客は岸へ戻れ！」というきつい声を自分の身体越しに聞く瞬間を待ちながら、彼は次のように感じはじめていたのではないか。あまりに若く、得体の知れない乗組員は除き、真正なる乗客のみがそこを循環するのが望ましいのだ、みなで同じ船に乗り、一様の恐怖は覆いかくし、しかし誰もが明らかに

海にいる。そう、まさにこの
老人ら、目立たぬようにしつけられ、
あたかも日本人そのもの、

早すぎる乗船おえて
――良い旅を！　手紙を送れ！――
最後の新婚旅行について(55)。

ここではメリルの詩自体が「あたかも日本人そのもの」で、ダッシュで明示される「手紙を送れ！」という「切れ字」さえ使っている。しかしまた、韻を踏むことで俳句を英語に順応させてもいる。

メリルと恋人は、アメリカにとどまってポールを支えないことに罪悪感を覚えながらも、日本へと去っていく――芭蕉が『野ざらし紀行』の出発時に、泣いている三歳児を哀れみながら置き去りにするのと似ていないこともない。次のスケッチは、現代の詩的空間である東京の青山霊園に行くこの旅人らを描いている。そこで彼らは、古い詩人ではなく、現代の同性愛者の小説家の墓を探す。「三島由紀夫は、満開の見事な花を咲かす桜並木に沿った道のひとつに埋められている(56)」。彼らは三島の墓を見つけられず、かわりに生きた人間が墓のあいだでピクニックしているのに出くわす。夕やみのなか、トランジスタ・ラジオを聞いている「亡霊のような数人の連中」である。

三番目のスケッチで彼らは「ドナルド界隈」と名づけられた場所に行く。ドナルドとはアメリカ人の国外移住者ドナルド・リチー*1で、一九四七年以降、日本に住み続けていた。彼は映画研究者で何十冊も本を書いており、なかでも黒澤*2につ

＊1　ドナルド・リチー（一九二四―二〇一三）アメリカの映画評論家。日本の映画作品に造詣が深く、『ジャパン・タイムズ』誌の芸術批評を執筆する。

＊2　黒澤明（一九一〇―一九八）日本を代表する映画監督の一人。世界的にも評価が高い。彼の影響を受けた作品は『荒野の七人』のような直接的なものから、一場面をオマージュしたものまで無数にある。代表作に『七人の侍』『羅生門』など。

いての定評ある研究によってその名が知られている。リチーはたびたび外国人客、とりわけ彼同様の同性愛者を歓待し、また案内していた。少し前には同じく三島のファンである、フランス人作家マルグリット・ユルスナール[*1]を日本訪問の際にもてなしている。「出立の散文」はリチーに捧げられており、もし我々が「出立」に、冒頭のアメリカから日本への出立だけでなく日本からの出立の意味も汲み取るならば、この作品は別れの詩の長い連なりともみなせるのである。

芭蕉においてそうだったように、この旅は生命と生活という二重の意味で、生との別れを扱ったものである。芭蕉はなじみの環境を捨て去ることで自我から解放されようと試みており、メリルの連作にも似たところがある。死期の迫った彼の友人「ポール」はラトガース大学教授のデイヴィッド・カルストーン[*2]をモデルにしている。彼にはサー・フィリップ・シドニーおよび、現代詩人についてのいくつかの著作があり、そのうちにはメリルをアメリカの五大詩人のひとりとして取り上げた一九七七年の研究書『五体液説』がある。カールストーンはエイズ関連症で一九八六年に亡くなっており、メリルの「出立の散文」の初出はその年一二月の『ニューヨーク・レビュー・オブ・ブックス』である。だが、メリルの伝記を書いたラングドン・ハマー[*3]によれば、カルストーンはメイヨー・クリニックで治療を受けたことはないという。その代わり、メリルは自分がそこで受けた治療を思い浮かべ、カルストーンの経験と結びつけて「ポール」という複合的人物

＊1　マルグリット・ユルスナール（一九〇三―八七）フランスの女性作家。第二次世界大戦の勃発をきっかけにアメリカに渡る。アカデミー・フランセーズに初めて女性として加わった。代表作に『ハドリアヌス帝の回想』がある。

＊2　デイヴィッド・カルストーン（一九三三―八六）アメリカの文学研究者。詩を専門とし、エリザベス・ビショップなどの二〇世紀半ばの詩人を研究する。

＊3　ラングドン・ハマー　アメリカの文学研究者。主に、詩と詩人に関する研究を行っている。イェール大学の英語・英文学部の教授。

を合成したのである。ハマーが述べるとおり、メリルの日本旅行は「芭蕉にとってと同じく、自己の放棄を含んでいる」[57]。

メリルと同伴者が東京にあるドナルド・リチーの小さなアパートを訪ねたとき、二人は彼が芸術愛好家であるだけでなく禁欲主義者であることに気付く。「二つのミニチュアのような部屋に、実用的なアルコーブ。がらくたは一切ない。目にするものだけが彼の所有物で、すでに消化した物は持たないという信念もそこに含まれている。本とレコードの数々。付き合っている恋人たち、しかし友人ということにして――友人たちは場所をとらない。彼はいま夜に絵を描いている」[58]。リチーは訪問客に彼の作った短篇映画を数本見せ、それをメリルは身体／風景で終わる三つの俳句で描写する。

死んだ若者。海岸で
灰色の、滑らかな、冷たいカーブ。彼の身体を
探検する一匹の蠅。

次のスケッチで、メリルは故郷を離れ日本に逃げてきたという事実を受け入れ、俳句によって、不安からの避難を描いている。

ポールを去って地球の裏側に来ながらも、最悪の想像が膨らんできている
……意識的な逃避の仕方が必要だが、それはせいぜいときおり与えられるに
過ぎない主体が

よそ見しながら、そのうちに
土着のミューズの、数を忘れた
視線のなかへ迷い込み
――音節を数えながら修正するときに、彼女がまばたきし、波がはじけるまで。［中略］もしあらゆる旅が小規模な転生であるなら、今回の旅では自分を花のように生けよう。閉じた目を通して的をにらむ禅の射手のように平静を狙う。攘夷を徹底する。腸に火を宿す雪の円錐を手本とする。[59]

ドナルド・リチーは彼の客人を京都と大阪に案内し、そこで彼らは文楽の実演に足を運ぶ。好適なことに（我々の目的にとってということだが）、上演されるのは近松門左衛門の流れを汲んだ近松半二[*1]の戯曲である。この戯曲もまた心中を描いたものである。ヒロインは愛を断念するのを拒んだのちに首を落とされ、その首は恋人へと、二人を隔てる川越しに送り届けられる。恋人もまた自殺を試みており、首を受けとるとただちに死ぬ。俳句のなかで、メリルはポールの死を予期し、自分が船に乗って、火葬した彼の灰を処分するところを想像する。

（湾［Sound］に向かって、ポール、
僕らは君の箱をからにする、同じように
黒く、同じように小さく）[60]

メリルの詩によく見られるように、ささやかな言葉遊びが物質性と詩情を結びつ

＊1　近松半二（一七二五―八三）浄瑠璃作者。人形浄瑠璃が衰退していくなか、最後に活躍した人物であり、近松門左衛門らと並ぶ名作家とされる。前掲した儒教学者、穂積以貫の子。メリルらが見たのは代表作『妹背山婦女庭訓』であろう。

ける。彼らはポールの遺灰をロングアイランド湾 Long Island Sound に撒くと同時に、遺灰の箱をからにすることを記録するこの俳句の無音 silent sound に向けても撒こうとするのである。芭蕉の紀行文——あるいはワーズワースのソネット および「ティンタン修道院」——と同様に、メリルの「出立の散文」も彼の旅行中に書いているという設定だが、実際に書かれたのは（あるいは少なくとも完成されたのは）帰国してからである。

「出立の散文」という枠組みの外でいえば、この詩を含む書籍として一九八八年に出版された選集『奥の部屋』の別の箇所で、デイヴィッド・カルストーンの死が思い起こされている。それは『奥の部屋』の後ろから二番目の詩で、遺灰を処分する場面が描かれる。今度は事前に予期して書いたものではなく、出来事のあとに描写したものである。「ピーターはブイにつかまっていた／私は水中に箱を抱え、解き放っていた／箱の中味すべてを」。『奥の部屋』は一片の短い詩で終わり、そこでは水滴が「極風に翻訳される、とがった／六角形の北京官話へ」——すぐに溶ける雪片は姿を変え「鳥の一瞥に、あるいは銀杏の葉に、それとも黄金に変わる鉛に[61]」。

メリルにおいても芭蕉と同じく、過去の存在は一貫したテーマであり、記憶と欲望の中心であって、すべては死に向き合って書くことで調停される。『奥の部屋』で「出立の散文」の直前には「死の中心」と名付けられたヴィラネルがあり、これは実際に選集の中心に位置している。この詩は、こう始まる。

　回想にあたり、ペンをインクに浸し
　今日からメッセージを記号の波にする。
「いま」の黒い水に燃える「あのとき」の星。

　堤防にのぼって見た大理石の彫像たち
　コウモリのようにさかさに眠り、眠りを授かる
　回想しながら。ペンをインクに浸し

　禅に沈みこませる、即時性に息を吹き
　白熱するまで温める人々のことを考えている、
「いま」の黒い水に燃える「あのとき」の星。

詩人の回想は、彼をしだいに過去へと運んでいく。

　あるいは私は祖母のところに帰っていく。十歳のとき、
　ほこりが両親のロードスターを道から隠している
　それは浸る——回想のなかへ、私のペンにより。

そしてこの詩は、呼吸に苦しむ者についての不吉な予感とともに締めくくられる——ひょっとして集中治療室にいるデイヴィッド／ポールか、あるいはメリル

自身だろうか――詩が、繰り返しほのめかした始まりへの回帰を果たす前に。
　一息また一息、酸素《オキシジェン》のオは耳障りに――
　決して解読できないそれらは何を予兆する？
　「いま」の黒い水に燃える星、ああ、そのとき

　跳躍、記憶、たぐいまれな女性曲馬師、
　火の輪をくぐり、過重な荷よ、お前をまわる！
　回想の向こう側、ペンをインクに浸し
　「いま」の黒い水に、燃えよ「あのとき」の星。(62)

記憶が過去に跳躍し、ウラジーミル・ナボコフ[*1]の『記憶よ、語れ』の力強い反響へと変わると、前置詞は詩のなかで、回想「にあたり upon」から「のなかへ into」、そして「の向こう側 beyond」へと変化していく。この詩は冒頭の連と同じ一行で終わるが、小さくも決定的な変更がある。コンマが加わることで、平叙文が詩的な命令文になっているのである。まさにこの方法によって、芭蕉のひ弱な身体と彼の全世界が消失したはるかのちにも、近代以前の日本文学がこの世に生き続けているのであり、詩人にも読者にも等しく、刺激にも課題にもなっているのである――「「いま」の黒い水に、燃えよ「あのとき」の星」。

＊1　ウラジーミル・ナボコフ（一八九九―一九七七）ロシアに生まれ、ロシア革命後西欧に亡命、さらにアメリカに渡った越境作家。ロシア語と英語の両方で小説を書き、双方向に翻訳もおこなった。『賜物』を代表とするロシア語作品も、渡米後の英語作品も高度な文体的技巧を駆使している。センセーショナルな性的主題を扱った『ロリータ』が世界的ベストセラーとなり、そのタイトルはロリータ・コンプレックスの語源ともなっている。

# II　文学と近代化

## 世界文学への日本の参入

革命の年となった一八四八年、カール・マルクス[*1]とフリードリヒ・エンゲルス[*2]は、国際的な通商の発展が新たに統合された世界を生み出しつつあると唱えた。この変化によって文学の生産と消費は様変わりしていくのだ、と。二人が『共産党宣言』で力説したように、

ブルジョア階級は、世界市場の搾取を通して、あらゆる国々の生産と消費とを世界主義的なものに作りあげた。反動家にとってははなはだお気の毒であるが、かれらは、産業の足もとから、民族的な土台を切りくずした。遠い昔からの民族的な産業は破壊されてしまい、またなおも毎日破壊されている。〔中略〕民族的一面性や偏狭は、ますます不可能となり、多数の民族的および地方的文学から、一つの世界文学が形成される(1)。

二〇年前のゲーテ[*3]と同じく、マルクスとエンゲルスは世界文学を近代の本質的な文学とみなしたのだ。二人がこの宣言を発表してから二〇年後、明治天皇は、今日言うところのグローバリゼーションの将来性を喜んで受け入れ、日本の作家たちは、瞬く間に伝統的な漢字圏を越えて世界文学に参入しはじめた。その後長きにわたって、文学は、西洋の技術と文化をいかに借用し応用するかという困難な課題を、思索し議論するための主たる舞台となったのだった。発展過程にある文

＊1　カール・マルクス（一八一八―一八八三）ドイツの経済学者、哲学者、革命家。科学的社会主義の創始者であり、唯物史観、剰余価値論などを主要な特徴とする思想は広範な分野に影響を与えた。主著『共産党宣言』（共著）、『資本論』。

＊2　フリードリヒ・エンゲルス（一八二〇―一八九五）ドイツの経済学者、哲学者、革命家。マルクスとの共同作業で知られ、『共産党宣言』の起草や国際労働運動の指導に携わったほか、『イギリスにおける労働者階級の状態』（一八四五）、『空想から科学への社会主義の発展』（一八七八）などの著作がある。

＊3　ヨハン・ヴォルフガング・フォン・ゲーテ（一七四九―一八三二）ドイツの詩人、小説家、劇作家。疾風怒濤運動に参加したのち、教養小説『ヴィルヘルム・マイスターの修業時代・遍歴時代』、劇詩『ファウスト』『西東詩集』などの作品を残しドイツ近代文学の基礎を作るほか、科学の研究にも優れた才能を発揮した。

学の「世界システム」に、いかに日本が参入していったのか。本章では、そのありようを、三組の作家の比較を通じて検討していく。一組目は、明治後期の作家樋口一葉とアイルランドの同時代人ジェイムズ・ジョイス。二組目は、大正期のモダニスト芥川龍之介と、中国の新文化運動においてよく似た位置を占める魯迅。[*1] そして三組目は、二〇世紀中期の二人の作家――日本の三島由紀夫とタイのククリット・プラモート[*2]（二〇世紀前半におけるアジアとヨーロッパの文化的相互作用を再考する、野心的な歴史小説を著した）である。

技術と文化は、明治時代の作家にとって、とりわけ密接な関係を有するものだった。日本にはすでに、木版の頃から続く印刷本の長い伝統があり、識字率も高く、主要都市では男性の場合約八〇パーセント、女性の場合約五〇パーセントにまで達していた。そこに西洋の印刷機の輸入が刺激となって、幅広い読者層を新たに開拓する機運が生じた。かくして、一八七六年、大日本印刷株式会社が設立される。それは、会社のホームページに謳われているように、「活版印刷を通じて人々の知識や文化の向上に貢献したい」という「発起人たちのそんな熱い思い」を実現することを目指していた。[2] 一八八二年までに、大日本印刷は活字の自家鋳造を開始し、ほかの印刷機の使用に供するべく日本語の活字を売り出すようになった。新聞や雑誌が続々と現れ、樋口一葉のような作家にとって決定的に重要な、商業的な発表の場を提供した。一葉は有力な家門の出ではなく、新しい印

＊1　魯迅。→130頁。

＊2　ククリット・プラモート（一九一一―九五）タイの作家であり、政治家。王族の出身で、イギリスのオックスフォード大学に学んだ。保守系の進歩派「社会行動党」を結成し、タイの首相も務める。著書に『幾多の生命』など。

刷のモードのおかげで収入を得るとともに、広く読者を得ることもできたのである。

後述するように、同じことはダブリンの若きジェイムズ・ジョイスにもあてはまる。その他、パリ、ニューヨークから上海、ジャカルタにいたる、出版の中心地にいた作家たちにも。時をおかずして、アジアでも西洋でも、大衆文学のための近代的マーケットに加えて、よりモダニズム文学に特化した発表の場が現れるようになった。日本と中国においても、欧米と同じく、先進的・前衛的な作家たちが、少数の、しかし影響力のある読者層に向けて、「リトル・マガジン」[*1]を刊行しはじめた。新しい技術は文学の内容にもジャンルにも影響を与える。新聞や雑誌は短篇小説を発表する機会を豊富に提供したため、結果として、樋口一葉もジェイムズ・ジョイスも魯迅も芥川龍之介も、何よりもまず短篇の書き手としてデビューを果たしたのだった。

## 半周辺のフィクション――中核‐半周辺‐周辺

このトピックに取り組むにあたって、スタンフォード大学を拠点とする比較文学者フランコ・モレッティ[*2]が発表し、大きな影響を与えた二つの論文を足掛かりとしてみよう。「世界文学への試論」（二〇〇〇）と、それを修正した続編「さらなる試論」（二〇〇三）において、モレッティは世界文学を理解するための新しい

＊1　リトル・マガジン　実験的な作品を掲載した、商業性をもたない文芸雑誌類。

＊2　フランコ・モレッティ（一九五〇―）イタリア出身の文学研究者。専門は英文学、比較文学。現在はアメリカのスタンフォード大学の文学部教授を務める。著書に『遠読』など。

モデルを提起した。イマニュエル・ウォーラーステイン[*1]の世界システム論を援用しつつ、モレッティは、世界文学はグローバルなネットワークのうちに存在していると主張する。このネットワークは、一九世紀に打ち立てられ、今日ではもはや支配的なものとなった。しかし、このシステムは、何物にも妨げられない資本の氾濫という「平ら」な地形において作動しているのではなく、異なる国々の作家や読者に平等なアクセスを提供しているのでもない。そうではなくて、モレッティによれば、世界文学システムは「唯一にして、かつ不均衡なものである。中核と周辺（そして半周辺）は、不均衡を増大させる関係のもとで結びついている(3)」。これはパスカル・カザノヴァ[*2]の一九九九年の著書『世界文学空間』（英訳は *The World Republic of Letters*, 2004）においても主要なテーマとなっている。カザノヴァによれば、周辺地域出身の作家たちは、文学の「世界共和国」の中心（以前はパリ、現在はニューヨーク）で認知されることを求める。モレッティは、グローバルな文学システムへの関心をパスカル・カザノヴァと共有しているが、そのまなざしは、いかに作家が海外で知られるようになるかという問題よりも、いかに世界文学がそれぞれの家郷にいる作家たちに影響を与えるかという問題に向けられている。カザノヴァが周辺的な場所においても革新はしばしば見られると考えるのに対し、モレッティは、文学上の革新は概して、中心の大都市から周辺地域へと、その影響圏を移動するると唱えるのである。

＊1　イマニュエル・ウォーラーステイン（一九三〇―二〇一九）アメリカの歴史学者。巨視的に「世界」全体の近代史を捉えようとする「世界システム論」で知られる。主著は『近代世界システム』。

＊2　パスカル・カザノヴァ（一九五九―二〇一八）フランスの文学研究者。パリを中心とする「世界文学空間」の歴史的生成とその構造を描き出そうとした主著『世界文学空間――文学資本と文学革命』（フランス語原題『文学の世界共和国』）は、「世界文学論」に大きな影響を与えた。

ウォーラーステインの経済分析に拠りつつ、モレッティは、一九世紀において教養小説のような新しいジャンルは、西欧の中核（主としてフランスとイギリスを意味する）に生まれ、翻訳を通じて半周辺地域（その他のヨーロッパ、北アメリカ）に伝播し、そして周辺地域（その他の諸地域）に達した、と論じている。周辺地域においては、その結果は伝統的形式の長きにわたる崩壊期として現れた。外国からの輸入物は、ときに外来種の生物のような性質を発揮するからだ。その果てに、周辺の作家たちは土着の要素を外来の小説形式に結合させる術を見出し、土着のものと外来のものとを究極的な芸術作品のうちに綜合するのである。

モレッティの論文は、商品と情報の自由な流れという新自由主義の所説――その見方は、アメリカのジャーナリスト、トーマス・フリードマン[*1]が発表したベストセラー『フラット化する世界』（二〇〇五）のタイトルに端的に示される――に対する重要な是正となっている。モレッティの認識するところでは、世界システムは、権力・接続・影響の不均衡のうえに構築されている。モレッティの論文がもう一つ意義があるのは、ポストコロニアリズム[*2]の批評家たちがえてして採るような主題面からのアプローチにではなく、むしろ文学形式に重きを置いている点だ。彼が言うように、「形式は社会的関係性の縮図だ。だから、形式分析はそれ自体ささやかながら権力の分析である」[(4)]。モレッティは、周辺地域の土着の伝統が有する生命力にほとんど信を置いていないとして、また、過度にヨーロッパを

＊1　トーマス・フリードマン（一九五三―）アメリカのジャーナリスト・外交コラムニスト。中東での虐殺や紛争の取材で知られ、これまで三度にわたりピューリッツァー賞を受賞。著書に『レクサスとオリーブの木』『グラウンド・ゼロ』など。

＊2　ポストコロニアリズム　植民地の独立以後も様々な形で残る植民地主義や帝国主義、西欧中心主義を批判的に検討する立場から行われる批評。エドワード・サイードの『オリエンタリズム』がその理論的な基礎を築いた。

画一化したイメージを提示しているとして、批判されてきた。その図式的なシステムはたしかにより洗練されるべきだろう。しかしモレッティは、小説や散文詩や「文学」というヨーロッパ的観念が世界規模で伝播していく、そうした現象自体を研究する方法を示してみせたのであって、土着の文化を大都市の思想や形式の単なる受容者とみなしているわけではない。それどころか、モレッティは、世界システムは一九世紀において「ヴァリエーションのシステム」[5]として発展したと強調しているのである。「システムはひとつだが、ムラがあった。英仏の中核から加えられる圧力は、全体を均一にしようとするが、現実の差を完全に消すことはけっしてできない」[6]。モレッティが提示するところでは、その結果は概して、外来の形式と、土着の内容および土着の語りの声との折衷である。以下、一葉、ジョイス、芥川、魯迅の例は、モレッティの構図に照らして論じられるが、一方で、モレッティの構図に異議を申し立てるものともなるだろう。

## 作家とメディア――樋口一葉とジェイムズ・ジョイスの登場

明治後期および大正期の日本は、モレッティの区分に従えば半周辺の国家となる。だが実際には、日本はより広大な世界と精力的に関わっており、単に西洋の技術と文化の消極的な受容者であったわけではなかった。急速に近代化し、「アジアの西洋」としてどっちつかずの状況にあった日本は、たちまち近隣諸国から一頭地を抜く存在となっていった。一方、近隣の国々は世界経済の周辺にとどまり、しばしば欧米列強の支配下に置かれることになった。日本は植民地化されることは一度もなく、統治者たちは自らの権力欲を増長させていった。その野望は、一八九五年の台湾割譲、一九一〇年の韓国併合、一九一四年の山東省占領とともにいやましに増していくことになる。つまり、日本はグローバルな近代化の最前線できわめて積極的に世界に参入していったのだ。この間、日本の作家たちは、ナショナリズムとインターナショナリズム、ローカリズムとコスモポリタニズムが複雑に入り混じった様相を呈している。同時期にヨーロッパやアジアのいたるところで伝統の価値観と近代の価値観を両立させようとしていた半周辺の作家たちと比較することで、日本の作家たちの苦闘をより深く理解することができるはずだ。

これらの比較をするにあたって、文学の生産の手段、および流通の手段、特にこの場合は新聞・雑誌の市場の急速な発展に着目することで、モレッティの形式分析を敷衍することが可能となる。樋口一葉が作品を発表していた頃、日本では雑誌の爆発的な増加が見られたが、その立会人となったウォルター・デニング[*1]が、同時代の証言を書き残している。英国生まれのデニングはプロテスタントの宣教師として来日したが、やがてキリスト教を棄て、不可知論者となった。その後、ジャーナリストおよび英語教師としての活動を開始し、亡くなる直前に、日本人

＊1　ウォルター・デニング（一八四六―一九一三）イギリスの宣教師、ジャーナリスト。一八七三年に長崎に赴任、その後北海道に渡り宣教活動を行ったが、霊魂不滅説を否定したため解任される。以後、東京で英語・フランス語教師として活動。

の教育への貢献を認められて明治天皇より勲章を授与された。一八九〇年代に入る頃には、デニングは日本文学に対する旺盛な好奇心を募らせ、一八九二年に「日本近代文学」に関する長大な論文を著した。それは、この時代に書かれた作品を広範に調査した試みの最初の一つに数えられる。

この論文において、デニングは、当時の作品の多くが掲載された新興雑誌に着目し、メディアというコンテクストのもとに議論を展開している。一世紀後のモレッティと同じく、デニングがそこに見出すのは、伝統的形式の解体と、新しい創作様式の暗中模索によって特徴づけられる、いびつな文学的地形、という複合的なイメージだ。彼の言うように、

> 日本が現在置かれているような過渡期にあって、優れた文学作品が豊かに生み出されることは期待できない。人々の精神は、多種多様な知識の相対的価値をめぐって、またそれらの知識を普及させる最良の手段をめぐって、根幹から変化している。人々の思考の媒体である言語自体もまた過渡的段階にある。そのようなところでは、創造はかなりの程度であれこれの方向を目指す文学的実験となる。明治初期に書かれた本は、発表後十年も経てば、ほとんど読まれなくなっているだろう［中略］。出版したいという渇望は日本では非常に強いものがある。労働も紙も安く、文学的基準は低いのだから。[7]

注目すべきは、デニングが、言語と技法の問題に加え、物質的な条件を強調して

いることである。彼は続けて、作品を発表する新しい媒体が現れ、あまりにも多くの機会が作家に提供されたと述べる。「およそ考えうるあらゆるテーマに関する雑誌が、今日大量に出回っているが、それらが刊行され続けているのは、ひとえに無数の薄っぺらな三文文士たちの努力の賜物である。とすれば、日本文学を愛する者ならば誰しも見たいと願うような雑誌は、増加するどころか、むしろ減少しているのである(8)」。

これまでのところ、デニングの見方は、モレッティの記述――周辺文化が新しい条件のもとでついに己を確立するまで長きにわたって続く不安定な模倣の時代――をまさに予告するものだ。しかし、一八九二年にあってデニングはすでに肯定的な局面を見出していた。彼が言うには、二流の作品の山のなかには、「幸運にも数多の例外がある［中略］この国の歴史に先例のない速度と規模でもって、翻訳と雑多な創作が思想を変革し、物の見方に深みを与え、感情に寛容さを与える時代に、我々は生きているのだ(9)」。この点に照らして見ると、明治後期の状況は、同時期のアイルランドやイングランドの状況とそれほど変わりはない。そこでもやはり、一八九〇年代における実験的機運の発酵――新聞と雑誌の激増を含め――が、世紀の変わり目に開花したイギリスとアイルランドのモダニズムへと直接に通じているのである。

デニングは明治時代に書かれた大部分の著作はすぐに忘れられるだろうと指摘

しているが、同じことはどこの文学にもあてはまる。いかなる時代であっても、ほとんどの文学作品は紋切り型であり、他者の模倣であり、やがて忘れ去られるものだ。「文学の屠場」をめぐる論文でモレッティが実証したのは、まさにこの点だった。モレッティは、今となっては影も形もない、読者にも学者にもとっくに忘れられてしまったヴィクトリア朝の小説を何千何万と俎上に載せた。過渡期や発酵期はそれ自体としては窮屈なものではない。むしろ、古色蒼然とした様式の支配に風穴をあけて創造力を刺激することで、作家にとってはしばしば有利にはたらくのだ。このような時代にあっては、優れた周辺作家は大きな前進の機会を見出すことができる。それは、固着した文学的伝統と狭量な教育システムのなかにいる既成の作家には、とうてい実現できない類のものだ。こうしてエリザベス朝には、若きウィリアム・シェイクスピアが、友人のベン・ジョンソン[*1]の有名な一節によれば、「ラテン語はかじった程度、ギリシア語はほとんど知らない」にもかかわらず——あるいはだからこそ——地方から出てロンドンの舞台を征服することができたのである。

同じことは樋口一葉[*2]にもあてはまる。一葉は最初の小説を、デニングが「軽い読み物のための雑誌[(10)]」と評した雑誌『都の花』に発表した。『都の花』やその他の新しい雑誌は、誌上にあらわれる一連の一般的な作品のレベルをはるかに超えて、一葉に自らの芸術を発展させる機会を与えたのだった。同様に、一九〇四年、

＊1　ベン・ジョンソン（一五七二—一六三七）イギリスの劇作家、詩人。英国ルネサンスにおいてシェイクスピアに次いで重要な劇作家であり、優れた古典の教養を有した。いわゆるヒューモア（気質）喜劇の代表的作家であり、主な作品に『エピシーン』『錬金術師』がある。

＊2　樋口一葉（一八七二—一八九六）日本の小説家、歌人。類まれなる写実性と、情緒あふれる文章が高く評価されている。代表作「たけくらべ」では若い少年少女の不可思議でありながらも、美しい関係を描き出している。

若きジェイムズ・ジョイス[*1]はダブリンの生活に材をとった鮮烈な第一作「姉妹」を、知識人向けの雑誌とはお世辞にもいえない『アイルランドの農家』に発表することができた。一八九五年に創刊された『アイルランドの農家』は、文芸誌ですらなかった。アイルランド農業協会の週刊新聞で、地方の読者に農場経営の新しい方法や機械設備を紹介することを意図したものだった。二二歳のジョイスは、一九〇四年八月一三日号の「週間読み物」コーナーに掲載された「姉妹」によって、一ポンドというささやかな収入を得た。誌面にはそれと並んで、カントレル&コクランのミネラルウォーターの広告や、「ありとあらゆる生活機械と器具」（「コーク&ベルファスト・デイリーサプライ有限会社」製造のクリーム分離器、冷蔵器、ミルク汲み上げ器など）の広告がある（図2）。

ユニバーシティ・カレッジ・ダブリンを一九〇二年に卒業したのち、ジョイスはパリで医学を学びはじめたが、母が危篤となったため一九〇三年にダブリンに帰った。魯迅に先んずること一〇年、ジョイスもまた文学のために医の道を捨てたのだ。一九〇四年の一年は、ダ

THE IRISH HOMESTEAD.

OUR WEEKLY STORY.

THE SISTERS.

Cantrell & Cochrane's MINERAL WATERS

DAIRY MACHINERY AND APPLIANCES OF EVERY DESCRIPTION.

ALFA-LAVAL Cream Separators.

Dr. GERBER'S TESTER.

HALL'S Refrigerating Machines

"EFFEKTIVE" Milk Pumps.

Creamery Supplies of all kinds at Lowest Rates.

DAIRY SUPPLY CO., LTD.,

KING STREET, CORK.　42 CHICHESTER STREET, BELFAST.

**図2**　『アイルランドの農家』誌に掲載されたジョイスの「姉妹」

*1　ジェイムズ・ジョイス（一八八二―一九四一）アイルランドの作家。代表作『ユリシーズ』は、出身

ブリンの文学サークルで地歩を固めて名をあげるべく、悪戦苦闘する日々だった。のちに『若い芸術家の肖像』へと結実する自伝的な第一作『スティーヴン・ヒーロー』に取りかかった矢先で、実のところ短篇作家になるつもりなどさらさらなかった。しかし、有り金が不足してにっちもさっちもいかなくなったので、友人たちに金を無心する手紙を書き送った。友人たちの大部分は喜んで貸せるだけの額をすでに貸してしまっていたのだが、そのなかで唯一、エッセイストにしてマイナーな詩人であったジョージ・「A・E」・ラッセル[*1]が好意的な返事をよこした。ラッセルは『アイルランドの農家』の副主筆として働いていたので、一篇につき一ポンド支払うという条件で、短篇小説の連作を発表しないかと持ちかけたのだ。こうして、手っ取り早く現金を稼ぐ機会を得たことで、若いジョイスは長篇の執筆を先送りにし、まったく思いがけず、短篇作家として活動をはじめることになったのである。「豚の新聞」呼ばわりしていた定期刊行物への寄稿を知られるのが嫌さに、ジョイスは「スティーヴン・ディーダラス」というペンネームを用いた。ラッセルは「姉妹」を掲載し、同年秋にさらに二つの短篇を掲載したが、作品に不満な読者たちからおびただしい数の投書があったとして、すぐにジョイスとの関係を断ってしまった。アイルランド文芸復興運動が掲げる進歩的理想主義を卑劣に裏切っているように見えるのではないか。ラッセル自身がそういう思いにとらわれて不運を嘆いていたとしても不思議はない。ジョイスは機会の乏しさ

地ダブリンを舞台にし、ホメロスの『オデュッセイア』を下敷きにしたモダニズム文学の傑作。「意識の流れ」（心の中で絶えず移ろっていく主観的な思考や感覚をそのまま記述する手法）を巧みに使いこなしたことでも有名。

＊1　ジョージ・ウィリアム・ラッセル（一八六七―一九三五）アイルランドの詩人、評論家。神秘主義者であり、ダブリンの神智学協会のメンバー。イェイツやジョイスとの交遊関係でも知られる。

にうんざりし、その後ほどなくしてアイルランドを去り、まずはクロアチアに行き、ついで英語教師としてトリエステの地におり立った。「姉妹」の改訂版は、記念碑的な短篇集『ダブリン市民』の巻頭を飾る小説となった。『ダブリン市民』は、ダブリンでの出版を拒否されてしまった。洗練されていない生の言葉が散見されることや、ことさらみすぼらしく見えるダブリン市民の描かれ方に、出版社がこれは雲行きが怪しいと感じたのだ。日の目を見たのはようやく一九一四年のことだった。とはいえ、一九〇四年の時点で、『アイルランドの農家』は、それに先立つ日本の『都の花』のように、困窮していた早熟な作家に、はじめて印刷された自作を目にする機会を与えたのだった。

## 短篇小説の再発明——一葉とジョイス

前章で論じたモリエール[*1]や近松[*2]のように、樋口一葉とジェイムズ・ジョイスは、互いの名を耳にすることもなかった同時代人だった。とはいえ、両者の世界、アジアとヨーロッパは、二世紀前に比べればはるかに密接に結ばれつつあり、二人はともにモレッティの近代世界システムという観点から把捉しうる。一葉とジョイスは、それぞれの国が置かれた状況という点でも、それぞれの文化における立ち位置という点でも、半周辺の作家といってよい。一葉もジョイスもともに下層中産階級の出であり、当時の文学的権威に対して周縁的な関係にあった。ヨーロ

＊1　モリエール。↓63頁。
＊2　近松門左衛門。↓68頁。

ッパ文化世界の中核（パリ、ロンドン、ベルリン）から輸入された文学によってい やましに形成されていく都市の文化圏で活動しながら、一葉とジョイスは、大部分が依然として手軽な読み物として書かれていた大衆的ジャンルに、新しいリアリズムと心理的な深みとを付与し、短篇小説を革新したのである。

私が樋口一葉を読みはじめたのは、二〇〇〇年代の初め頃、『ロングマン世界文学アンソロジー』に携わっていたときのことだった。共同編集者の一人、ハルオ・シラネに、[*1]一葉の晩年の傑作「わかれ道」（一八九六）を加えようと提案されたのだが、一読して私は「姉妹」との類似に一驚したのだった。「わかれ道」でも「姉妹」でも、財に乏しく好機もろくにない都会が自然主義的に描写され、そこを舞台に、青春期にさしかかった少年が大人たちの性の世界を理解しようともがき苦しむ。いずれにおいても、真に起こっていることに関して、大人たちの口は重い。とりわけ、全篇にわたって暗示される、倫理や性をめぐるうやむやな妥協についてはなおさら。それぞれの小説は、どこにも着地しない対話や倫理的に曖昧な状況を反映して、解決が宙づりにされたまま、不確かな記述で終わるのだ。一葉もジョイスも、禁じられた性的関係や個人的な裏切りといったテーマを探求している。それらのテーマは、以前であれば、メロドラマや勧善懲悪ものの主題とされるのが通例であったが、二人は自然主義的な客観性のモードに即して物語を提示し、そこにモダニズム的曖昧というさらなる転回を付与したのである。

＊1　ハルオ・シラネ。↓16頁。

## モダニストとしての一葉

これらの類似点は、二人のあいだに何らかの直接的なつながりがあったことによるのではない。一葉はジョイスがまだ十代の頃に亡くなっている。加えて、その作品がようやくヨーロッパの言語に翻訳されるようになったのは、ジョイスが「姉妹」を書いてからかなりあとのことだ。とはいえ、二人は、土着の文学的風土にイングランドや大陸ヨーロッパの先進的な創造が流入していく、その同じ時期に書いていた。一葉は、何よりもまず、紫式部から井原西鶴[*1]、さらにその後継へと続く系譜に連なる古典主義者として知られるが、にもかかわらず、最初の読者たちはすでに、一葉を日本の伝統のみならず世界の文学に照らして読んでいたのである。そのことは、「たけくらべ」に寄せた森鷗外の熱烈な書評によくあらわれている。書評は鷗外の主宰する雑誌『めさまし草』の一八九六年四月号に掲載された。鷗外は書いている。「唯ゞ不思議なるは、この境に出没する人物のゾラ[*2]、イプセン[*3]等の写し慣れ、所謂自然派の極力模倣する、人の形したる畜類ならで、吾人と共に笑ひ共に哭すべきまことの人間なることなり[11]」。そして「此人にまことの詩人といふ称をおくることを惜まざるなり[12]」と結論づけている。

森鷗外は西洋文学との関係深化を推し進める主導者だった。鷗外は一八八四年に軍医としてドイツに赴任し、その間同地で医学を学んだ。一八八八年に帰国す

＊1　井原西鶴（一六四二—九三）　江戸時代前期の俳人、浮世草子作者。大坂の商家の生まれで、早くから俳人として活躍する。同時に人々の現実生活を赤裸々に描いた浮世草子を多く発表し、以後の小説に重要な影響を与えた。代表作は『好色一代男』『日本永代蔵』。

＊2　エミール・ゾラ（一八四〇—一九〇二）　フランスの小説家。小説制作における写実主義的傾向を突き詰め「自然主義」を唱えた。実験科学の方法を取り入れることを提唱し、社会のさまざまな領域を描くことを目指すその文学理論は、「ルーゴン＝マカール叢書」と呼ばれる作品群に結実した。代表作は『テレーズ＝ラカン』『居酒屋』『ナナ』など。

＊3　ヘンリック・イプセン。→108頁。

るとすぐ、画期的な文芸雑誌『しがらみ草紙』（一八八九—九四）を創刊し、西洋の作家の翻訳を多数掲載した。鷗外の手になる翻訳は、ゲーテやバイロン、ホフマン[*1]、ルソー[*2]、ハンス・クリスチャン・アンデルセン[*3]の詩や散文があり、また鷗外自身、ドイツを舞台とする一連の小説を書き著した。そのうちには、かの「舞姫」も含まれている（『国民之友』に掲載）。これは幻滅せるロマン主義の物語で、日本の若い官吏がベルリンで金髪の美しい踊り子と情を通ずるも、日本での生活とキャリアに復帰するため女を捨てるという内容である。『しがらみ草紙』が廃刊となってのち、一八九六年の初め、森鷗外は二人の友、幸田露伴[*4]と斎藤緑雨[*5]とともに『めさまし草』を創刊している。つまり、鷗外は欧化されたフィクションの発展の最前線にいたわけだが、「たけくらべ」に賛辞を呈するにあたって、「まことの小説家」ではなく「まことの詩人」という称号を与えていることには注意しなければならない。詩は日本のジャンル・ヒエラルキーの頂点に依然として君臨していた。鷗外は、詩的散文において具体的な現実を処理する稀有な才能を一葉に見出したのである。

　森鷗外と樋口一葉は、フランコ・モレッティのイメージ——西洋の小説を一九世紀に世界を席捲したある種の外来種とみなす——を複雑化する。明治時代の創造力にあふれた作家たちは、破壊作用を有する外来の形式に土着のテーマを付加したというにとどまらず、はるかにそれ以上のことをなしていたのだ。ヨーロッ

＊1　E・T・A・ホフマン（一七七六—一八二二）ドイツの小説家、作曲家、法律家。判事として働きつつ、ドッペルゲンガーなどを重要なモチーフとする不気味で幻想的な作風の小説を執筆し、後期ロマン派の代表的作家と目される。代表作は『黄金の壺』『くるみ割り人形とねずみの王様』など。短篇「砂男」はフロイトの論文「不気味なもの」で取り上げられた。

＊2　ジャン・ジャック・ルソー（一七一二—七八）ジュネーヴ生まれ、フランスの思想家、小説家。感情や自然を重視する思想で、ロマン主義の先駆と目される。政治、哲学、文学、教育、音楽などきわめて広範な分野で後世に影響を与えた。主著は『人間不平等起源論』『新エロイーズ』『エミール』『告白』『ある散歩者の夢想』など。

＊3　ハンス・クリスチャン・アンデルセン（一八〇五—七五）デンマークの童話作家、詩人。「人魚姫」「みにくいアヒルの子」「裸の王様」「マッチ売りの少女」など、童話小説の傑作を多数生み出した。人生の多くの時間を旅に費やし、旅行記も

パの形式でもって実験をしているさなかに、彼らは日本の既成のジャンルと創作技法とを再加工していたのである。この文化的混交の複雑さは、一葉との合作を望んだ二人の作家が、一八九六年に彼女と交わした長いやりとりに見て取ることができる。「たけくらべ」を称賛する批評を公にした森鷗外は、一葉と直接の面識はなかったものの、手紙を送って、自分の雑誌の寄稿者に加わらないかと呼びかけた。それに対し、一葉は自分の若さを理由に丁重に断っている。加えて、新しい雑誌など博打を打つような投機だと彼女に忠告する友人もあった。鷗外の弟篤次郎と共同編集者の幸田露伴は、一度断られたにもかかわらず、直接面会して別方面から攻勢をかけるべく、数週間後に一葉の家を訪ねた。二人は小説を合作してみないかと熱心にすすめ、面白く思った（とはいえ説得されなかった）一葉は会話の一部始終を日記に書き記している。

合作というのは、西洋的スタイルの著述よりも、伝統的な連歌の共同詠作に近い考え方である。江戸時代に技芸の匠たちが共同で創作に取り組んだ話を引き合いに出すことで、露伴は自身の考えを敷衍している。露伴は「同じき業に遊ぶ身の文のたのしみを相たがひに別ちもし、知らざるはとひきゝしれるは教へてともに進まばとおもうふのみなり、天明のむかし横谷宗珉……の両人、当代の名人両関といはれぬるこの人々のむつまじかりしこと、一つの額を二人の刀してつくりしもの、其ころの美談として伝へられぬ[13]」（[現代語訳] 文学の楽しみをわかち合い、

多い。

＊4　幸田露伴（一八六七―一九四七）明治から昭和にかけて活躍した文学者。明治二〇年代に『風流仏』『五重塔』などの名作を発表し、尾崎紅葉と並んで「紅露時代」を成した。本文でも言及されている鷗外、緑雨との創作合評や、随筆、紀行文の執筆、古典研究など、仕事は多岐にわたる。

＊5　斎藤緑雨（一八六八―一九〇四）明治期の小説家、批評家。「小説八宗」など文壇の代表的作家を辛辣に評した評論で有名になり、樋口一葉との交流でも知られる。小説作品には、『油地獄』『かくれんぼ』などがある。

知らないことは尋ね、知っていることは教えて、ともに向上していきたいものです。むかし天明の頃に、彫金の名人と言われた横谷宗珉と……（この部分不明）の二人が、それぞれの刀で一つの額を合作したことが美談として伝えられています）と述べた。露伴は江戸時代の文学作品の翻案を提案し、それはほかならぬ近松の『心中天網島』であった。翻案するにあたって、露伴は、ヒロイン小春のパートの執筆を一葉にもちかけている。

露伴と篤次郎は、こうした発案が古典の教育を受けた一葉の目に魅力的に映ることを期待したのかもしれない。一葉は平安時代と江戸時代の文学に深く根差しており、西洋的スタイルの文学にはほとんど関心がないとされていた。ところが、近松を翻案するという企画に一葉が乗らなかったので、二人はタイプのまったく異なる物語を構想せざるを得なくなった。そのあらすじは、篤次郎によれば、ニコライ・ゴーゴリ[*1]とギ・ド・モーパッサン[*2]を混ぜ合わせ、裕福な色男をめぐる大衆的な戯作文学の要素をかけ合わせたものだった。

我れこゝにおもしろきあら筋をおもひよりぬ。学者にして世間みずの官員ありと仮さだめ、そを我兄鷗外にうけ持たせんはいかに、さて樋口ぬしは其妹よ、ものいとよく知りて長官のにくしみをうけ、うき世に出世の道なくして苦悶の末にてつ学に身を投入れたるといふその兄をかみにいたゞきて一人の思ふ妹のやくいと栄えあるべし、さてその相手の恋人は露伴子貴兄ならざ

＊1　ニコライ・ゴーゴリ（一八〇九―五二）ロシアの小説家。ドイツ・ロマン派の影響を受けたユーモラスで幻想的な作品で出発。やがて下層階級の人々の日常や卑小さを主題に据え、ロシア・リアリズム小説の創始者となった。ドストエフスキーは「我々は皆ゴーゴリの『外套』の中から出てきた」と言ったとされる（実際には誰が言ったのかははっきりしない）。代表作『鼻』『死せる魂』など。

＊2　ギ・ド・モーパッサン（一八五〇―九三）フランスの小説家。フローベールの影響下で創作を始め、『女の一生』などの現実を鋭く描き出す作品により自然主義文学の代表的作家としての地位を確立。幻想的な作品でも知られる。出来事の展開を重視する短篇小説の作り方は、チェーホフの作品としばしば対比される。

るべからず、さる処君は大酒家の乱暴人の放蕩家にて正太夫が役の悪ずれ女と事出来つ、さてゆすりこまるゝやうなる筋はいかならん、こはいとおもしろかるべしと調子高に扇うちならしつゝいふ。[14]（［現代語訳］「面白い物語を考えました。学があって世間知らずの役人がいるとしましょう。その人物を兄の鷗外が受けもって、樋口さんはその妹を受けもつ。兄の方は学があるばかりに上司に憎まれ、出世の道を断たれて哲学に打ち込んでいる。その兄を敬って案じる妹の役は、すばらしい役ではありませんか。妹の恋人役は、露伴さんをおいてほかにありません。この恋人は大酒飲みで無頼漢で放蕩家ときていて、斎藤緑雨くんが担当する悪賢い女と関係して、女にゆすられるのです。どうです、面白いでしょう」（森篤次郎は）調子づいて扇を打ちながらそう言った）

三人は、主として小説を念頭に置きつつ、同時に戯曲の場合も考え合わせ、さまざまな可能性をめぐって議論を交わした。ジャンルもテーマも、この時代の創造的発酵状態にあってはきわめて流動的だったのである。

## 周辺から中核へ——ジョイスのデビュー秘話

森鷗外による「たけくらべ」の書評で、一葉がイプセン[*1]と比較されているのは、この論考にとってとりわけ意味がある。というのも、若き日のジェイムズ・ジョイスはイプセンに傾倒し、一八九〇年代の後半にはイプセンを原語で読むために

＊1　ヘンリック・イプセン（一八二八—一九〇六）ノルウェーの劇作家。ヴィクトリア朝的な道徳の規範を打ち破る数々の作品で知られ、「近代演劇の父」とも呼ばれる、一九世紀を通じて最も重要な劇作家。旧来の家族観や女性像を拒否して夫と子供を捨てる『人形の家』のヒロイン、ノラは「新しい女」の象徴的存在となった。他に『ペール・ギュント』『幽霊』『野鴨』など。

ボークモール（ノルウェー語の公用語の一つ）を学んだほどだったのだから。その頃ジョイスはイプセンの最後の戯曲『われら死者の目ざめるとき』のレヴューを書いているが、この戯曲は一八九九年一二月にロンドンで初演され、同じ月に英訳も出版されていた。ジョイスの批評「イプセンの新作について」は、『フォートナイトリー・レヴュー』の一九〇〇年四月号に掲載された。中核−周辺の関係性は、ジョイスが首尾よくレヴューを掲載できたという事実にも作用している。このレヴューは、ジョイスにとっては公になった初めての批評であり、一八歳の若者に作家となるべき運命を強く意識させた。『フォートナイトリー・レヴュー』はイギリスの最先端を行く進歩的な文化雑誌で、アントニー・トロロープ[*1]によって創刊され、トロロープやジョージ・メレディス[*2]の小説、ダンテ・ゲイブリエル・ロセッティ[*3]やウィリアム・モリス[*4]を含むラファエル前派の詩などを連載していた。余談ながら、モリスは、芥川龍之介が東京大学英文科の卒業論文で論じた作家でもある。『フォートナイトリー・レヴュー』の寄稿者の大部分はロンドンの文学サークルの名だたるメンバーであり、仏独の新作戯曲の場合なら、編集者は、ロンドンのジャーナリストやらオックスフォードの教員やら、レヴューを依頼する相手に事欠くことはなかった。しかし、ノルウェーの戯曲ともなると話は別だ。オックスフォード大学のシラバスにもケンブリッジ大学のシラバスにも見当たらないうえに、ロンドンの舞台でもまだまだ珍しい海外物である。若きジェ

＊1　アントニー・トロロープ（一八一五―八二）イギリスの小説家。地方都市を描く写実主義的な筆致で知られる。代表作は架空の土地バーセットシャーを描いた全六篇の連作小説『バーセットシャー年代記』。

＊2　ジョージ・メレディス（一八二八―一九〇九）イギリスの小説家、詩人。ウィットとアイロニーに満ちた難解な文体で現代生活を描写した。代表作は『エゴイスト』。日本では夏目漱石が殊に高く評価したことでも知られる。

＊3　ダンテ・ゲイブリエル・ロセッティ（一八二〇―一九四）イギリスの詩人、画家。一九世紀半ばにイギリスで起こった絵画運動であるラファエル前派の中心人物で、その神秘的、装飾的、神話的な絵画は世紀末象徴主義などにも影響を与えた。詩作も、中世的、色彩的、神秘的な雰囲気を特徴とする。

＊4　ウィリアム・モリス（一八三四―九六）イギリスの詩人、工芸家、デザイナー。産業社会における俗悪な機械生産品に反発し、中世の手工芸に範を取りつつ、日用品に美的なデザインを導入しようとするアー

イムズ・ジョイスはイプセンの戯曲全般に通じていたうえに、さらに原語でイプセンを読むこともできたから、解説者としての信用は否が応にも高まった。かくして、イングランドの植民地という周辺に住んでいたアイルランドの一学生は、ヨーロッパ北部という周辺を代表する劇作家に関する知見を生かして、ロンドンで原稿を発表することができたのである。

　レヴューが掲載されてから三週間後のこと、イプセンの英訳者ウィリアム・アーチャー[*1]から一通の手紙が届き、ジョイスを感激させた。アーチャーの手紙によれば、イプセンはジョイスのレヴューを「読んだ、というよりもむしろ一言一句目に焼きつけた」ことを伝えるべく手紙を寄こしたとのことで、しかも、「十分な英語の知識があったなら、執筆者に心から感謝したいところなのだが」とも書いていたという。ジョイスはその日のうちにアーチャーに返事をしたためた。「手紙をお送りくださったこと、ご親切に感謝いたします。私はアイルランドの青二才で、まだ一八にしかなりませんが、イプセンの言葉は一生心のうちに残りつづけることでしょう。ジェイムズ・A・ジョイスより」[15]。その一年後、ジョイスは、直接イプセンに宛ててノルウェー語の手紙を書き送り、病に苦しむ劇作家の七三回目の誕生日を祝福したのだった。レヴューにコメントを寄せてくれたことに触れてから、自然主義を熱烈に支持する若者らしい言葉遣いで、こう書き足している。「あなたのメッセージにどれほど心動かされたか、とても言い表せま

ツ・アンド・クラフツ運動の主導者。

＊1　ウィリアム・アーチャー（一八五六―一九二四）イギリスの演劇評論家。リアリズムの立場から演劇批評を展開。イプセンの英訳もおこない、イギリス近代劇の成立に立ち会った。主著は『仮面か素顔か』『古い演劇と新しい演劇』。

せん。私はまだまだ若い青二才ですから、こうした神経のなせる技について語ったところで、あなたの微笑を誘うのがおちかもしれません」。さらには「あなたの名が知られていない大学で、あるいは知られているにしてもかすかにぼんやりと、という程度の大学で、あなたの名前をいたるところで反抗的に響かせてやりました」と力強く書き記し、自らを「アイルランドのウィリアム・アーチャー」というべき地位に据えたのだった。ジョイスは、偉大なる劇作家の後継者となることを暗に示して手紙を結んでいる。

貴方の此岸での仕事は終幕に近づきつつあり、貴方ご自身は沈黙のそばにいます。貴方は若い世代の声を代弁してきましたが、その世代の一人として、貴方にお祝いの言葉を送ります——謙遜してではありません、私は世に知られぬ身で、あなたは輝く光のうちにいるのですから。悲しみからでもありません、あなたは老いており、私は若いのですから。生意気からでも、感傷からでもなく——喜びとともに、希望と愛とともに、お祝いの言葉を送るのです。

ジェイムズ・A・ジョイス(16)

## 語りのモダニズム的革新——一葉の「わかれ道」

樋口一葉の場合、ジョイスのようなイプセンとの交流は一切なかった。おそらくはイプセンの戯曲を読んだことも観たこともなかったにちがいない。とはいえ、森鷗外の一八九六年の書評が示している通り、イプセンの名は世間の口の端に上っていた。胸を打つ物語「わかれ道」は、同じ年に書かれたものだが、イプセンの戯曲『人形の家』（一八七九）などの作品において提起されていた主題を展開している。イプセンのノラと同じく、男女間・階級間の関係が不均衡に硬直した世界にあって、一葉のヒロイン・お京は暮らし向きをできるだけよくしようと奮闘している。お京はお針子の仕事で何とか生計を立てようとする。ちょうど、一葉と、一葉の母と姉が、父であり夫である則義の死後に針仕事をして働いたように。イプセンのノラと同じく、お京は、状況を呑み込むことのできない男性（ここでは吉三少年）――大好きな友人がどうして淪落の深みに落ち込んでしまったのかわからない――の目から観察される。やはりイプセンの戯曲と同じく、作品は拒絶の瞬間で終わる。お京は妾になるため若い友を捨て、吉三の方も付き合いを断つのだ。だが、イプセンの戯曲とは異なり、一葉の作品は閉じた語りに抗っている。満ち足りない結婚生活を捨てるという、イプセンの結末に相当するような、ぴしゃりと閉じられる扉はない。明日になればもう、吉三は、限られた選択肢を考慮すればお京の決断は理にかなっている、と認めてしまうかもしれないのだ。

この作品は、ジョイス的「エピファニー」[*1]に比せられるような、（小さいながらも）変容の瞬間を提示する。吉三は、雇い主たちやお京との間に築いてきた疑似

＊1　エピファニー　もともとは神の顕現の意味。文学では平凡な出来事の中にものごとや人物の本質が姿を現す特別な瞬間を招くこと。

家族的な絆のはかなさを悟るのだ。お京は唐突にパトロンを選んで吉三を裏切ったが（吉三の目にはそう映った）、この結末はそれより前にさりげなく準備されていた。名指されることのないおじさま《シュガー・ダディ》は、お京が着物を仕立ててやった質屋なのかもしれない。吉三が感づいているように、この質屋はお京に首ったけである。吉三が言い張るところでは、お京の方は大して関心がないらしいのだが。お京の情人——あるいは後見——については、確かなことは何もわからないが、仮に質屋ではなかったとしても、ロマンスは似たような売買関係へと矮小化されている。吉三はかくして大人たちの性の堕落に思い至るのだ。それは、たとえばヘンリー・ジェイムズの小説[*1]『メイジーの知ったこと』で、幼いヒロインが体験することと似ている。ちなみに、『メイジーの知ったこと』の連載が、アメリカの「リトル・マガジン」、『チャップブック』ではじまったのは、一年後のことだった。

一葉の控えめな語りの技巧は、停滞と、劇的な流転のうちにある世界を提示している。こうした状況は、身寄りのない吉三の境遇に典型的にあらわれている。吉三には見知った親戚は一人もおらず、かげろうのごとき世界で、お京は彼にとって唯一の紐帯となる。ところが、小説の終わりで、吉三は一つきりしかない心のよりどころを失ってしまうのだ。お京は、自立した生活を求めてあがくことをやめ、愛のない取り決めを受け入れて囲い者となる。近松の戯曲ならば心中の道行きがはじまることだろうが、ここにはその片鱗もない。また、教訓を引き出せ

＊1　ヘンリー・ジェイムズ（一八四三—一九一六）小説家。アメリカ生まれだが執筆は主にイギリス移住後に行われた。視点人物の設定などの技法に基づく心理主義リアリズムの大成者であると同時に、『ねじの回転』といった幽霊譚でも知られる。代表作は『ある夫人の肖像』『鳩の翼』『黄金の杯』など。

るような、イプセン風の心かき乱すセリフもない。教訓的結末にもっとも近い箇所――「The boy was unyielding in his notion of integrity（少年は廉潔に関する自分の考えを頑として曲げなかった）[17]」――はほとんど目立たない一文であり、吉三の厳格な倫理観を称えるべきか、彼の幼さを嘆くべきか、はっきりと示す印は何もない。小説は二人の間で最後に交わされる暗澹たる会話でもって締めくくられる。

　誰れも願ふて行く処ではないけれど、私はどうしても斯うと決心して居るのだから夫れは折角だけれど聞かれないよと言ふに、吉は涕の目に見つめて、お京さん後生だから此肩の手を放してお呉んなさい[18]。

「わかれ道」の悲劇は、演じ通すべき大きな悲劇がないことにこそある。窮地を救ってくれるような、大衆的ロマンスに見られる方便もない。吉三は、親切な老婆に拾われるまでは宿無しで、角兵衛の獅子をかぶって芸をして歩く身の上だった。とはいえ、彼の言う「老婆《ばば》さま」は、おとぎ話に出てくる類の妖精のおば《フェアリー・ゴッド》さま《マザー》ではない。老婆は自らが営む傘屋で少年に油引きをさせてこき使い、吉三は家中で実質上の奴隷として働くのである。物語がはじまる時点で、老婆が亡くなってから二年になるが、新しい店主もしぶしぶ少年を置いているにすぎない。吉三は新しい家庭的紐帯をお京のうちに求める。「己れは何うもお前さんの事が他人のやうに思はれぬは何ういふ物であらう[19]」。吉三はそうお京に語り、そして訊ねる。「お京さんお前は弟といふを持つた事は無いのか[20]」。しかし、お京に兄弟姉妹はおらず、生活を支えてくれるような家族は一人もいない。吉三が夢想する家族の縁を認めてやれないので、お京は奇跡のような落着を願う。「それでもお前笹づる錦の守り袋といふ様な証拠は無いのかえ、何か手掛りは有りさうな物だね」[21]。講談や人形浄瑠璃であれば、守り袋は吉三の（願わくは高貴な）血筋を明らかにし、失われた家庭は回復されるにちがいない。だが、吉三とお京は誤った時代に生きているのだ。

より正確には、二人は誤ったジャンルに生きている。二人の物語はハッピーエンドで終わる戯作の読み物ではない。吉三たちは物事を意味づけるために大衆演劇や民話を引いてくるが——吉三の朋輩らは彼を長右衛門（同時代の浄瑠璃に登場する商人）に擬えている——、そうした類の物語であるわけでもない。お京と吉三が生きているのは、一九世紀リアリズムの近代世界——いや、一九世紀後期のモダニズムの世界なのであり、イプセンにおいてはまだ明確に見られた直接的言明と倫理的確実性からは、すでに遠く隔たっているのである。ロバート・ライオンズ・ダンリー[*1]は樋口一葉の「ほのめかしと省略にみちた文体[22]」について記しているが、これは同時代の西洋の作家による実験と同じ性質のものだ。ジョゼフ・コンラッド[*2]の『闇の奥』（一八九九）で、マーロウが語る着地点のない物語の意味は、こう述べられている。「胡桃の実のように殻の中にあるのではなく、外にある。強い光のまわりに靄のような光が生じるように、意味は話から滲み出して、

＊1　ロバート・ライオンズ・ダンリー（一九四七—九七）日本文学研究者、翻訳者。シカゴ大学で日本研究所所長を務めた。樋口一葉作品の英訳が高く評価されている。

＊2　ジョゼフ・コンラッド（一八五七—一九二四）小説家。ウクライナ（当時ロシア帝国領）のポーランド人貴族の家に生まれる。フランス船の船員となったのち、イギリス船に移って一八八六年イギリスに帰化、やがて小説家に転身した。創作は彼にとって三番目に覚えた言語である英語でおこなった。海洋を舞台にした作品が多い。代表作は『闇の奥』『ロード・ジム』『ノストローモ』など。

その話を外側から包む(23)」。同じことは一葉の主要な作品についてもいえるのである。

## 語りのモダニズム的革新――ジョイスの「姉妹」

ジェイムズ・ジョイスの「姉妹」においても、同じく省略法によって描写された個々の場面で、やはり明確な解決の不在が際立っている。「わかれ道」と同様、読者に求められるのは、誰一人語ろうとしない悲惨な状況を手探りで理解していくことだ。しかも、状況は惑乱した少年（少年の歳ははっきりと語られないが、子ども呼ばわりされると彼は怒っている）の目を通して見られるのである。少年は、年長の友であり師である司祭、フリン神父が亡くなったことを知る。司祭は、精神的な衰弱に苦しんで退職に追い込まれてのち、未婚の二人の姉妹と暮らしていた。司祭は二度の卒中ですでに体の一部が麻痺しており、作品の冒頭では、三度目の卒中に襲われたところである。語り手は孤児と思しき少年で、やはり吉三と境遇が似ている。伯母と伯父と一緒に暮らしているのだが、両親や兄弟姉妹のことは何一つ語られない。ラテン語とカトリックの教理問答を教わるなかで、フリン神父は少年にとって父親代わりの存在となった。彼の死は喪失以外の何物でもない。「姉妹」は二つの場面からなっている。第一の場面では、夕食の席で伯父と訪問客が神父の死を話題にのぼせ、少年はフリン神父の死を知る。その翌日、少年と伯母は、弔問客のために亡骸が安置された姉妹の小さな家を訪ねる。少年は、フリン神父の姉妹が兄を失った痛手を語り合うのを聞きながら、神父の卒中にまつわる謎を耳にはさむ。それによれば、卒中が起こったのは、ミサの侍者である少年が勤行の際に聖杯を落としたときだという。「それで滅入ってしまったわけ」[24]と姉妹の一人は語る。それからほどなくして、ある夜、礼拝堂の告解室に一人座っているのが発見され、「独りでくっくっと笑ってるみたいだった……。だから、もちろん、あの方たちがそれを見て、これは気がおかしくなったと思ったんです……」[25]。作品はこの二文でもって閉じられ、省略のうちに消えていく。

樋口一葉の「省略法」と同じく、実際の省略はジョイスの作品のいたるところに現れる。たとえば、しまいまで口にすることのできない、あるいは口にしたくない考えを、大人たちが語りはじめる場面。三つの別々の省略符「……」が、作品における会話の最初の数行を特徴になっている。少年は夕食をとりに階下へおり、伯父の友人であるコッター爺さんが司祭について語るのを耳にする。「いや、なにも現にそうだったとは言っとらん……だけどなんかしら変人だったぜ……なんかしら気味悪い感じよ。わしの思うところを言わせてもらえばだ……」[26]。コッター爺さんは、先を続けるまえに、パイプをふかして考えをまとめようとするが、そのとき、彼の考えはさらなる三つ組の省略へと溶け込んでいく。「わしはこう解釈してるんだ、と、言った。思うに、あれはまあ一種の……奇人の部類……うまく言えんけど……」[27]。ここではある種の話題は避けられており、それはどうも少年に関わるものらしい。とはいえ、我々読者も少年自身も、それがなぜなのかはわからない。「注視を浴びているのがわかったので、知らされてどうともないように食べ続けた。〔中略〕コッター爺さんはしばし僕を見つめた。黒光りする当り眼《まなこ》が僕を窺う気配は察したけれど、相手の思いどおりに皿から顔を上げてやりはしなかった」[28]。

なぜコッター爺さんは少年を疑わしげに見つめたのだろうか。その答えは、作品を精読することで浮き彫りになる。フリン神父は男色家であり、おそらくは聖杯を落とした侍者の少年を性的に虐待していたのだ。コッター爺さんは少年もまた司祭の欲望の対象だったのではないかと疑っているのである。実際にそういうことがあったとは思われないが、少年は、師との関係に底流する、胸をざわつかせるような何かに半ば気づいている。その夜、少年が眠っていると、司祭の灰色の顔が浮かびあがる。灰色の顔は、少年につきまとい、何事かを告白したがっている。「自分の魂が何か心地よい悪の領域へと遠のいていくのを感じた。するとそこでもまた、あの顔が待ちかまえている。それがつぶやき声で僕に告白を始め、どういうわけか笑みを絶やさず、唇には唾がべとついている」[29]。後になって、少年はフリン神父が嗅ぎたばこを吸っていたことを思い出す。少年はその記憶をおとぎ話的視点からたどり直す。司祭は「赤ずきんちゃん」に登場するおばあちゃんの服をかぶった狼に似ているのだ。「思いに沈むように笑みを見せ、うなずいて、ときおり嗅煙草をたっぷり摘んで両の鼻に押込む。笑顔になると、大きな変色した歯並があらわになり、舌をだらんと突き出す——知合ったばかりでまだ親しくなかった頃は、なにか不気味な感じのした癖だった[30]」。

なぜジョイスは自身の短篇を「姉妹」と題したのだろうか。作品前半で語られるのは、少年の気づきの過程である。周囲の大人たちは、語ろうとはしないけれども何か恥ずべきことを知っているらしい。我々読者もまた闇のなかに取り残される。大人たちはおそらく司祭の不品行について熟知しているのだが——結局のところ、彼らもかつては侍者であったのだろうから——少年や伯母の前では直接に語りたがらないのではないか。それがもっともあり得る解釈だ。第二の場面に登場する姉妹は、無垢で敬虔で、フリン神父の卒中の引き金となったことについて疑ってみようともしない。しかし、我々読者が、しくじった侍者の少年や、壊れた聖杯や、司祭の精神的衰弱について決定的な詳細を知るのは、まさしく当の二人の会話からである。つまり、読者は、第一の場面——語られることのない真実を、大人たちが知りつつも隠しておく——から移動して、第二の場面——姉妹が自分では知らない兄の真実を読者に暗示してしまう——にいたることになる。

性的な秘密と家庭の崩壊をめぐる物語を語るとき、樋口一葉もジェイムズ・ジョイスも、モダニストによる自然主義の再創造という共通のプロセスに参入している。両者はともに、革新のための資源として、土着の民話的伝統および外発的テーマをよりどころとしている。つまり、両者は、中核と周辺からなる「唯一であり、しかし不均衡である」近代の世界システムを鮮やかに例証すると同時に、一方でモレッティのカテゴリーを複雑化しているのだ。両者は、首都という場の局所的な次元で周辺の力学を模索しているという点で、さらなる比較が可能である。一葉の小説は東京の遊郭のはずれを舞台としている。ジョイスはダブリンの下層階級が居住する地区を自作の舞台とし、姉妹は「目立たない店」を経営し、それは皮肉にも「グレイトブリテン通り」に位置している。少年は、店のウィンドウでフリン神父の死を告知するカードを目にするのだが、普段の日であれば、そのカードの代わりにぶら下がっているのは「傘修理」の札である。ここで連想されるのは、老婆の店で傘の油引きをする吉三の仕事だ。ありふれた貧しい世俗の文化が、両作品の背景をなしているのである。一葉とジョイスの革新的な小説にあっては、物質的な財と文化的な資本の不均衡は、世界規模の中核と周辺から、ある地域の街区へと規模を縮小し、家庭の内部で劇化されるのである。顕在化しつつある世界システムの地形と同様に、親と子、女と男が織りなす不安定な関係において、家庭もまた唯一であり、しかし際立って不均衡なのである。

## モダニズムの雑誌——魯迅と雑誌『新青年』

一八九〇年代の発酵に続いて、二〇世紀が始まってから数十年の間に、本格的なモダニズムが発展していった。モダニズムとアヴァンギャルドの雑誌は、この過程でしばしば顕著な役割を果たした。その意義は、東アジアを代表する二人の近代作家、魯迅と芥川龍之介の初期の活動においても決定的なものだった。魯迅は、一九〇四年から一九〇九年にかけて日本に留学していた時期に執筆をはじめた。芥川と同じく魯迅も、夏目漱石[*1]や、日本語に翻訳されつつあった西洋の作家たちに、強い影響を受けていた。東京に暮らしていた一九〇七年のこと、魯迅と弟の周作人[*2]は、西洋文学の翻訳を中心とする文芸誌『新生』の創刊を企画した。誌名はダンテの『新生』に由来する。魯迅が晩年のエッセイ「私はどうして小説を書くようになったか」（一九三三）に記しているように、「だが、創作しようとおもったわけではなく、精力を注いだのは紹介、翻訳であった。とりわけ短篇、特に被圧迫民族の作家の作品に精力を注いだ」[31]。彼が継続しておこなった多数の翻訳のなかには、ニコライ・ゴーゴリの『死せる魂』も含まれており、一九二〇年代初めに日本語から翻訳したものには、芥川の「鼻」と「羅生門」が含まれていた。

雑誌『新生』は、第一号が発行されたのみで、それもわずかな部数だった。魯

＊1　夏目漱石（一八六七—一九一六）明治・大正を代表する小説家。イギリスに留学し神経衰弱を経験、その後日本に戻り英語教師となるがやがて職業小説家に転じた。当時支配的だった自然主義文学とは異なる作風を確立し、日本近代小説史に計り知れない影響を与えた。『吾輩は猫である』『三四郎』『こころ』『明暗』など。

＊2　周作人（一八八五—一九六七）中国の散文作家、翻訳者で、魯迅の弟。胡適の口語化運動を支持、魯迅とともに活動した。随筆を中心とする執筆活動、日本文学の中国語への翻訳で知られる。

迅が第一作品集『吶喊』の「自序」で皮肉に述べているように、それが「私たちの生まれることのなかった『新生』の顚末である」[32]。この失敗にめげることなく、兄弟は中国に帰ってからも手広く雑誌の仕事をつづけた。何より特筆すべきは、二人が、「新文化運動」を牽引した雑誌『新青年』と密接に関わっていたことである。一九一五年に左派のジャーナリスト陳独秀（一八七九—一九四二）によって創刊された『新青年』は、政治と文学の雑誌であり、「科学」「民主主義」「開かれた議論」「旧弊な儒教的伝統からの解放」を標榜していた。陳は最初、『青年雑誌』という誌名のもと、上海のフランス租界で雑誌を出版した。表紙には中国語のタイトルに加え、フランス語のタイトル（*La Jeunesse*）が併記されていた。後者は翌年から削られ、前者は、雑誌の意図する近代化を強調して『新青年』[*1]へと変更された。陳は、北京大学の中国文科学長に就任したのを機に、一九一七年一月、雑誌の拠点を北京へと移した。発行部数はたちまち増加し、一〇〇〇部程度から出発した雑誌は、最盛時には一万六〇〇〇部にまで達した。『新青年』は国際的な視座のもと外国文学の翻訳を多数掲載していた。

### 芥川と魯迅の雑誌を介した関わり

魯迅と同じく、芥川も国際的な視野をもった先進的な文芸誌を編集し、そこに寄稿することから執筆活動をはじめた。一九一四年、東京帝国大学の学生であっ

＊1　『新青年』　日本で日本語によって刊行されたモダニズム文芸誌『新青年』（一九二〇—五〇）とタイトルは同じだが、中国語による別の雑誌。

た頃、芥川は文芸誌『新思潮』を復刊させたグループに属していた。『新思潮』はきわめて重要な文芸誌で、ウィリアム・バトラー・イェーツ[*1]やアナトール・フランス[*2]といった作家たちの翻訳を掲載していた。一九一五年、芥川は自身の第一短篇「羅生門」を、東大の学生雑誌『帝国文学』に発表する。芥川は西洋文学のみならず同時代の中国文学にも積極的な関心を寄せていた。翌年、芥川は大阪新聞の特派員として中国に四か月間滞在した。傑作「藪の中」（一九二二）が書かれる少し前のことだ。北京を訪れた芥川は、魯迅の親友、胡適に会っている。胡適は『新青年』の編集者の一人で、中心的な寄稿者でもあった。芥川は周作人との面会も希望したが、あいにくの不在でかなわなかった。その代わり、芥川は、自作を訳してくれた魯迅の翻訳に敬服している旨、胡適に伝えたのだった。

## 胡適とエズラ・パウンド

胡適[*3]は、『新青年』の北京移行後第一号（一九一七年一月発行）に発表した宣言「文学改良芻議《すうぎ》」により、すでに時の人となっていた。胡適がこの宣言を書いたのは、ニューヨークのコロンビア大学に在籍していた頃で、当時胡適は、哲学の博士号を取得すべく、ジョン・デューイ[*4]の指導のもと、研究に専心していた。宣言の中心をなすのは、以下の八つの提言である。

一つめに、文章・言論の内容を充実しなければならない。

＊1　ウィリアム・バトラー・イェーツ（一八六五—一九三九）アイルランドの詩人。神秘的でロマンティックな作風から出発。アイルランド独立運動やアイルランド文芸復興運動に参加。二〇世紀に入ってからは、現実主義的、象徴詩的な方向へと作風を変化させていく。日本の能楽にも関心をもち、詩劇『鷹の井戸』はその影響下で書かれた。

＊2　アナトール・フランス（一八四四—一九二四）フランスの小説家。高踏派詩人として出発。懐疑的でアイロニカルな文体を特徴とする小説で名声を獲得する。ドレフュス事件以降、社会的関心を深めた。主著は『神々は渇く』『タイス』など。

＊3　胡適（一八九一—一九六二）中国の文学者。一九一〇年、アメリカに留学し、コロンビア大学でデューイの指導を受ける。帰国後、口語文学を提唱して文学革命を先導した。その近代主義の影響は長く続いた。

＊4　ジョン・デューイ（一八五九—一九五二）アメリカの哲学者。従来の哲学の抽象性、絶対性を批判し、プラグマティズム学派の創始者の一人となる。その理論を応用し、

二つめに、古人をまねない。
三つめに、文法を重んじなければならない。
四つめに、むやみに呻吟する文を書かない。
五つめに、陳腐なきまり文句をできるだけ除く。
六つめに、典故を用いない。
七つめに、対句にとらわれない。
八つめに、俗字・俗語を避けない[33]

これらの提言は、中国の作家にとってまさしく青写真となるものだった。彼らは、同時代の問題と向き合う近代の俗語文学を創造し、言語と文学規範の前近代的な遺産から己を解き放つべく、模索しているさなかにあったからだ。

思索を深める過程で、胡適は、ニューヨーク州北部のコーネル大学で学んでいた中国人の学生仲間たちと議論を交わし、大いに刺激を得ていた。コーネル大学は、胡適が一九一〇年から一四年にかけて学部時代を過ごした大学でもある。彼はそこで、哲学と並行して英文学、仏文学、独文学の科目を履修しており——実質的には比較文学を専攻していたといってもよい。中国語と英語で自由詩の創作を試みるかたわら、ロバート・ブラウニング*1からオマル・ハイヤーム*2まで、古今東西の詩作品の翻訳に幅広く取り組んでいる。とりわけ感銘を受けたのは、ラテン語を離れてヨーロッパの新しい俗語でもって偉大な文学を生み出したルネサン

教育学や社会学にも業績を残した。主著は『民主主義と教育』『経験と自然』『人間の問題』など。

*1　ロバート・ブラウニング（一八一二—八九）ヴィクトリア朝イギリスの代表的詩人。「劇的独白」と呼ばれる技法を用いた人物の性格・心理表現で知られる。作品に長詩『ソーデロー』、詩集『男と女』など。

*2　オマル・ハイヤーム（一〇四八—一一三一）ペルシアの詩人、科学者。天文学、数学に通じ、天文学者として活動、多数の科学書をアラビア語で著した。詩集『ルバイヤート』（四行詩集）が一九世紀に再評価され、現在では最もよく知られたペルシア詩人となっている。

ス期の作家たちだった。とはいえ、胡適は、近代の中国の作家たちが西洋の文芸を模倣することを願ったのではない。ダンテ、チョーサー[*1]、マルティン・ルター[*2]に感化され、中国の俗語の伝統に立ち戻るべきと考えるようになったのだ。のちの回想に記しているように、「ついに私は中国文学の歴史をはっきりと理解した。俗語の中国文学こそ中国の正統な文学的伝統を形成しているのであり、中国の文学革命がどこに向かうべきか、その発展の自然な方向を具現しているのだ」(34)。

胡適は後期の活動の大部分を俗語による物語文学の古典、とくに『紅楼夢』の綿密な研究に費やした。このように中国の伝統に傾倒していた胡適だが、一方で彼が「芻議」に掲げた諸原則には、英米のリトル・マガジンで発表されていた宣言と多くの共通点が見られる。八か条の提言の明らかなモデルは、アメリカの詩人、エズラ・パウンド[*3]が少し前にシカゴを拠点とする雑誌『ポエトリー』で提起したプログラムである。胡適はアメリカにいた時分『ポエトリー』を定期的に読んでいた。「イマジストによる「〜するな」集」において、パウンドは現代の詩的言語を創造するために不可欠な八つの事柄を列挙している。

　余計な言葉を使うな、何ものも明らかにしない形容詞を使うな。
「平和のほの暗い土地」式の表現を使うな。イメージがくすんでしまう。抽象と具象をごっちゃにしている。自然の事物は常に十分な象徴であることを、書き手が理解していないのだ。

＊1　チョーサー（一三四〇頃―一四〇〇）イギリスの詩人。中世を代表する傑作『カンタベリー物語』の作者で後世に多大な影響を与え、「英詩の父」とも呼ばれる。

＊2　マルティン・ルター（一四八三―一五四六）ドイツの宗教改革者。腐敗したローマ教会を批判、信仰者と神との内面的な関係の重要性を訴え、プロテスタント宗教改革を引き起こした。それまで知識人しか読むことのできなかったギリシア語聖書をドイツ語に翻訳し一般の人の手に届くものにした。

＊3　エズラ・パウンド（一八八五―一九七二）アメリカの詩人。一九〇八年に祖国を離れて以降ロンドン、パリ、イタリアで活動を行う。装飾性を廃した具象的な詩を標榜し、イマジズム、ヴォーティシズム運動を先導。その過程で表意文字、日本の俳句や中国の漢詩、経典にも関心を深めた。後半生は長大な連作『詩篇』の制作に費やされた。

抽象を恐れつつ進むこと。優れた散文ですでになされていることを二流の韻文で再び語るな。自分の文章を切り刻んで詩行の長さに押し込むことによって、優れた散文のきわめて困難な技法の困難さをことごとく避けようとしたところで、目の肥えた人を騙せはしないと思え。

専門家が今日飽き飽きしていることは、一般の人々も明日には飽きるだろう。

詩の技法は音楽の技法より簡単だなどと思うな。最低でも平均的なピアノ教師が音楽の技法に傾注するほどの努力もなしに、詩の専門家を悦ばせられると思うな。

可能な限り多くの傑出した芸術家から影響を受けよ。しかし、その借りを公然と認めるなり、あるいは隠すなりするだけの礼儀をわきまえよ。たまたま称賛の念を抱いたという程度の二、三の詩人から、特定の装飾的な文句を吸い上げただけのことで、「影響」などという言葉を使うな。先日トルコの従軍記者が特電の中で、「鳩のような灰色の」丘だとか、あるいは「真珠のように淡い」などという、どちらだったか覚えていないが、ともかくその種の無意味なたわごとを使うところを現行犯で捕まった。

装飾を使うな、あるいはよい装飾を使え。(35)

類似性は明らかといってよい。しかし、パウンドによる八か条の胡適版は、東洋への西洋思想の拡散という観点からのみ捉えるべきではない。パウンドが推進した「イマジズム」運動は、詩的言語としての中国語を研究したアーネスト・フェノロサ[*1]の業績に大いに影響されており、さらには、パウンド自身が古典的な漢詩および日本の俳句に通じていたことも霊感の源泉となった。例えば、『ポエトリー』の次の号に掲載された名高い詩「地下鉄のとある駅の中で」は、英語において俳句的効果を上げることを目指している。

　The apparition　of these faces　in the crowd :
　Petals　on a wet, black　bough .
　人ごみの中にそれらの顔また顔の出現、
　濡れた、黒い大枝上の花びらまた花びら(36)。

この詩は一九音節で、俳句の一七音節と近しく、単語間やフレーズ間に付け加えられた空白は、ゆっくりと味わいながら読むことを誘う。芭蕉も認めてくれるにちがいない読み方だ。

　胡適は「文学改良芻議」で、モダニズムの宣言を、同時代の状況のみならず中国の伝統にも適用した。パウンドもまた、皮肉を込めて「私はこれらすべてをモーセの禁止に組み入れることはできない(37)」としつつも、「〜するな」を列挙することで、聖書の「十戒」のパロディたるプログラムを提示している。胡適が詩的言語に与えた八つの包括的な処方箋は、三〇の戒めからなるエッセイの最初のセ

＊1　アーネスト・フェノロサ（一八五三―一九〇八）アメリカの美術史家、哲学者。一八七八年に来日、東京大学で哲学を教える一方、日本美術に関心を深め、日本の美術行政にも関わった。衰退した西洋文化への特効薬として表意文字の重要性を論じた論文「詩の媒体としての中国文字」は彼の死後パウンドの手に渡って出版され、二〇世紀の詩論やメディア論にまで多大な影響を与えた。

クションを構成するにすぎない。しかし胡適は、むしろ仏教の「八正道」を思わせるような簡勁なフレーズでもって、凝縮された八か条のプログラムを提示してみせた。仏教の最終目的である、輪廻からの解脱に代えて、胡適の八か条は、先達の作品の果てしない反復から近代の詩人を解脱させるべきものだった。

## 『新青年』の前衛的なレイアウト

雑誌『新青年』は、近代的な書き方だけではなく、書かれたものを印刷する誌面自体を揺さぶろうとする野心を、西洋の同種の雑誌と共有していた。革新的なタイポグラフィーとデザインはこの雑誌の顕著な特徴であり、それは『ブラスト』など同時代の雑誌の特徴でもあった。『ブラスト』は、一九一四年から一五年にかけて、エズラ・パウンドとウィンダム・ルイス[*1]が仲間たちとイギリスで発刊した雑誌である。ルイスとパウンドによる「ヴォーティシスト宣言」（一九一四年に『ブラスト』誌上に発表された）の不均衡なレイアウトは、陳独秀たちが『新青年』で用いた異様なレイアウトに比せられるだろう（図3）。

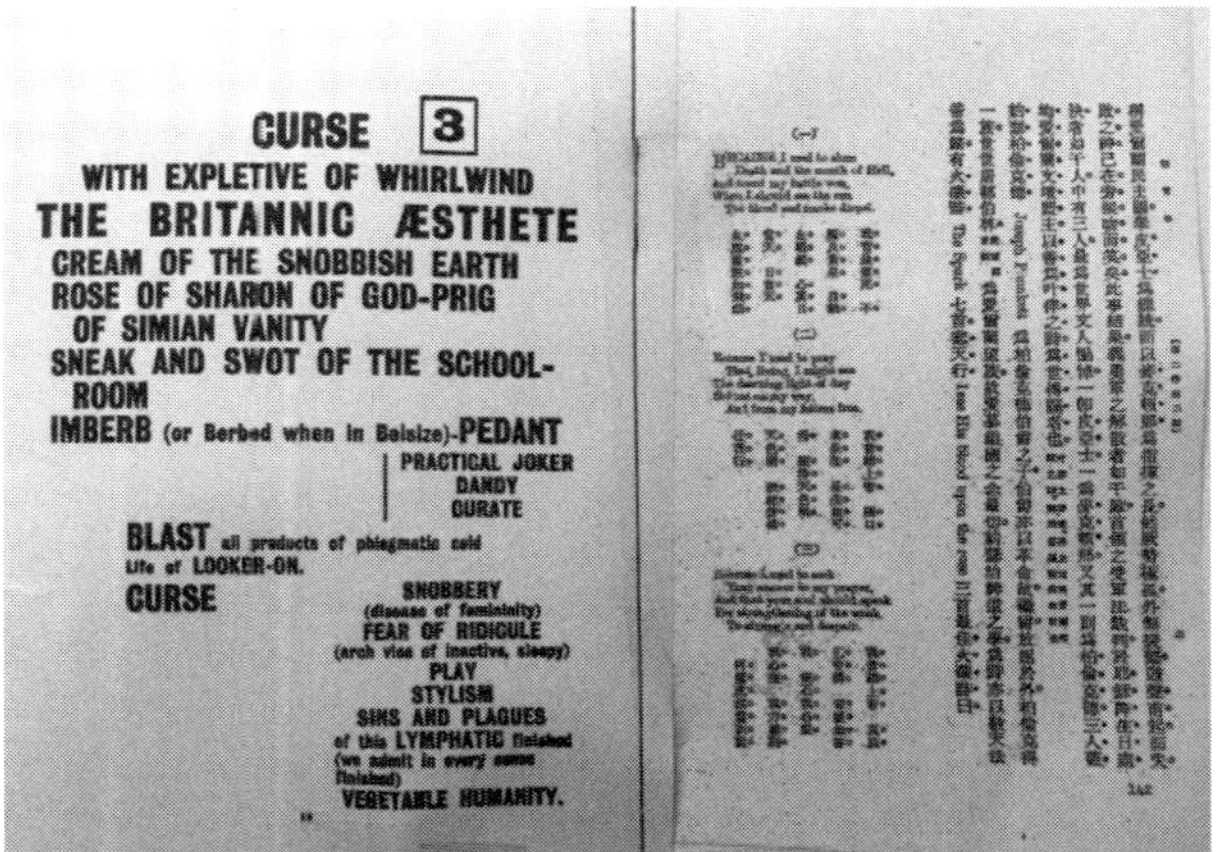


図3　左は『ブラスト』誌の「ヴォーティシスト宣言」より，右は『新青年』の一頁より。

*1　ウィンダム・ルイス（一八八二―一九五七）イギリスの小説家、画家。パリに渡りキュビスムの画家

『新青年』では、中国語とヨーロッパ語の文字がページ上で混じり合い、ヨーロッパ語の言葉がときには水平に、ときには垂直に書かれている。一方で、中国語の詩も西洋式の句読法で書かれている。これは、たとえば詩「閃光」の翻訳に顕著だ。この劇的な詩が書かれたのは、わずか数か月前のことで、作者はジョゼフ・プランケット[*1]である。プランケットは、イースター蜂起（一九一六年四月）の英雄だった。アイルランド共和主義同盟が、英国の支配を転覆しようとして蜂起するも不発に終わった事件である。この反乱は瞬く間に鎮圧され、プランケットら反乱の指導者たちは銃殺刑に処せられた。プランケットは幼なじみの恋人と処刑のわずか七時間前に結婚したが、その前夜に獄中で書いたと伝えられるのがこの詩だった。そこには、頓挫した反乱が未来の炎の火種となるようにという願いがこめられている。

『新青年』にみられる中国と西洋の文字の混交は、魯迅の名高い作品「阿Q正伝」（一九二一―二二）の冒頭にも顕著だ。主人公の名は、漢字の阿とアルファベットのQの組み合わせである。小説の序で、魯迅は『新青年』がしかけた文化革命に滑稽な賛辞を呈している。魯迅は、阿Qは「阿桂」だか「阿貴」のような中国名を持っていたにちがいないのだが、いまや歴史の闇に消えてしまったと主張しているのである。

孔子曰く「名正しからざれば即ち言順わず」と。［中略］僕には阿Qが何と

として活動するとともに、エズラ・パウンドらと雑誌『ブラスト』を創刊、「ヴォーティシズム」（渦巻派）の中心的人物として活動。『ター』や『神を猿まねする人々』や四部作『人間の時代』（未完）などの小説でも知られる。

*1　ジョゼフ・プランケット（一八八七―一九一六）アイルランドの詩人、ジャーナリスト。独立運動の闘士。アイルランド共和同盟の中心人物として活動し、一九一六年のイースター蜂起を主導、同年処刑された。

いう姓であったかとんとわからぬ。〔中略〕僕は阿Qの名をどう書くのかも知らないのだ。〔中略〕「外国文字」を使わざるを得ず、イギリス流の綴り方で彼を阿 Quei と書き、略して阿Qとしたい。これはむやみに「新青年」を真似ているようで、自分としても申し訳ない(38)〔後略〕。

彼は結論づける。「多少でも慰めとなるのは、「阿」という字だけはだいそう正確〔中略〕であることだ。その他のことは、浅学非才の僕に穿鑿できることではなく、「歴史癖と考証癖」のある胡適之先生の門下生たちが、将来多くの新事実を探し出してくださることをひたすら希望するものではある(39)」。

## 二つの「狂人日記」――魯迅とゴーゴリ

魯迅[*1]自身、『新青年』に集う博学の無頼漢のなかでもとりわけ目立った存在だった。胡適の芻議が掲載されてから一年後、『新青年』は魯迅の革新的な小説「狂人日記」を掲載した。「狂人日記」は、鋭利な社会風刺や、錯雑とした形式によって、とりわけ作品の要となる日記に俗語の散文を野心的に用いたことによって、読者に衝撃と感動を与えた。物語は文語体で書かれた序文とともにはじまる。語り手はそこで狂人の日記からの抜粋を、心理学上のケーススタディを提供するものとして紹介している。ダンテの『新生』が、ここでも源泉となっているのかもしれない。ダンテの詩的回想では、詩そのものは新しいイタリアの俗語で書か

＊1　魯迅（一八八一―一九三六）中国の作家。代表作に『狂人日記』『阿Q正伝』などがある。口語文を初めて使った作家とされており、旧態依然とした考え方などを鋭く批判する小説を書く。

れているが、神の言葉はラテン語で引用されているからである。同時に、序文にみられる医学用語には、若い頃に魯迅が日本で医学を学んだ経験が活かされている。一八八一年に中国の南東部で生まれた魯迅は（ジェイムズ・ジョイスがダブリンで生まれる五か月前）、一五歳のとき、父を長患いの末に亡くした。魯迅は、伝統的中国医による誤診と悪しき治療のせいで父が死んだのだと考え、西洋式の医学を習得して、国を癒す一助にならんと決意する。一九〇二年に学校を卒業した後、魯迅は日本に渡り、日本語を覚え、医学の勉強をはじめるが、二年後に方向を転じた。『吶喊』の「自序」に記しているように、大学をやめたのは、微生物学の教授が授業の終わりの時間つぶしに日露戦争の幻灯を見せたことがきっかけだった。その画には、日本占領下の満州で、日本の兵士が嫌疑のかかる中国人スパイを今まさに処刑しようとしており、中国人の群衆がそれをぼんやりと見ている光景が描かれていた。魯迅は周囲の学生たちが拍手喝采するのに衝撃を受け、医学を棄て文学を志す決意を固めたのだった。「およそ愚弱な国民は、たとえ体格がいかに健全だろうが、なんの意味もない見せしめの材料かその観客にしかなれないのであり、どれほど病死しようが必ずしも不幸と考えなくともよい、と思ったからである。それならば、私たちの最初の課題は、彼らの精神を変革することであり、精神の変革を得意とするものといえば、当時の私はもちろん文芸を推すべきだと考え、こうして文芸運動を提唱したくなったのだ」(40)。

文学的成功への道のりは平坦ではなかった。作家として身を立てるまでに、日本で、さらには中国で、一二年に及ぶ努力を要した。王朝システムの晩期、中国は内なる対立と外からの侵略によってもはや崩壊に瀕していた。作家にとっては、暮らしを立てるにも、読者を得て社会的な影響力を発揮するにも、困難な時代だった。作家を志した魯迅だが、儒教の伝統に頼ることにはほとんど関心がなかった。魯迅も含め、改革者たちの考えでは、そうした伝統はむしろ一掃されるべきだった。魯迅は着想を求めて世界文学に目を向け、主に日本語やドイツ語の翻訳で読み漁った。とりわけ関心を掻き立てられたのはロシアの作家たちである。ロシアもまた、日本や西欧諸国の帝国主義と対峙する状況にあった。加えて、ロシアの知識人たちも一九世紀を通じて因習的な専制システムの改革や交替を求め、近代世界に自立した場をもつ社会を創造しようとしていた。

「狂人日記」は魯迅の最初の成熟した作品といってよい。それに影響を与えたのは、ニコライ・ゴーゴリの小説「狂人日記」（一八三五）だった。魯迅は、文化的背景は大きく異なるものの、ゴーゴリのうちに同じ精神を見出した。ゴーゴリは神秘主義的な傾向をもつロシア正教の信者である。彼が小説を書いていた時空間は、専制的な皇帝《ツァーリ》が神授の支配権をゆるぎなく信じているような、帝政ロシアであった。合理主義者にして左派の魯迅は、にもかかわらず、ゴーゴリのうちに同志——祖国の魂の悪しき状態を深く憂える諷刺家、謎めいた物語が文学や社会の規範に対する異議申し立てとなっている作家——を見出したのである。魯迅はおそらくはフョードル・ドストエフスキーの『分身』[*1]（一八四六）も参照していたのだろう。これは、ドストエフスキーがゴーゴリの「狂人日記」を書き直した作品である。ドストエフスキーの主人公ゴリャートキンと、ゴーゴリの主人公ポプリシチンは、ともに身分の低い官僚で、人生に行き詰まり、狂気に陥っていく。ゴリャートキンは幻覚を見るようになり、自分と瓜二つのくせに自分にはない自信と魅力を兼ねそなえた人物と出くわす。分身は彼の人生を乗っ取り始め、二人は激しい宿敵同士となる。小説の最後、ゴリャートキンは精神病院へ連れていかれる。ドストエフスキーは、ゴーゴリが描いたポプリシチンに比して、より深いゴリャートキンの心理的肖像を提示している。保守的なゴーゴリとは異なり、ドストエフスキーは社会主義を奉ずるペテルブルクの革命家たちと関わりをもっていた。一八四九年、革命的サークルでの活動を罪に問われたドストエフスキーは銃殺刑の判決を受けるが、土壇場で執行を猶予され、処刑を免れた。こうした経緯を踏まえるならば、魯迅が、ゴーゴリの書き直しにあたって、社会主義者ドストエフスキーを参照したことは十分に考えられる。

　ゴーゴリの狂人アクセンチイ・イワーノヴィチ・ポプリシチンは、恋愛上のフラストレーションと職業上のフラストレーションによって狂わされていく。先の見通しもない書記の仕事にせっせと励むものの、どうやらその仕事は大部分が威

＊1　フョードル・ドストエフスキー（一八二一—八一）一九世紀ロシアの作家。『罪と罰』『カラマーゾフの兄弟』などの長編群で知られる。同時代の社会状況に鋭く反応しながら、思想に憑かれた人間たちが織りなすドラマを多声的な手法で描き出し、現在に至るまで世界の文学に影響を与えつづけている。

張った上司の羽ペンを削ることから成っているらしい。ポプリシチンは上司の美しい娘ソフィーに惚れ込んでいるが、ソフィーの方は彼の存在にすらほとんど注意を払っていないうえに、若いハンサムな将校とロマンスの真っ最中である。精神に変調をきたしたポプリシチンは、ソフィーの飼い犬メッジイと近所の犬の会話を漏れ聞くようになる。さらには、二匹の犬が取り交わした、うわさ話の多い手紙を発見する。そこでは、ソフィーに芽生えたロマンスが話題となっていた。以降、彼の日記はますます支離滅裂になり、日付も「三〇月八六日」といったものになる。ついにポプリシチンは、この袋小路を脱する術を見つける。スペインの王位継承の難局を報じる記事を読んだ彼は、自分こそ真のスペイン王だと悟るのだ。

ポプリシチンがスペインを選んだのには、ある種の論理がある。ポプリシチンでさえ、自分が巨大な権能を有する王であると想像するほどには狂えなかったのだ。彼は、上司の本棚に並ぶフランス語やドイツ語の書物、西欧諸国を主導する文化的権力のイメージに、恐れを抱いてきた。周辺的な状況からの脱出を求めて、彼の精神はロシアから跳躍し、ヨーロッパの対極にある周辺へと飛び移ってしまったのだ。かつて強大な権力を誇ったスペインは、近代初期の「スペイン黄金世紀」から没落して久しく、見ようによっては手の届くところにあると見えなくもない。とはいえ、遺憾ながら、周囲の人々がそうした話に納得するわけもなかった。物語の最後、ポプリシチンは精神病院へと連れ去られ、王に対する家来たちの手荒な扱いにすっかり惑乱してしまう。末尾で、ポプリシチンはロシアの広大な大地と母親（おそらくは母なるロシアその人）を幻視し、そのヴィジョンに向かって泣き叫ぶ。「おっ母さん、このあわれな息子を救っておくれ！［中略］このあわれな孤児を抱きとっておくれよ！［中略］ところで、ご存じですかね、アルジェリアの総督の鼻の下には瘤があるのを？」[41]。

魯迅は、狂人が最後に「子供を救って……」[42]と泣き叫ぶところも含め、ゴーゴリの作品の場面をいくつかそっくりなぞっている。ポプリシチンが犬と会話する場面に呼応するように、魯迅の狂人は近所の犬が自分をじろじろ見ることに不審の念を抱き、自分に対する陰謀に加担しているのではないかと恐れる。とはいえ、魯迅は己の物語をゴーゴリとは異なる方向に、すなわち地理から歴史へと転換している。魯迅の狂人は、西欧のテクストについては何ら知るところはないが、その代わり、伝統的な中国の古典には強い関心をもっている。主人公は、兄を含む同じ村の住人たちが、「二十年前に古久《クーチウ》先生の古い出納長を踏んづけた」[43]ことで自分を白眼視するようになったのだと思い込む。彼は、村人たちが自分を生きたまま食らうつもりではないかと信じるようになり、しかもその恐怖は、繙いた古い書物によって裏書されるのだ。

何事もやはり研究してこそ、はじめてわかるのだ。人が昔からしばしば人食いしてきたことは、僕も覚えてはいるものの、ちょっとあいまいだ。歴史を繙いて調べてみると、この歴史には年代はなく、どのページにもグニャグニャと「仁義道徳」などと書いてある。どうせ眠れないのだから、夜中まで細かく読んでいると、字の間から見えてきた字とは、本の端から端まで書かれている「食人」の二文字だった！(44)

ゴーゴリの関心が西欧とロシアの関係に向けられていたのに対し、魯迅の作品は、「過去の亡霊から逃れようとする近代中国の闘い」として魯迅が捉えていた状況に焦点を合わせている。すなわち、空間よりもむしろ時間における周辺的状況である。

ゴーゴリの物語に依拠している一方で、魯迅はそこに明らかに現代的なひねりを加えている。ポプリシチンの日記はあまりに支離滅裂なので、読者は実際に彼がスペインの王だとは思わないし、犬のメッジイとフィデルが実際にうわさ話を多く含んだ手紙を取り交わしているとも思わない。ゴーゴリは、精神衰弱のリアリズム的な描写を起点に社会諷刺を生み出している。しかし、魯迅が書いていたのはそれから八〇年以上後のことだ。彼は、一九世紀リアリズムの規範を複雑化したモダニズムの作家に数えられる。魯迅の主人公の日記は、真面目くさった古典的中国語で書かれた序文によって幕を開け、そこには魯迅が医学生時代に学んだと思しき近代の心理学用語が混入している。とはいえ、注意深く読むとわかるように、「迫害狂の客観的なケーススタディ」という表面上のわかりやすさは、実は序文において不安定にさせられている。語り手は、日記を発見した経緯から語りはじめる。

某君兄弟、今その名を伏せるが、ともに余が昔、中学時代の良友なるが、分隔《わかれ》て多年、消息は漸に絶えたり。先日偶然その一人が大病と聞き、帰郷に際し、迂回訪問したところ、一人にのみ面会でき、病人とは彼の弟であるという。君に遠路見舞いの労を執らせしものの、すでに快復して某地に行き任官待ちなり。かくして大笑し、日記二冊を差し出し、当時の病状がわかろう、旧友に献呈するのは構わぬだろうと言う。(45)

これは万事もっともらしく聞こえる。しかし、ゴーゴリの狂人は身寄りのない孤独な人間だった。ドストエフスキーの狂人も孤独な存在で、ただ自分の分身を幻視するばかりだった。なぜ魯迅は主人公と同居する兄を登場させたのだろうか？そしてなぜ、魯迅は二人の名を伏せると述べるのだろうか？　ここで鍵となる一節は、おそらく「一人にのみ面会でき、病人とは彼の弟であるという」だろう。語り手はどちらがどちらであるか、判別できていたのだろうか？　語り手が兄弟と会っていた頃から、すでに多くの月日が流れ過ぎている。語り手が面会した男の話では、狂気に陥ったのは弟の方で、今やすっかり回復し、官職が空くのを待っているのだという（つまりは科挙の難関を突破したことになる）。これはいくぶん突飛な話ではないだろうか？　日記を差し出しながら、名の明かされない兄は、いかに大笑したというのだろう？　目の前にいるのは正気の方であって、当の狂人ではない、果たしてそう確信できるのだろうか？

仮に語り手が面会したのが狂人の方だったとしてみよう。そうすると、兄の方はいったいどうなってしまったのだろうか？　この問いを念頭に日記を読み直すと、背筋の凍るような可能性を示す手がかりがたちまち見つかる。というのも、狂人は、自分を殺して肉を食べようとする企みの首謀者が兄であると信じているのだから。実際、狂人は、兄が妹を殺してしまったものと思い込んでおり、物語の結末近くで、次のように語られるのである。「僕は箸を持つと、大兄さんのことを考え始め、妹が死んだ原因も、すべて大兄さんにあることがわかった。［中略］おそらく自分が食べてしまった［後略］」(46)。最後から二番目の日記で、狂人は、次は自分の番ではないかという思いにとらわれている。「僕は知らぬまに、妹の肉を数切れ食べていたかもしれず、今では僕自身の番となったのだ……」(47)。そして日記はよく知られた最後の記述で幕を閉じる。「人食いをしたことのない子供は、まだいるだろうか？　子供を救って……」(48)。もしかすると、狂人はこのやけっぱちな言葉を書き連ねたあとで正気を取り戻し、難関試験を突破して、今やすっかり元気になり、任官を待つ立派な市民になっているのかもしれない。しかし、異なる展開も同様にありうる。兄が自分を殺して食べようとしていることを確信して、彼は先手を打ったのかもしれない。謹厳な語り手は、かつての狂人も今や理性を柱とする学問の世界に生きていると思い込んでいるが、実は語り手自身がデザートにされようとしているかもしれないのだ。

　中国では、魯迅の物語は、社会的改革を求める直接的な要求として、あるいは一九世紀の社会的リアリズムの偉大な伝統に連なる作品として、読まれるのが常だった。だが、上述のごとき読みの可能性は、同時期の世界のモダニストたちによる語りの数々を思い起こさせる。マルセル・プルースト[*1]の『スワンの恋』（一九一三）、フランツ・カフカ[*2]の『変身』、ジョイスの『若い芸術家の肖像』。これらはみな、語りの織り目にさからって読み解く必要があるような、きわめて曖昧で不確かな叙述を特徴としている。上記の作家たちは一人として互いの作品を知ることはなかっただろうが、いずれも、ドストエフスキーの『罪と罰』やイプセンの『人形の家』といったプロトモダニズムの作品に立脚しているのである。実際、魯迅が「狂人日記」を書いていた時期に、胡適はイプセンの戯曲の中国語訳に取り組んでいた。魯迅の小説に遅れることひと月、胡適の翻訳は一九一八年七月に発表された。女性の解放を呼びかけ、抑圧的な性的風習に風穴をあけるものとして、多くの進歩的な作家たちはこの戯曲を歓呼して迎えた。たちまちにしてアジアのノラたちが中国の小説や戯曲に現れるようになった。しかし当の魯迅は懐疑的で、しかもその疑念は時を経て大きくなっていった。一九三二年、魯迅は「ノ

＊1　マルセル・プルースト（一八七一―一九二二）フランスの小説家。一九一三年から一九二七年にかけて刊行された大作『失われた時を求めて』は、記憶や時間のテーマを扱った二〇世紀最高の小説に数えられる。『スワンの恋』は同書の第一篇第二部。また、第一篇第一部『コンブレー』に出てくる、口に入れたマドレーヌの味覚から幼年期の記憶が唐突に蘇る場面はとりわけ有名。

＊2　フランツ・カフカ（一八八三―一九二四）プラハ生まれのユダヤ人ドイツ語作家。二〇世紀前半の実存的不安を反映した、幻想的不条理文学の書き手。主人公が目覚めたら虫になっていたという中篇『変身』の他、不条理な人生の喩えのような長篇『審判』や『城』などがある。

ラは家出してからどうなったか」と題された講演を行い、イプセンのヒロインにはたった二つの現実的な代替策しかないと述べた。すなわち、売春か自殺か、である。魯迅は、個人の解放はより広大な社会変革をともなわない限り成功しない、と結論づけている。その頃すでに、魯迅は、社会に働きかけるにはあまりにも迂遠な手段として、フィクションの創作を放棄していたのだった。

## 魯迅から芥川へ

芥川龍之介[*1]も文学の力については同じく二面的な態度をとっている。とはいえ、魯迅と同様、芥川も自国の伝統を若返らせる方法を求めて世界文学を耽読し、断筆するまでの間に——すなわち自死するまでの間に——膨大な数の短篇小説を生み出した。芥川は、自身の自然主義的作品のモデルとなったのは、トルストイ[*2]やモーパッサンやアナトール・フランスだと述べているが、樋口一葉や魯迅のように、芥川もまた、散文・韻文における日本および中国のモデルに依拠していた。エズラ・パウンドと同様、芥川は俳句に関心があり、小説に専念する以前には俳句の創作も続けていた。「枯野抄」の登場人物は芭蕉の弟子たちで、死の床にある師を看病している。作品は、芭蕉の死に関する伝承と最後の発句をめぐる創作秘話に準拠している。「旅に病んで夢は枯野をかけ廻る」。芥川は、芭蕉の弟子たちそれぞれの苦悩にみちた内面生活を打ち開いてみせ、師匠の危篤が、仏教的憐

＊1　芥川龍之介（一八九二—一九二七）日本の小説家で、文学賞の「芥川賞」の名前の由来となった。しばしば歴史や説話に題材を採りながら、知的で技巧的な文体によって現実にひそむ問題を鋭くえぐり出した。世界的に見れば、近代日本の短編作家として圧倒的に有名。代表作「羅生門」「鼻」。

＊2　レフ・トルストイ（一八二八—一九一〇）ロシアの小説家。ナポレオン戦争の時代を描いた歴史小説『戦争と平和』、人妻アンナの不倫の物語である『アンナ・カレーニナ』が代表作。創作民話『イワンのばか』もある。他に宗教的論文『懺悔』を始めとする評論も多い。存命当時から、世界的に大きな影響力を持った。

み以外のありとあらゆる感情を喚起するさまを描いてみせる。死の恐怖、ほかの弟子に対する妬み、さらには悲しみの感情への自己満足。芭蕉の晩年の俳句を集成し、加えて臨終の模様を記録することで、己を売り出そうとする野心。その記録はまさしく、のちに芥川がこのアイロニーにみちた物語を書くに際して利用することになるのだ。

「羅生門」では、芥川は自然主義の歴史的な位相を移動させることを試みている。古代および近代のテーマ・ストラテジーの魅力的な混交を創造してみせたのである。冒頭の描写は、鬼や狐狸をめぐる中世日本の物語に依拠している。他方で、物語の主人公である悪党は、老い朽ちて物寂びた雰囲気の羅生門を探りまわり、そこで語り手はさりげなく「この平安朝の下人の sentimentalisme」[49]と述べ、自然主義的な言葉を用いるとともに、フランスからの外来語さえ使っている。この前近代の物語は、現実の細部に対するすぐれて近代的な関心とともに語られる。男の右頬は「短い髭の中に、赤く膿を持つた面皰のある頬である」[50]。ゴーゴリ「狂人日記」の結尾と響きかわすような細部だ。「狂人日記」では、狂人が母に助けを求めたあとに唐突にアルジェリア総督の鼻の下にできた瘤に言及する。芥川の主人公は周囲の世界の堕落を悟るが、それはジョイス的エピファニーのより政治的なバージョンといってよい。しかし、それをどのように解すべきなのだろうか？　主人公は、鬘を作って売るために死体の髪を抜いていた老婆に襲いかかり、盗みを働く。このとき彼は老婆よりもいっそう醜悪で下劣ではないのか？　それとも両者はともに衰退した社会の犠牲者で、生き抜くために必要なことを果たしているにすぎないのか？　男の頬にできた面皰は、この小説に通底するライトモチーフとなっているが、それは人間性の本質をあらわす記号なのか、それとも内なる堕落をあらわす記号なのか？

さらに芥川は、一九二二年、複数の証言からなる小説「藪の中」で、より先鋭的に多義性を追求した。魯迅と同様、芥川はこの作品で俗語体、口語体の散文を駆使した。冒頭は「さやうでございます[51]」とはじまる――この一節は、人里離れた山陰の藪の中で盗賊が犯した強姦と殺人をめぐり、複数の相容れない語りが交錯することで、たちまちにして劇的に宙づりにされてしまう。さらに魯迅の作品と同じように、鋭い社会批判、さりげなく暗示された資本主義批判さえ喚起するのだ。「唯わたしは殺す時に、腰の太刀を使ふのですが、あなた方は太刀は使はない、唯権力で殺す、金で殺す、どうかするとお為ごかしの言葉だけでも殺すでせう[52]」と盗賊は語る。したがって政治的な批判は誤った言葉への批判と軌を一にしている。「成程血は流れない、男は立派に生きてゐる、――しかしそれでも殺したのです。罪の深さを考へて見れば、あなた方が悪いか、わたしが悪いか、どちらが悪いかわかりません。（皮肉なる微笑）[53]」。盗賊多襄丸が、告発者たち――白状するよう彼を拷問にかける――も罪深さでは似たり寄ったりだと言い放つのも、もっともなことなのだろうか？　そもそも多襄丸の罪とはどれほどのものなのだろうか？　証言の供述者たちは、目撃した出来事について、まるで異なることを物語る。多襄丸は無実の男を非情にも殺してのけたのか、それとも男の妻が夫を殺したのか、あるいは男自身が自害して果てたのか？　作品の最後、誰かが小刀を男の胸から引き抜くのだが、それは何者なのか？　そして何故なのか――救うためなのか、自害に手を添えてやるためなのか？

黒澤明は、独創的な映画『羅生門』（一九五〇）を制作する際に、「藪の中」を「羅生門」の舞台と組み合わせた。一九七八年に雑誌連載した回顧録『蝦蟇の油――自伝のようなもの』で、自分の作品観を詳述している。撮影開始が間近に迫っている頃、三人の助監督が黒澤のもとにやってくると、「この脚本はさっぱりわけが解らないので、どういう事なのか説明してもらいに来たのだと云う(54)」。

人間は、自分自身について、正直な事は云えない。虚飾なしには、自分について、話せない。この脚本は、そういう人間というもの、虚飾なしには生きていけない人間というものを描いているのだ。いや、死んでも、そういう虚飾を捨てきれない人間の罪の深さを描いているのだ。これは、人間の持って生れた罪業、人間の度し難い性質、利己心《エゴ》が繰り広げる奇怪な絵巻なのだ。(55)
諸君は、この脚本はさっぱり解らないと云うが、人間の心こそ不可解なのだ。

黒澤はあるエピローグを添えて回想に終止符を打っている。映画会社の社長が、当初は難解な映画を作ることに異を唱えていたにもかかわらず、映画が国際的な成功を収めたとたんに態度を改めたという。そのときの驚きを、黒澤は語っている。社長はプロデューサーとしての先見の明を喧伝すべくテレビに出演したが、実のところは、その映画を一度は自ら葬り去ろうとしたのだった。黒澤は書いている。「私は、そのテレビのインタビューを見ていて、これはまさに『羅生門』だと思った。『羅生門』で描いた、人間の性質の悲しい側面を眼のあたりに見る思いがしたのである[56]」。

芥川自身、自らの初期作品について、同時代の世界における現実生活を反映したものと考えていた。だが、一九二四年以降創作を断念した魯迅のように、芥川もまた世界をフィクションによって動かせるという考えに懐疑の念を深めていく。「藪の中」の発表から五年後、自殺する直前に書かれた「或旧友へ送る手記」のなかで、芥川は医学用語を使っている。それらの用語は、魯迅の「自序」――日本での医学の勉強を放棄し、人々の魂を癒すべく文学へ転向することを決意するまでを記したもの――で用いられていたのと、大差ない。「僕の今住んでゐるのは氷のやうに透み渡つた、病的な神経の世界である。〔中略〕僕は或は病死のやうに自殺しないとも限らないのである[57]」。

## 追想のモダニズム——欧化と伝統

三島由紀夫[*1]（一九二〇—七〇）ほど前近代という過去に惹かれ——憑かれさえしていた近代日本の作家はいない。三島もまた近代の精神的病理を診断する方途として歴史小説へと向かった。上述の作家たちと同じく、三島もモレッティの中核‐周辺という用語のもとに捉えることが可能だ。とはいえ、一葉や芥川のように、三島もアジアとヨーロッパの文学的遺産・観点を自在に混交させる。したがって、西洋の影響をただ受動的に受けていたとみなすわけにはいかない。また、影響関係という視点が、三島作品を見るための唯一のレンズたり得るはずもない。彼の小説は、アジアを含むその他の地域における周辺‐半周辺の作家たちの作品と、直接的な関係の有無を問わず、共通性を有しているのだ。三島は、フリードリヒ・ニーチェ[*2]、トーマス・マン[*3]、マルセル・プルーストといったヨーロッパの作家・思想家との関係から研究されることが多い。しかし、私の知る限り、『豊饒の海』四部作（一九六八—七一）が、主要人物の目を通して見られた何十年にもおよぶ時間、数世代にわたる近代の歴史という点で、プルーストよりもさらに近しい関係にある作品に照らして論じられたことはない。その比較対象とはすなわち、タイの代表的な作家ククリット・プラモート（一九一一—九五）の傑作『王朝四代記』である。ククリットの小説はタイにおける近代化の過渡期を描いており、

＊1　三島由紀夫（一九二五—七〇）日本の小説家。自衛隊の決起を促したが、失敗し割腹自殺をした。日本の伝統的な美意識とともに、翻訳された世界の文学にも触れていたことが、三島に大きな影響を与えている。煌びやかで繊細な文体を用いて書かれた物語は、三島の強さと弱さ、そして深い葛藤を示している。代表作は『豊饒の海』四部作の他に、『金閣寺』『仮面の告白』など。

＊2　フリードリヒ・ニーチェ（一八四四—一九〇〇）ドイツの哲学者。リヒャルト・ワーグナーの影響下で書かれた芸術論『悲劇の誕生』から出発し、キリスト教を弱者の道徳と捉えるヨーロッパ文明批判、超人思想や永劫回帰論などを展開した。主著は『ツァラトストラはかく語りき』『権力への意思』『善悪の彼岸』など。

＊3　トーマス・マン（一八七五—一九五五）ドイツの小説家。ナチ・ドイツ時代にはスイス、アメリカに亡命し、反ナチ宣伝に携わるとともに執筆を続けた。『ブッデンブローク家の人々』や『魔の山』などの長篇小説、「ヴェニスに死す」や「ト

改革派ラーマ五世治下の一八九〇年代後半にはじまり、一九四六年のラーマ八世の急死によって幕を閉じる。繊細で鋭敏なヒロイン、メー・プローイの目を通して描かれることで、『王朝四代記』は、二〇世紀前半に通底する伝統と近代の複雑な関係に対し、東南アジア独自の観点を提起してみせる。

ククリット・プラモートは近代化の渦中にあって伝統的文化と価値を保持することに心を砕いていた。彼はタイの貴族階級に属し、ラーマ二世と中国人の側室との間に生まれた子の家系に連なり、王家の血筋にあたることを示す「モムラーチャウォン」の称号を有している。彼は生涯を通じてタイ王室に忠実だった。一九三二年の軍事クーデター――絶対君主制を名目上民主制に置き換えたものだが、とはいえ根本的には独裁体制であって、選挙で選ばれた議員からなる国会は存在するものの、軍隊と少数の富裕層によって統治される――のあとも、ククリットは君主制をたんなる名目上の体制ではなく、それ以上のものと見ており、それどころか、軍人の寡頭政治を監視する最良のものと見ていた。

ククリットは作家かつジャーナリストとして多産であり、およそ四〇冊にのぼる著書を上梓した。長篇や短篇に加え、タイの歴史や芸術を含む、さまざまなテーマで本を書いている。ククリットはいわゆる保守的なモダニストと呼ぶべき人間だった。同時代のタイ貴族の例にもれず、イギリスで教育を受け、哲学、政治学、経済学の学位をオックスフォード大学で取得している。近代国家、独立国家

ニオ・クレーガー」などの短・中篇小説で知られる。また、文明論、芸術論を中心とする重要な評論も多数。一九二九年ノーベル文学賞を受賞。

としてのタイの発展に深く関与しており、女性の社会進出を支援していた。一方で、敬虔な仏教徒でもあり、タイの伝統文化、とりわけ舞踊の熱烈な支持者でもあった。タイ舞踊団を設立し、数年間にわたって率いたこともある。兄セーニー・プラモートとの共著である彼の第一作は、『シャムの王は語る』（一九四八）である。一九四六年のハリウッド映画『王様は踊る』が、上から見下すような視線で、オリエンタリズムたっぷりにラーマ四世を描いてみせたことに対し、怒りを抑えきれずに書いたものだった。映画では、レックス・ハリソンがタイの王を演じ、アイリーン・ダンが王の野蛮なふるまいを改めようとする英国人の家庭教師を演じている。プラモート兄弟は、映画で描かれた因習的な独裁者とはまるで異なり、ラーマ四世が、その治世下（一八五一—六八）に、タイの近代化を推し進め、科学と技術に比重を置くことで、西洋の拡張政策に対抗しようとしたこと——日本の明治天皇が置かれた立場ときわめて似通っている——を描き出した。

その翌年、ククリットは新聞『サヤーム・ラット（タイ国）』を創刊し、彼の寄稿したコラムは広範な読者に読まれた。彼の新聞は政治・文化を報道する主導的な媒体となり、その地位は現在にいたるまで変わらない。多岐にわたる活動のなかで、ククリットは劇作家にもなれば俳優にもなり、一九七三年には、黒澤の映画の舞台版『羅生門』を製作、主演した。その一〇年前には、ハリウッド映画『醜いアメリカ人』でマーロン・ブランドと共演し、ベトナムを思わせるインドシナの国家「サルハン」の首相を演じている。マーロン・ブランドが演じたのは、コミュニストの運動を封じようとするサルハンの抑圧的権力に協力する、モラルを売ったアメリカ人大使の役である。

ククリットは政治への関わりを深め、保守的な政党を設立した。議員に選出され、実人生においても一九七五年から七六年にかけて首相を務めた。職務についている間、彼は国内の右翼と左翼の対立を巧みに調停し、ベトナム戦争の終結時には中国からもアメリカからも等しく距離をとった。ベトナム、次いでカンボジアが中国の後押しを受けた共産党の勢力下に入っていったなかで、いかにしてタイは「ドミノ倒しのような連鎖」を避け得たのか。そう訊ねられたククリットは、こう答えている。「我々は同じ一揃いのドミノに属しているわけではない。おそらく我々はカードゲームをしているのだ」（ウィリアム・ウォーレン「タイの冷静な男《クール・ハンド》」より）。

この皮肉なウィットの持ち主は、三島由紀夫の軍事的なファナティシズムをいささかも共有していないが、それでも、両者は根本的な要素をいくつか共有している。たとえば、文学のみならず、演劇や映画にも携わっていたこと、変転の著しい近代世界にあって前近代の伝統をなんとか維持しようとしたこと、など。ククリットは実際、母国の政治において主導的な役割を果たしている。それは三島

**図 4**　『醜いアメリカ人』でのククリット・プラモートとマーロン・ブランド

が夢見るだけに終わってしまったものだった。ククリットは西洋ではあまり知られていないが、タイの文学と政治において長きにわたって指導的な影響力を発揮した。その二つの舞台に共通の本拠地を提供したのが彼の新聞だった。一九五〇年、『サヤーム・ラット』創刊から一年後、ククリットは『王朝四代記』の連載を開始する。小説が単行本の形で刊行されたのは一九五三年のことだった。文学を社会変革という事業のうちに位置づけねばならない。ククリットのそのような願望は、小さな雑誌や文芸誌ではなく、広く流通する自身の新聞を選んだことに顕著にあらわれている。『王朝四代記』はククリットをタイ文学の指導者の地位へと押し上げ、学校教育の現場でも必ず取り上げられる作品となった。やがてククリットは国境を越えて己の名声を確かなものとした。一九九〇年、アジアの文化の発展に寄与したとして、創設されたばかりの日本の福岡アジア文化賞（創設特別賞）を受賞した。折よく、黒澤もまたその年の五人の受賞者の一人だった。

三島は一九六五年にタイで数か月間過ごし、一九六七年には『豊饒の海』の取材で再びその地を訪れた。第三巻の題名はバンコクの象徴ともいうべき「暁の寺」に由来している。第三巻では、滅びを定められた松枝清顕（第一巻『春の雪』の主人公）の第二の転生であるタイの王女ジン・ジャン（月光姫）が小説の要となる（第一の転生は第二巻『奔馬』の主人公飯沼勲）。二度のタイ訪問のいずれかで、三島がククリットに会っていた可能性はある。直接顔を合わせることはなかったとしても、文学と政治の双方で突出した存在感を示すククリットに、強く感化されたということもあり得る。『春の雪』で、三島はタイの王子を二人登場させているが、この王子たちは『王朝四代記』に描かれた四人の王の二人と直接関係づけられている。『春の雪』のパッタナディドはラーマ五世の息子である。パッタナディドと従弟のクリッサダは、『暁の寺』では「ラーマ八世陛下が何より頼りにしてをられる叔父君で、陛下についてスイスのローザンヌへ行きつきりになつて」いる。[58]ラーマ八世は『王朝四代記』の終盤に登場する若き君主にほかならない。興味深いことに、タイの王子たちが日本留学に派遣されたのは、パッタナディドの兄ラーマ六世が、「日常の服装作法はすべて英国風で、美しい英語を話した」「若い王子たちのあまりの西欧化」をおそれたためだった。[59]東と西の程よいバランスを示してくれることを東京の学習院大学に期待してのことなのである。一方で、四部作を通して観察者の役を担う本多繁邦は、かつて芥川が立ち読みすることをこよなく愛した丸善書店で洋書を購入している。[60]

## 歴史と永遠

『王朝四代記』において、ククリット・プラモートは、ヒロインのメー・プローイを視点人物に据え、めまぐるしく変化しつつ、頑なまでに家父長的な社会で、自分の人生を築き、築き直そうと格闘するヒロインの姿を、諷刺も交えつつきわめて繊細に描いている。プローイは根は伝統主義者であり、服装の新しい流行といった日常のちょっとした変化に象徴される時代の移り変わりに、歩調を合わせることを渋る。彼女の非政治的な視点を利用することで、一九三二年以降の一〇年間に軍事的／商業的勢力の間で広がった権威主義を、遠回しにではあれ、力強く批判することが可能となった。新しい統治システムの影響をプローイに感じさせるのは、一つには、服装に関する命令である。兄の一人、クン・ルアンは、新しい体制とそのプロパガンダに賛意を表し、第二次世界大戦の火蓋が切られると、妹に誇らかに語って聞かせる。「日本と手をつないでからというもの、わがタイの国も、威大なる力を備えるようになったんだ。最近とみにね」と。(61)彼によれば、日本に追いつき並び立つためには、タイは「文化」(ワタナタム、新語)を受け入れなければならない。プローイがその意味を問うと、兄は答える。「それにはまず、頭に帽子をかぶらなくてはならんのだ」。(62)さらに滑稽なやり取りが続く。若い女性は新しいファッションを試したがっているが、プローイにはそうした変化は道化じみて感じられるのだという。それに対し兄はそっけなく答える。

「今に見ていてご覧」ポー・プム(＝クン・ルアン)は喉元で笑いながら言った。「これから先、帽子をかぶらない者は、家から一歩たりとも出ることはまかりならぬ、と言っているのを聞いたからね」

「どうしてなの？」

「ポリスが捕まえるとかいう話だ(63)」

メー・プローイは政治をほとんど理解しない。夫や兄弟や息子たちがそれぞれ対立する陣営に深く関わっていくため、目の前で起こっている事件を批評することすらほとんどない。しかし、この点でも、ククリットは、時の権力からの命令を彼女に理解させせないことによって、自身の見方を暗に示しているのである。

『王朝四代記』全体を通じて、言語は論争の主要な場と化している。プローイの息子の一人アンは、フランス人の妻をともなってパリから帰国する。アンの妻は、おぼつかないながらもタイの言語や風俗のニュアンスを理解しようと努め、好意的に受け入れられる。とはいえ、結婚には困難がつきまとう。そうしているうちに、アンと兄弟は政治をめぐって決裂することになる。クン・ルアンが日本の占領下で成立した傀儡政権に加わるのに対し、兄弟の一人は新政府に激しく反抗する。一連の政治的事件に自身の考えを述べることはしないが、プローイは、彼らの論戦に用いられる言葉や、クーデターを告げるビラに書かれた言葉に目を向け、心の中で「あまりにも過激で〔中略〕とても読むに耐えられないもの(64)」だと感じている。そのすぐあとで、彼女は新しい外来語「コン・サティ・トゥ・チャン(65)」（英語の「憲法」“constitution”に由来する）を何とか覚えようとするが、その言葉はタイ語では「サティトゥチャンさん」という人物のように聞こえてしまう。「これまで、ただの一度として、そのような風変わりな人名を聞いた例しがなかったからである。その言いにくい言葉が人の名前でしかないとすると、では、いったい何のかしら[66]」プローイはそう思う。ククリットの小説は、遠回しながら実は根っから反権威主義的であり、寡頭政治に移行する契機となった王室へのクーデター（一九三二年）を、オーウェル[*1]風の婉曲法でもって包み隠しながら描いている。クーデターは、単なる「政治形態の変革[67]」であり、「進歩」の明示であり、そして「デモクラシー[68]」——いかにタイ語に訳すべきか、兄弟たちの間で意見の一致を見ることのない用語——の促進なのである。

小説は陰影に富む不確かさのうちに終わる。中年に達したプローイが死に行くのは、奇しくも若き君主ラーマ八世が宮殿で急死した日だった。王は暗殺者の手にかかったのか？　拳銃の手入れをしているときに誤射してしまったのか？　それとも鬱状態に陥って自殺したのか？　今日にいたるまで、これらの問いをめぐる公的な議論はタイでは禁じられている。小説も、事態の急変に民衆が受けた衝撃や疑心をほのめかすのみだ。ちょうどタイでは戦時中の日本による占領が終わった頃で、王の死は、社会が落ち着きを取り戻しつつあった矢先の出来事だったのである。小説の結びで、プローイの死はまぎれもない仏教的な語彙によって描写される。「その日の夕刻、すなわち、一九四六年六月九日、日曜日、バーンルアン運河の水は涸れつきたかにみえた。そして、病気と数知れない苦しみとで、弱りに弱っていたプローイの心も、また、その水とともに、何処ともなく消え去

＊1　ジョージ・オーウェル（一九〇三―五〇）イギリスの作家。「オーウェル風」と言う場合、共産主義を諷刺した『動物農場』や反ユートピア小説『一九八四年』などが念頭にある。そのほか、ルポルタージュ『カタロニア賛歌』、評論「政治対文学」などの著作で知られる。

ってしまったのである」[69]。特定の具体的な日、タイのトラウマとなった日を命日に定めながらも、永遠の庇護のもとに、小説は美しくも円環を閉じるのだ。バンコクの中心を走るチャオプラヤー河の支流、バーンルアン運河の引き潮とともに。小説の冒頭で、プローイは親元を離れてまさにその険しい運河を下っていったのだった。暁の寺から程遠くない場所にある宮廷で、女官としての運を試すために。

## 『豊饒の海』のインターテクスチュアリティ――紫式部×プルースト

通常の意味ではいかなる信仰者でもないが、三島由紀夫もまた、近代の進歩の歩みに抗う円環的な拮抗物を、タイの仏教に見出していた。三島はそうした拮抗物を、第一巻『春の雪』に登場する若い王子たち（ジャオピー、クリッサダ）や、第三巻『暁の寺』に登場する清顕の転生、タイの王姫ジン・ジャンを通じて示している。一方で、『豊饒の海』四部作は、前近代的なアジアの過去とグローバルな近代とを織り合わせるための「戦略事典」のごときものである。タイの宗教と文化は三島の叙事詩に骨組みの一つを与えたにすぎない。三島は四部作の取材でタイのみならずインドも旅しているし、寺院やヒンドゥー教の火葬場を訪れるかたわら、地方の発展をめぐってインディラ・ガンジーと議論したりもしている。同様に、三島は日本と西洋におけるフィクションのモデルに広く依拠している。第一巻には、鍵となる二つのインターテクスト[*1]を見出すことができる。すなわち、

＊1　インターテクスト　先行する関連テクスト。いかなるテクストも先行する様々なテクストとの相互関連の中で存在するという、ジュリア・クリステヴァの唱えた「間テクスト性」の考え方にもとづいた用語。

紫式部とマルセル・プルーストの作品である。

『春の雪』において、三島は、日本の古典の最高傑作である『源氏物語』を批判的に書き直すことで、新旧の日本人の生活秩序をともに諷刺している。平安時代の文学的・社会的遺産は、ヒロイン聡子の属する、退嬰的な綾倉伯爵家に具現されている。一方、明治以後の文明開化の時代は、松枝侯爵の愚昧な人物に具現され、揶揄の対象となる。侯爵は、親の威信には欠けるとはいえ、孤高のアンチヒーロー清顕の父である。三島本人は明治以前の過去の栄光を何らかの形でよみがえらせようとする破滅的な空想にのめりこんだが、そのこととは裏腹に、綾倉家の描写は、過去の伝統に直接すがることが現実にはもはや不可能であることを示唆している。三島の見るところでは、文化や文学をたんに復活させればよいなどという時代は、とうに過ぎ去ってしまったのだ。だが、小説が提示しているのは、アジアとヨーロッパの伝統がより複雑な形で相互を活性化するという可能性である。四部作を通じて、清顕の波瀾に富んだ転生を見守るのは親友の本多で、彼は法学部の学生を経てやがて判事になる。学生の時分、本多は、法学部生の必修科目であった西洋の法体系を相手に悪戦苦闘する。西洋の法はローマ法を基礎とし、日本では明治時代に受容された。本多は、ローマ法における理性秩序の人為的な前提を、「アジアの別のひろい古い法秩序」[70]、とりわけ、インドのマヌ法典[*1]を参照することで修正する。ところが興味深いことに、本多は、日本語でマヌ法

＊1　マヌ法典　前二世紀から後二世紀までに成立したヒンドゥー教の法典。インド古来の生活習慣にのっとった規範の書である。

典にあたることも、ましてやサンスクリットの原典を参照することもできないので、代わりに、「L・デロンシャンのフランス訳」(71)で読むのである。

漢訳を介して平安の日本にインドの学術をもたらした古典的教養からは、本多はすでに切り離されている。しかし、フランス語文化のうちに、失われたアジアの過去とつながる術を見出すのだ。四部作全体において、三島は、互いに支援しあい、あるいは批評的に解体しあう複雑な交換のプロセスを通して、古代アジアと近代ヨーロッパの間で同様の三角測量をおこなっている。知的源泉のこうした組み合わせは、三島を、綾倉家の郷愁や、松枝侯爵の夜会の無秩序ぶり――花見と、新着の西洋物の活動写真という取り合わせ――から、はるかに遠いところへ導くのだ。

三島のアンチヒーロー清顕は、人生に何の目的ももたない光源氏である。若き日の光源氏と同じく、清顕は、手の届かない女性を初めて垣間見た瞬間のときめきに心を動かされる。とはいえ、清顕が聡子に対する感情を自らに認めるのは、念入りに仕立てられた想起の瞬間を待ってのことだ。聡子を一旦は拒んだ後に、清顕は彼女が宮と婚約し、もはや絶対に手の届かない存在となったことを知る。ここで読者の期待は裏切られる。清顕は、この知らせにいささかも打ちのめされない。それどころか、清顕は理由のない歓喜に満たされるのである。清顕は、幼い自分と聡子が手習いに書いた巻紙を取り出す。巻物に顔を寄せると、たちのぼる香りが、「感情のふるさと」[72]を蘇らせる。一緒に和歌を習い、双六（平安時代の伝統的な遊び）をして遊んだ幼き日々の記憶が想起される。平安の香気に満ちた郷愁は、それ自体としては、綾倉家の人々が過去に生きるのと同じくらい無力なものに見える。しかし、そのほのかな残り香は、鮮やかなまでにプルースト的な生々しい回想の時間へと清顕を連れ去るのだ。

　双六盤で勝つていただいた、皇后御下賜の打物の菓子の、あの小さい歯でかじるそばから紅ゐの色を増して融ける菊の花びら、それから白菊の冷たくみえる彫刻的な稜角が、舌の触れるところから甘い泥濘のやうになつて崩れる味はひ、……あの暗い部屋々々、京都から持つて来た御所風の秋草の衝立、あのしめやかな夜、聡子の黒い髪のかげの小さな欠伸、……すべてに漂ふ淋しい優雅をありありと思ひ起こした。

　そして清顕は、それへ目を向けるのも憚られる一つの観念へ、少しずつ身をすりよせてゆく自分を感じた。（訳者注——ここで章が切り替わる）

……高い喇叭の響きのやうなものが、清顕の心に湧きのぼつた。

『僕は聡子に恋してゐる』[73]

清顕の舌のうえで菊型の打物の菓子が溶けるとき、それはプルースト[*1]の名高いマドレーヌの日本版となる。だが、エズラ・パウンドのイマジズムと同じく、マドレーヌのイメージは、西洋からアジアへと、一方通行の旅路をたどったわけでは

＊1　プルースト。↓139頁。

ない。紅茶にひたしたマドレーヌの記憶を蘇らせる箇所で、プルーストの語り手は、マドレーヌの作用を日本の水中花——陶器の鉢にひたした水のなかで紙片が花やら家やらに変わる——に擬えて、自らの叙述を締めくくっている。水中花のごとく、「コンブレー全体とその近郊が、すべて堅固な形をそなえ、町も庭も、私のティーカップからあらわれ出たのである」(74)。

清顕にとって、菓子は失われた幼年時代の記憶を喚起するのみにとどまらない。プルースト的欲望の新しい宇宙への通路を開いてくれるのだ。彼はいまや悟るのである。まさに手の届かない存在であるからこそ、ようやく聡子は真に彼の欲望するものとなったのだ、と。これは、ルネ・ジラール[*1]が『欲望の現象学』で追究した欲望の構造にほかならない。ジラールの取りあげる作家たちが示唆するように、主人公が恋に落ちるのは、恋愛の対象が際立って魅力的であるからではなく、主人公にとって手本のような存在である第三者がその対象を愛しているからなのである。スワンとオデットの情事から、語り手とつねに逃れ去るアルベルチーヌの関係にいたるまで、「三角形の欲望」という構造がプルースト作品のあらゆる面に作用していることを、ジラールは示してみせた。清顕は、菓子に触発された過去の回帰によって否応なしに自覚させられるのだ。「思へば彼の、ただたゆたふばかりの肉感は、こんな強い観念の支柱をひそかに求めつづけてゐたのにちがひない。彼が本当に自分にふさはしい役割を見つけ出すには、何と手間がかかつ

＊1　ルネ・ジラール（一九二三―二〇一五）フランスの思想家・批評理論家。AからBへの欲望は第三者CのBに対する欲望を模倣しているとした「欲望の三角形」理論（『欲望の現象学』）のほか、暴力や宗教に関する著作（『暴力と聖なるもの』など）で知られる。

たことだろう」[75]。彼はいまや聡子を激しく求め、破滅を定められた密かな恋へと踏み出していくのである。

　したがって、『春の雪』には、時間と文化を越える二重の移動が見出せる。和歌の巻紙から立ちのぼる香が打物の菓子をめぐるプルースト的回想を呼び起こし、ふいに蘇った記憶は清顕をしてプルースト的恋人のごとき真なる「人生の役割」へと赴かしめる。しかし、その帰結はプルーストのたんなる模倣ではない。そうした模倣など、三島にとっては、松枝侯爵（清顕の父）の愚昧な西洋かぶれと大差のないものであったにちがいない。プルーストは、紫式部の世界へ物語を帰還させる水路の役割を果たしているのだ。とはいえ、それは、新しいモダニズムの方法によっている。全篇を通じて、清顕は摩訶不思議な夢を見るが、それらの夢は、フロイト[*1]やプルーストの場合とは異なり、過去の記憶を克服する術となるわけではない。エリック・ファーユ[*2]が指摘するように、三島は夢への関心をプルーストと共有しているが、フロイト的解釈は拒絶している。かくして、一九六四年の小説『音楽』（四部作に着手した頃に発表された）では、三島は登場人物の一人に断言させるのだ。「精神分析学は、日本の伝統的文化を破壊するものである。欲求不満《フラストレーション》などといふ陰性な仮定は、素朴なよき日本人の精神生活を冒瀆するものである[76]」と。抑圧された過去を炙り出すかわりに、清顕の夢は未来の転生の予兆となるのであって、それは続く巻で描かれる通りである。転生の教義は、清顕

＊1　ジークムント・フロイト（一八五六—一九三九）オーストリアの精神科医・心理学者。夢や空想、言動、身体的症状などから無意識の意味を理解し「抑圧された心的なものを意識化する」ことを目指す精神分析理論を創始。その理論は広範な分野に計り知れない影響を与えた。主著は『夢判断』『精神分析入門』など。

＊2　エリック・ファーユ（一九六三—）フランスの作家・ジャーナリスト。小説『長崎』『エクリプス』などの他、日本滞在記もある。

の夢と、本多のマヌ法典研究と、タイの王子の仏教信仰を結び合わせる。清顕の夢が明らかにすることは、彼自身にも本多にもその時点ではわかるはずもないのだが、未来の記憶と呼ぶべきものなのである。

この法則をついに見出すのも、法則の究極的な無意味を悟るのも、本多の役割である。第四巻で、清顕の最後の化身とされる安永透は衰弱し、自殺未遂を犯す。本多は聡子が出家した寺を詣で、八三歳となった尼僧門跡に面会する。ところが、そこで目の当たりにするのは、清顕との空前絶後の大恋愛をまったく憶えていないと繰り返す聡子なのだ。「けれど、その清顕といふ方には、本多さん、あなたはほんまにこの世でお会ひにならしやつたのですか？　又、私とあなたも、以前たしかにこの世でお目にかかつたのかどうか、今はつきりと仰言れますか？」(77)聡子は本多に尋ねる。この最もプルースト的な日本の小説は、本多を「見出された時」の勝利へと導くのではなく、「記憶もなければ何もないところ」(78)へと導く。だからこそ本多は、小説の最後、「庭は夏の日ざかりの日を浴びてしんとしてゐる」(79)なかに、独り沈思するのである。この言葉を三島が記したのは、最後のページに書かれた日付からわかるように、一九七〇年一一月二五日であり、三島が演劇的な自死へと赴くまさにその日のことだった。

本多は「記憶もなければ何もないところ」に来てしまったと感じている。一方で、こう捉えることもできるのではないか。プルースト的迂路の長い道程はきわめて特異な文学的場所へとわれわれを導いたのだ、と。すなわち、芭蕉が好んで訪れては書き記した「歌枕の地」の代替地点へと。小説に導かれてわれわれがたどり着いた場所は、実際、『源氏物語』の終わりである。とはいえそれは、平安のほのかな月影のかわりに、「夏の日ざかりの日」が放つむき出しの近代の光のもとで再生された『源氏物語』である。過去の恋を憶えていないと聡子が告げる結末は、紫式部の卓越したモノガタリの終わり——あるいは終わりのない終わり——をそのままに反映している。光源氏は、陰鬱を増した雰囲気のもと、匂宮と薫大将——宇治十帖のアンチヒーローたち——に生まれ変わる。今日残された宇治十帖の結びで、最後のヒロイン浮舟は、招かれざる求愛者・薫に囲われている状況を逃れる。寺に身を寄せた浮舟は、身元を隠すために記憶喪失を装い、頭を丸めて尼になることを願い出る。薫は浮舟の居場所をつきとめ、彼女の弟を使いに立てて手紙を書き送る。薫は一目会いたいと伝えたあとで、こう問いかける。「この人は、見や忘れ給ひぬらむ。こゝには、ゆくへなき御かたみに見るものにてなむ[80][*1]」。

紫式部の未完とも言われる物語はここで中断しており、浮舟が果たして憂き世を逃れることができるのか、読者には知る由もない。諦観は、浮舟にはついに得られることはないのかもしれない。しかしその諦観を、三島は、聡子に全うさせるのである。聡子は本多に語る。「記憶と言うてもな、映る筈もない遠すぎるも

＊1　現代語訳「この者は、見忘れなさったろうか。わたくしとしては、ゆくえ知れないあなたのお形見として世話しているのです」。

のを映しもすれば、それを近いもののやうに見せもすれば、幻の眼鏡のやうなものやさかいに」(81)。本多はとまどい、言葉に詰まりながら叫ぶ。

「しかしもし、清顕君がはじめからゐなかつたとすれば〔中略〕それなら、勲もゐなかつたことになる。ジン・ジャンもゐなかつたことになる。……その上、ひょつとしたら、この私ですらも……」。

門跡の目ははじめてやや強く本多を見据ゑた。

「それも心々ですさかい」(82)。

クリット・プラモートは、諦観や、表立った対立の回避や、二元論の創造的調和を際立たせるために仏教を用いた。一方の三島は、実存主義的、あるいはニヒリズム的な傾向のもとに仏教を用いている。同時に三島は、平安の浄土信仰の世界を新しい条件のもとで蘇らせるためにプルーストを用い、そして今度は逆に、プルーストを脱構築するために紫式部を用いた。この二重のプロセスによってこそ、双方の伝統に深く依拠していたにもかかわらず、三島は模倣のためだけの依存を免れることができたのだ。近代以降の世界文学に対する三島のもっとも野心的な貢献に活力を与えたのは、古代と近代、アジアの伝統とヨーロッパの伝統の共約不可能性（同じ基準で測れないこと、比較できないこと）なのである。

## さらに射程を広げて

　世界における日本近代文学の移ろいゆく位置を探究するという観点から見て、比較可能な組み合わせは無数にある。本章で取り上げたのは、そのごく一部でしかない。一葉とジョイスの比較は、アントン・チェーホフ[*1]や、ラビンドラナート・タゴール[*2]や、ヒンディー・ウルドゥー語の偉大な短篇作家ムンシー・プレームチャンド[*3]といった作家たちも取り込んで、いっそう押し広げていくことが可能だ。モダニズムの雑誌をめぐる議論も、芥川や魯迅が関わっていた雑誌を広く調査し、そこに発表された創作や翻訳を徹底的に研究していく方向へと広げられる。そしてさらには、パリを拠点とする雑誌『トランジション』（ジョイスの『フィネガンズ・ウェイク』の抜粋を最初に掲載）や、ビクトリア・オカンポ[*4]が創刊したブエノス・アイレスの画期的な雑誌『スール』（ホルヘ・ルイス・ボルヘス[*5]の短篇小説を数多く掲載）など、少し遅れて登場した雑誌へと、視野を広げていくことも可能だ。あるいはさらに、ボルヘスとアジア文学との広範な関わりを探究するのもよいかもしれない。そのためには、芥川をはじめとする東アジアの作家たちを論じた彼の批評や、前近代の日本を舞台とする彼の作品「不作法な式武官吉良上野介」（一九三五）を掲載した新聞・雑誌などを検討する必要もある。

　ククリット・プラモートと三島由紀夫の比較は、インドネシアの傑出した小説

＊1　アントン・チェーホフ（一八六〇―一九〇四）ロシアの劇作家、小説家。短篇小説の名手として知られるが、戯曲にも革新的な作品を残し、四大戯曲と呼ばれる『かもめ』『ワーニャ伯父さん』『三人姉妹』『桜の園』はいまだに広く世界で上演されている。

＊2　ラビンドラナート・タゴール（一八六一―一九四一）インドの詩人、哲学者、劇作家、作曲家。イギリス留学からの帰国後、詩人として活動し、民族主義を称揚。ベンガル地方の民謡を元にした多くの歌を作った。一九一三年に東洋人として最初のノーベル文学賞を受賞。代表作『ギーターンジャリ』（「歌の献げ物」の意味）は、ベンガル語から自ら英訳した詩集。

＊3　ムンシー・プレームチャンド（一八八〇―一九三六）近代ヒンディー語で執筆するインド文学の代表的小説家。多数の短篇、長篇小説、および戯曲を残す。

＊4　ビクトリア・オカンポ（一八九〇―一九七九）アルゼンチンの作家。妹は作家、詩人のシルビナ・オカンポ。

家プラムディヤ・アナンタ・トゥール[*1]（ククリットと黒澤に一〇年遅れて福岡アジア文化賞を受賞）といった作家たちへと射程を広げていけるはずだ。プラムディヤの数多い著作のなかでも、とりわけ重要なのがブル島四部作である。それは、プラムディヤが獄中にあった一九七三年から七五年にかけて書かれた。スハルト将軍が一九六五年に権力を掌握し、意に添わぬ者たちを次々に投獄していた頃、プラムディヤも共産党シンパと目され告発されたのである。加えて、プラムディヤはインドネシアで創刊された新聞の文化欄担当編集者でもあり、この点は、近代文学における新聞や雑誌の重要性という観点から見過ごせない。逮捕されたとき、プラムディヤは、ティルトアディスルヨ[*2]の生涯に基づいた、四部作執筆の準備に取り組んでいたところだった。後者は、インドネシアのジャーナリストの草分け的存在で、オランダ領東インドにあって初めて現地住民の手で新聞を発行した人物である。一方、八年間にわたって筆記具を手にすることさえ禁じられて過ごしたプラムディヤは、獄中の仲間たちに語り聞かせることで、自らの物語の命を維持した。ククリットや三島の歴史パノラマと同じく、ブル島四部作にも同時代との直接的・批判的な関わりが見られる。だからこそ、国外で三〇の言語に翻訳されているにもかかわらず、彼の作品はインドネシアで長きにわたって発禁とされた。ブル島四部作の写しを所持しているだけで投獄されかねなかったのである。

　ククリットの『王朝四代記』や三島の『豊饒の海』と同じく、プラムディヤの

＊5　ホルヘ・ルイス・ボルヘス（一八九九—一九八六）アルゼンチンの小説家、詩人、批評家。『伝奇集』『エル・アレフ』などの、迷宮、架空の書物、円環、記憶などをモチーフとする多彩な幻想的短篇小説群を著し、二〇世紀ラテンアメリカ文学を代表する作家となった。

＊1　プラムディヤ・アナンタ・トゥール（一九二五—二〇〇六）インドネシアの小説家。長期にわたる投獄を経験する。植民地時代から日本による占領、独立以後にわたってインドネシアの変転に立ち会いながら創作を続けた。代表作は『人間の大地』をはじめとするブル島四部作。この四部作の日本語訳により、訳者の押川典昭は読売文学賞を二〇〇七年に受賞した。

＊2　ティルトアディスルヨ（一八八〇—一九一八）インドネシアのジャーナリスト。オランダの植民地を鋭く批判する執筆活動を行った。

四部作は、主人公の目を通して（最終巻では主人公を迫害する側の人物の視点で）、インドネシアが近代へと参入していくさまを描いている。そしてやはり、ククリットや三島と同じく、プラムディヤも、技術から服装から言語にいたるまで、あらゆる面に現れる、西洋とアジアの複雑な文化的混交に多大な関心を寄せ、西洋の小説のみならず土着の題材も広くよりどころとしている。主人公のジャーナリスト・ミンケは、インドネシアのムルタトゥーリ[*1]――一八六〇年の小説『マックス・ハーフェラール』で、東インドにおけるオランダの悪政を仮借なく諷刺したオランダの作家――にならんと夢見ている。同時に、マレー人の作家たちに後れを取るまいとも思っている。さらに、より深い歴史的次元においては、ジャワのワヤンクリ（影絵の人形劇）の伝統を受け継ぐ近代の物語作家たらんと志しているのである。

これらの例や、またその他のケースでも、一八九〇年代の樋口一葉から今日にいたるまで、中心‐周辺‐中心の周辺‐周辺の中心、それらの織りなす複雑な相互作用は、日本のなかで、日本とアジア近隣諸国の作家たちのあいだで、さらにはあまねく世界において、作動しつづけてきたのである。

＊1　ムルタトゥーリ（一八二〇―八七）オランダの作家。本名はエドゥアルト・ダウエス・デッケル。オランダ領東インドで官吏として働いた経験をもとに、オランダの植民地支配を諷刺的に描いた小説『マックス・ハーフェラール』を、ムルタトゥーリの筆名で一八六〇年に発表、高く評価された。

# III　文学とグローバリゼーション

## 社会的状況と言語

昨今は、グローバルな地形の中に置かれる文学作品がますます増えている。芥川龍之介や魯迅のような、外国の小説に造詣が深いコスモポリタンな作家兼翻訳家が比較的少数派だった時代は終わった。現代日本の作家にはアメリカ文学を熱心に読んでいる人が多いし、そのうえアフリカや中東、ラテンアメリカの小説や詩も読むばかりか、芥川や三島が読んだような英仏独露の作家についてもよく知っているという人もめずらしくない。個人としての体験からグローバルな意識が深まる場合もある。海外で有名になった作家は、フランクフルトからエルサレム、ジャイプルにいたるまで、あらゆる場所で開催される文学フェスティバルやブックフェアで同業者に会う機会が増えるのだ。海外に長く滞在したり、実際に移住したりする作家もいる。多和田葉子のように、新たに身につけた言語で書いた作品が評判になっている作家もいる。日本とドイツ両国で主要な文学賞を受賞している多和田をこの章の終わりで取り上げるが、まずは二〇一七年にノーベル文学賞を受賞したカズオ・イシグロを、国外移住者の二人の先達であるラドヤード・キプリング[*1]とジョゼフ・コンラッドと関連づけて見ていこう。

英語というグローバル言語で書く作家だけでなく、それよりはるかに局所的な言語である日本語で書く作家にとっても、グローバリゼーションのおかげで得ら

＊1　ラドヤード・キプリング（一八六五―一九三六）インド生まれのイギリスの小説家、詩人。代表作の『ジャングル・ブック』『キム』など、インドの自然や風俗に取材しつつ、大英帝国の政策に沿った作風で絶大な人気を博した。一九〇七年ノーベル文学賞受賞。

れる機会は大きい。偏った愛郷心や愛国主義を超え、自国限定の流通よりもはるかに幅広い読者に届く見込みや、自身の作品を豊かにしてくれる外国の豊富な文学的資源を手にするチャンスがある。同時にグローバリゼーションは、様々な試練をもたらし、それ自体が危険を孕んでいることさえあって、どの言語を使うにしても、一言語だけで書くわけではない作家にしてもその状況は同じである。この章では、社会的状況と言語とが絡み合った問題に注目する。グローバルな作品には、特定の読者との有機的なつながりを失いかねない危うさがあり、世界経済の不均衡な状況が作家に独特な問題をもたらす。世界上位の経済力をもつ日本は多くの商品を積極的に輸出しており、自動車からオーディオ機器、映画、アニメ、Ｊポップにいたるまで、熱烈なファンが世界中にいる。いま名を挙げた芸能分野の翻訳は、言葉が音楽や映像に従属するため問題もその分小さくなるが、文学の場合はそうはいかない。日本語の詩や小説は翻訳されるとかなりの力が失われる場合もあり、そもそも翻訳されるか否かが常に問題であって、日本国外で有名かつ影響力のある作家はほんのわずかである。英語で書く作家は翻訳を出すのもはるかに簡単だし、原語のままでもグローバルな読者層に届くことができる。

## 「世界文学」研究の先駆け――H・M・ポズネット

言語の問題と社会的状況の問題は新しいものではなく、比較文学・世界文学の最初期の学者たちの何人かが一世紀以上前に分析していた。「比較文学」という言葉が初めて英語の本に登場したのは、その言葉を書名に掲げて一八八六年にイングランドで出版されたハッチソン・マコーレー・ポズネット[*1]の著作だった。ポズネットは、世界文学というものを体系的な学術研究により理論化した最初の人物である。文学を幅広い進化体系のなかに位置づけて紹介したその本は、「国際科学シリーズ」の一巻として進化論や火山、心理学、クラゲの本とともに出版された。ポズネットは文学を社会現象の一つと見なし、氏族社会から部族社会、都市国家、そして国民国家へと進化していく段階と関連づけた。その進化の段階に世界文学も含めていて、「世界文学とは何か」という問いに一章を割いている。彼はこの章の始めにこう主張する。「文学的進化における基本的事実は、その社会的集団の規模であり、またその集団を構成している個人の気質である。社会的・個人的生活が、一族の、あるいは都市社会の狭いつきあいの中だけにとどまる限り、人間の共感の理念上の範囲もそれに応じて限定される」[1]。世界文学は、この限定された社会的境界を超えて動くのである。

その著書全体にわたって、ポズネットは原始社会から近代までの社会と文学表現の進歩的発展を論じている。しかし世界文学は、かつてゲーテが考えたようにこのプロセスの最終段階ではない。それどころか、その嚆矢は古代末期に現れているのだ。世界宗教（仏教、キリスト教、イスラム教）が、そしてヘレニズム期の

＊1　ハッチソン・マコーレー・ポズネット（一八五五―一九二七）アイルランドに生まれ、ニュージーランドのオークランド大学で教鞭をとった文学研究者。当初は政治経済学の研究に取り組むがのちに文学に転向。比較文学研究の先駆けとして知られる。

ギリシア・ローマ帝国が育んだ超地域的共同体に、ポズネットは世界文学の存在を見出している。ポズネットの考えによれば、世界文学の勃興は功罪相半ばするものである。プラスの面は、これらのいち早いコスモポリタニズムが人間の共感の範囲を広げ、個人の自由の拡張と新たな自然感覚をもたらしたことだ。だが、それは高値の買い物である。「世界文学の大きな特徴は、［中略］文学を特定の社会集団から切り離してしまうことである。言うなれば、文学の普遍化だ。このようなプロセスはアレクサンドリアやローマ帝国、後世のヘブライやアラブ、インド、中国の文学にも認められるだろう(2)」。

ポズネットの解釈では、世界文学というのはもはや、ある特定の共同体のために書かれるものではなく、「世界作家」はすべての人のために書くことで、結局は誰のためにも書いていないという危険を冒している。創造力も害を被る。「この普遍主義には［中略］洋の東西を問わず、文学作品の偽物がつきものである(3)」。なぜなら「世界作家」は、それ以前のもっと創造力のあった時代、一つの共同体の生身の伝統に作家が本当の意味で属していた時代に寄生しているからである。言語も衰退し、作品は型にはまった人工的なものになる。ポズネットはすでに、今現在流行している世界文学に対する批判を先取りしている。その批判とは、世界文学は翻訳されるために書かれていて、一つの社会とつながり真に生きた言語につながっている作家が本物の読者に向けて書いているものとは違い、真摯な文学などではなく浅薄な娯楽文学を提供しているにすぎないという主張だ。空港文学以前にはガレー船文学があったのだ、ということらしい。

　ポズネットは近代以前の文化について述べていたわけだが、それは宗教的背景と文学的感性を人々が共有していた場合が多かった時代のことであり、帝国の作家たちとその読者との乖離は、おそらく彼が言うほど重大な問題ではなかっただろう。ヘレニズム期の教養あるローマ人やエジプト人はギリシア語でホメロス[*1]を読んで、アテネ市民と同じように楽しみ、理解したことだろう。北アフリカに生まれ、アテネで学んだアプレイウス[*2]のようなヘレニズム期の諷刺家でさえ、まずはローマの読者のために書いていたのである。だが、ポズネットの懸念はむしろ現在にこそ当てはまる。今や世界文学は、特定の言語、地域、宗教をはるかに超えて広がり、世界規模の読者を得ようとする作家は、ポズネットの想定よりもはるかに幅広い規模での言語と読者の問題とに対処しなければならないからだ。この章では、英語がグローバル言語として、また周縁地域出身の作家の手段として繁栄したことから話を始め、ラドヤード・キプリングとジョゼフ・コンラッドという、グローバルな視野と野望をもつ多くの後世の作家に活躍の舞台を用意した二人の作家を例に挙げる。

＊1　ホメロス（紀元前九―八世紀頃）古代ギリシアの詩人。古代ギリシアの二大叙事詩『イリアス』と『オデュッセイア』の作者とされるが、作家が実在したのかどうか、あるいは実在したとしても彼がこの二作の作者であるかどうかは未だ謎のままである。

＊2　アプレイウス（一二三？―没年不明）ローマの著述家。弁論家、プラトン哲学者としても知られる。アフリカに生まれ、カルタゴ、アテネで教育を受ける。著書『黄金の驢馬』（原題『変身物語』）は、唯一完全な形で伝わるラテン語小説であり、挿話「クピードーとプシュケー」はとりわけ有名。

## 五歳で渡英したキプリングとイシグロ

偶然のことだが、ポズネットが前近代の世界文学を論じた本を出版したまさに同じ年に、やがて現代の意味で史上初の真のグローバル作家となる一人の若者が最初の本を発表した。二一歳のラドヤード・キプリングが『お役所小唄』を出版したのは一八八六年のことであり、この詩集は彼がジャーナリストとして働いていたラホール（現在パキスタンの都市）の『シヴィル・アンド・ミリタリー・ガゼット』紙に発表していた作品をまとめたものである。まもなく、最初の短篇集『高原平話集』（一八八八）を出した。当初の読者はラホールと、次に勤めたイラーハーバード（インド北部の都市。現在のプラヤーグラージ）の地元紙『パイオニア』の購読者に限られていたが、じきに彗星の如く世界に名を馳せた。何年にもわたるジャーナリズムの仕事で磨きをかけた、生き生きとした文体と鮮やかな細部への鋭敏な目配りとが糧になったのである。遠方の読者に向けてアジアの登場人物と舞台を紹介するため、すみやかに書き方を変更し、英語も作り直した。ヒンディー語のフレーズを織り交ぜたその英語は、インド生まれの英国人としての体験と世界規模の読者との懸け橋になっている。彼が一員となって作られた枠組みに基づき、後世のグローバル作家たちは、T・S・エリオット[*1]からサルマン・ルシュディ[*2]、村上春樹、カズオ・イシグロに至るまで、同じことができるようになっ

＊1　T・S・エリオット（一八八八―一九六五）エズラ・パウンドと並んで二〇世紀英語圏を代表する詩人であり、モダニズムの中心的作家。批評家としても活躍した。北米に生まれるが、英国へ渡りパウンドらと親交を結び、のち帰化した。代表作に長篇詩『荒地』。一九四八年ノーベル文学賞受賞。

＊2　サルマン・ルシュディ（一九四七―）インド生まれのイギリスの小説家。日本語では「ラシュディ」とも表記される。マジック・リアリズムの手法を駆使した作風で知られる。代表作に『真夜中の子供達』など。『悪魔の詩』はイスラム教への冒瀆として各国で発禁処分となり、さらにイランの宗教指導者ホメイニによりルシュディへの死刑宣告が下される事態へと発展した。二〇二二年、米国ニューヨーク州での刺傷事件で片目失明などの後遺症を負ったと言われる。

た。

自分の世代のベストセラー作家となったキプリングは、早くも三十代にしてノーベル賞候補となり、一九〇七年に四二歳で英語圏初の受賞作家となった。これほど早い年齢でキプリングがノーベル文学賞[*1]を受賞したのはもっともなことである。なぜなら、ノーベル賞とは、世界規模の文学的認知を引きよせる磁石のごときものになっているからであり、キプリングはおそらく、ほとんど最初から本当の意味で世界中の読者を意識して作品を作り上げた史上初の作家だからだ。彼がインド生まれの作家から「世界作家」へと急成長を遂げたことは、世界の舞台で成功する文化的・政治的決定要素について多くを教えてくれる。この成功は大英帝国の流通路のおかげで可能になったのであり、文化の相違に魅せられ、世俗と超俗とを複雑に混ぜ合わせて、溢れ出るほどに豊かな言葉を操るキプリングの実力をもって花開いたのだった。

キプリングは一八六五年にボンベイで生まれ、両親はインド在住のイギリス人だった。両親よりもヒンディー語話者の乳母に育てられて牧歌的な幼少期を過ごし、五歳でイングランドへ送られ学校に入学した。五歳の時に家族で渡英したイシグロと同じく、幼少期をアジアで過ごし主にアジアの言語を話していたキプリングは、英語を第二言語として習得しなくてはならなかった。自伝『私事若干』で回想しているように、彼と妹は午後になると両親のいる部屋へ「「さあ、パパ

＊1　ノーベル文学賞が創設されたのは一九〇一年。

とママに英語でお話しするのよ」と釘を刺されて乳母に連れていかれるのだった。だから「英語」を話すのだけれども、ものを考えたり夢を見たりしているときに使っている現地語〔ヒンディー語〕から、たとたどしく翻訳してのことだった」(4)。

イングランドでの学校生活は概ね不幸で、大学には進学しなかった。代わりに一七歳を迎える直前にインドへ戻り、ジャーナリストとして働き始めた。一日一〇時間から一五時間働いて、観察力を磨き、インド北部一帯で話されている非常に多様な方言や言語を鋭敏に聞き分ける耳を養った。やがて滑稽詩と悲喜劇物語を書き始め、勤務先の新聞に掲載されるようになった。このとき、キプリングが想定していた読者と題材にしていた人々とは同一であった。初期作品は、この読者たちならすぐにわかってくれるはずの地元の俗語や場所に基づいている。彼らには、登場人物たちが「ペルティーズでティフィンした」というのは、英領インドの「夏の首都」シムラにある評判のいいティールームで昼食をとった、という意味だと説明する必要はないのである(5)。

キプリングは帝国の事業に与していたが、イギリス人が自らの思い描く秩序と進歩とをインド国民に押し付けるなかで、常に無理解と不正があるという問題に気づいていた。『お役所小唄』の大半には無駄な努力や職業人としての破滅、あるいは生命そのものを失う事態などが描かれていて、たとえば妻の愛人から邪魔者と目されたある男が、その愛人によって辺鄙で危険な土地の駐在所へ転勤させられて死ぬ、といった具合だ。C・S・ルイス[*1]が述べたように、「このささやかで辛辣な詩集は全体にわたって腐敗した社会を描いており、それも私生活上ではなく、職務上の腐敗を扱っている」[6]。登場人物とキプリングとを読者はしばしば混同したが、登場人物の盲目的な愛国主義的態度や、多くの場合に見受けられる人種差別的な見方を作者は単純に是認していたわけではない。むしろ、本国でも限られた教育と経験しかなかった普通の人間が、不意に普通でない状況に直面した時の心理状態に入り込もうとしていたのである。

キプリングは最初から、「東」と「西」の対立だけでなくインド国内の数々の世界の衝突やイギリス人同士の緊張関係についても観察の対象としていた。やがて自分の作品がラホールやイラーハーバードを越えて広く読まれていると知り、目覚ましい創造力と腕前でこの新しいチャンスに順応したのである。『お役所小唄』は一八八六年にラホールと、インドでの英国統治の中心であるカルカッタで出版された。キプリングの色彩に富んだ詩の面白さはイギリスまで伝わり、同書は一八八八年にロンドンで再刊された。同年に『高原平話集』もラホールとカルカッタ、ロンドンで出版された。この短篇集は詩集よりもさらに広く読まれた。翌年にはニューヨークとエディンバラでも出版されて、初の翻訳版であるドイツ語訳も出た。まもなく数々の言語に翻訳されることになるが、大英帝国の内外に英語が普及していたおかげで、翻訳されなくてもキプリングはグローバル作家に

＊1　C・S・ルイス（一八九八―一九六三）イギリスの文学者、キリスト教伝道者。ファンタジー小説『ナルニア国物語』が有名だが、文学研究書や宗教関連の著作も数多く執筆している。

なりつつあった。一八九〇年に『高原平話集』は、インド、英国、アメリカ合衆国と三大陸で複数の版が出版された。アメリカ合衆国では国際的な著作権保護が確立されておらず、出版社は好きなように自社版を出すことができたので、ニューヨーク、ボストン、シカゴ、サンフランシスコの出版社がそれぞれ刊行した。キプリングが二五歳のことである。

キプリング作品の登場人物の一人であるハリー・チュンデル・ムーケルジーは、国内作家からグローバル作家へとキプリングが成長した一つの表れと見ることができる。ハリーが最初に登場するのは、「何が起こった」(一八八六)の主人公としてだが、これは信頼に足る現地人がいばったり、さらにはヨーロッパの武器を携帯したりするのを許す危険を語った、暗い喜劇性に満ちた「お役所小唄」である。

ハリー・チュンデル・ムーケルジーはボウ・バザールの誉れ
地元紙「バリシュタアトラー」の社主で
政府に願い出た　俺も持ちたいって
バケツいっぱいのサーベルに、ライフルは二挺で
[中略]
でもインド政府はいつもご機嫌取りしたがる
こんなおそろしい奴らに許可を与える

ヤル・モハメド・ユスフザイ、殺しも盗みもためらわず
ビーカネール生まれのチンビュ・シン、タンシャという名のビール族
キラ・カーンはマリ族の長、ジャオ・シンはシク
ナビ・バシュはパンジャビのジャート族、アブドゥル・ハク・ラフィク
そいつはワッハーブ、そして最後はちびのボー・フラーオ
法に乗じて持っていた、スナイダー銃も
ムーケルジーはじきに姿を消し、どうも持っていた武器が狙われて殺害されたようだ。詩はこう結ばれる。

ムーケルジーはどうなった？　それはモハメド・ヤルに訊いてみろ
シヴァの聖なる雄牛をボウ・バザールへと歩かせるあの男
物静かなナビ・バシュと話せ――陸に問え海に問え――
インド人の議員らに訊いてみろ――とにかく俺には訊くんじゃないぜ！(7)

キプリングの初期作品ではお決まりのことだが、読者が地元の地理（ここでは、ボウ・バザール、カルカッタの中心を走る目抜き通り）を知っているものと想定しているし、イギリスがインドに対する統率力を一時期ほぼ失うに至った一八五七年の「大反乱」[*1]以降の在印イギリス人共同体が抱える、反乱の火種再燃への不安をためらわず伝えている。インドの民族的・文化的多様性への作者の関心がここで活用されてはいても、この国はあまりにも多様で、現地人はあまりにも信用なら

＊1　インド大反乱　一八五七年から五八年にかけて起きたイギリスの植民地支配に対する反乱・抵抗運動。かつては「セポイの乱」などとも呼ばれた。

ないがゆえに、政治問題を協議する権限をインド人に与えようと一八八五年に設立されたヒンドゥー系が大半を占める国会に国の運営を任せるわけにはいかない、ということを示唆するに留まっている。

## 『キム』に見るキプリングの功績と限界

キプリングが国内作家から自覚的にグローバル作家へと進化したことがよく表れているのが、インドを完全に去った一八八九年の一〇年後に彼が書いた小説『キム』である。それまでに彼はラングーン、シンガポール、香港と東回りに船旅をして、東京には芸者と情事をもつほど長期間滞在した。それから太平洋を越えてアメリカ大陸を横断し、イングランドへ船で渡った。一八九二年にアメリカ人女性と結婚し、一八九〇年代中盤の四年間は夫婦でアメリカ暮らしをした。それからイングランドに戻り、一八九八年以降、夏の間は南アフリカのセシル・ローズ邸で過ごすようになった。このようにキプリングは、『キム』を書いた頃にはグローバル作家になっていたばかりか、グローバル市民にもなっていた。『キム』は一九〇〇年一二月に雑誌連載が始まり、一九〇一年一〇月に書籍として出版された。

この小説全体を通じて、キプリングは広い地域にわたる読者にインドの慣習を説明する機会を増やしている。イギリス人孤児のキムは好奇心が強く人なつこい子で、インドに来たばかりの人にたくさんのことを説明することができ、同時にまだ少年であるがゆえに、大人が彼に（そして読者に）説明してくれることも多い。作品の大半を通してキムは高齢のチベット人ラマに付き添っているが、ラマは仏教の思想について説明するのは長けていても、外国人ゆえに自分一人ではインドの習慣にも西洋の習慣にもとまどうことがたびたびで、キムが後で説明することになる。とまどうのは多くのヨーロッパ人登場人物たちも同じであって、イギリス人だけでなく敵方のフランスやロシアの諜報員たちも皆、この亜大陸の支配をめぐる「グレート・ゲーム」[*1]を闇雲にプレーしているのだ。別名「全世界の友だち」でも知られているキムは、世界文学を読む者すべての、非常に情報通の友だちなのである。

しかし同時に、一四歳のキムは大人の世界には通じておらず、政治的策略の複雑な事情については学ばないといけない。その主な情報提供者がハリー・チュンデル・ムーケルジーで、先の詩よりもずっと複雑な性格に生まれ変わっている。今や彼は政府の信頼篤き役人で、国内外の要注意人物に関する情報を集めて英国諜報局に提供する仕事をしている。だがそれ以上に、彼はインドの慣習自体を熱心に観察しており、英国のためのスパイ行為が実際には民族学という、彼が本当にやりたいことの隠れ蓑になっているのである。スパイ網を指揮するクライトン大佐の命で難しい任務を遂行しつつ、ハリーはその機会を利用して詳細な人類学

＊1　グレート・ゲーム　一般的にはスパイ活動の攻防を指すが、歴史的には一九世紀から二〇世紀にかけての、イギリス・ロシア両国の中央アジア（特にアフガニスタン）の覇権をめぐる情報戦を指す。キプリングの『キム』により広く使われるようになった。

的記録を書き上げる。科学的熱意をもってこの内職を追究し、イギリスで民族学の論文を発表して、いつの日か英国学士院の特別会員《フェロー》に選出されることを一番の願望としている。英国人のために働くインド人役人《バーブー》という立場を考えれば、この夢は非現実的であり、ばかげているとさえ言える。とはいえ、初期の詩でハリーのうぬぼれを嘲ったのとは異なり、キプリングはこのありえない夢をハリーとクライトン大佐との絆にしている。大佐もまたインドの慣習に関する論文を書いて英国学士院の特別会員《フェロー》になりたいと思っているのだ。

　この小説で、ハリーは帝国の機構内における自身の立場について際立った自己認識を披露してみせる。最も目覚ましい成功はロシア人とフランス人のスパイ二人組から地図と文書をまんまと盗み出したときである。彼とキムとは指令を受けて、この二人組をヒマラヤ山脈まで追いかけていく。ハリーはスパイたちの警戒心を解くよう、哀れな恨みがましい現地人というステレオタイプを演じる。それが彼らの想定であることを承知しているのだ。

> 　脂ぎっていて湿っぽい、しかしいつもニコニコしているベンガル人は、もっとも格調高い英語をもっとも下手な言いまわしでしゃべりながら、びしょ濡れでリューマチぎみの二人の異国人の機嫌を取っていた。［中略］濡れた服を絞り、パテントレザーの靴をさっと履き、青と白の傘を開いて、扁桃腺に強い鼓動を感じながら、彼は気取った足取りで二人の前に姿を現わした。曰

く、「旦那さまがた、ワタシはラムプール国王陛下の公吏ですネ。何かお役に立てることはありませんか？」[8]

スパイ二人は彼をガイドとして雇い、お祝いにウォッカを勧めるが、ここで酔っ払ったように見せかけたハリーは、イギリスのインド統治に対する忠誠心をすっかり失ったふりをする。「バーブーは途方もない謀反人となり、不謹慎きわまりない言葉で、自分に白人の教育を強いておきながら、白人並みの給料も払わぬ政府の悪口を言いまくった。弾圧と悪政の話をぶちまけ、しまいには国の不幸を嘆く涙が頬をつたった」[9]。それから「低地ベンガルの恋歌を歌いながら」（「低地」という細部が素晴らしい）よろよろと歩き出し、湿った木の幹に崩れ落ちる。スパイたちは完全にだまされてしまう。

「やつらはみんな同じことを考えてる」遊猟家の一人がもう一人にフランス語で言った。「完全にインドのなかに入ってみればわかるさ」。〔中略〕「この野郎はじつに変わってるよ」二人の外国人のうち、背の高いほうが言った。「ウィーンの案内人の悪夢がよみがえってくるようだ」。「過渡期のインドの象徴的な縮図みたいだ。東洋と西洋を混ぜあわせた化け物だよ」ロシア人が答えた。「東洋人を操れるのはおれたちさ」[10]。

グレート・ゲームにおいて、キプリングは完全に英国側にいる。スパイ網を指揮し、東洋人と手を組む情け深いクライトンでさえ、決してその東洋人たちをこのゲームに勝つ当事者にはしないだろう。エドワード・サイード[*1]が『キム』についての同情的かつ鋭い評論の中で指摘しているように、「イギリスの支配から無縁のところにあるインドをキプリングが想像できなかった」ので、結果としてハリーはいつも滑稽で従属的な人物となる。キプリングによるハリーの描写には、「存在そのものが滑稽で、「われわれ」になろうと無駄な努力をしている原住民という、悪しきステレオタイプが残っているのである」(11)。先に引用した場面で、インド人の間にどんどん広まっている、非常に不公平な帝国主義のシステムに対する怒りをハリーが口にしてはいるが、キプリングはこの批判を提示しながらも避けて通っている。何しろハリーは、実際はそう感じていないのに反植民地主義的怒りを口にしてみせる、帝国の忠実な僕なのだから。それでもやはりキプリングは、混交《ハイブリディティ》がポストコロニアリズム批評のテーマになる数十年も前に、悪だくみをしている人種純血主義者たちに対抗するハリー・バーブーの「混ぜ合わせた化け物」に味方し、彼らを鮮やかに欺かせているのである。

「世界作家」としてキプリングが成功したことは、二つの大陸を股にかけた生い立ちによるところが大きい。心からの賛辞を綴った一九五八年の評論「色褪せることのないラドヤード・キプリングの天才」で、T・S・エリオットはイングランドにおけるキプリングの異国性を自分の場合と結びつけている。

私の生涯の地図は彼のものとは随分違っていますが、そうした背景から生ず

＊1　エドワード・サイード（一九三五―二〇〇三）パレスチナ出身の英文学、比較文学研究者、批評家。コンラッドの研究からスタートし、西洋による東洋の表象に西洋側の植民地主義・帝国主義を見出す『オリエンタリズム』によってポストコロニアル理論の基礎を築く。その後の人文学研究に大きな影響を与えた。

るイングランドに対する感情の出どころは完全に異なっているわけではないのです。metic（外国人居住者）という言葉は完全に立派な英語ですが、多くの人にとってはフランス語の métèque の方が馴染み深いかもしれません。この言葉はキプリングと私には、厳密な意味では当てはまりません。二人とも純粋にイギリスの血筋なのですから。とはいえ、この国の物事に対するキプリングの感じ方は、私もそうなのですが、英国生まれの英国人とはどこか違っていたと思われます。(12)

エリオットもキプリングもイングランドに英語圏の別の土地から移住し、両者とも多種多様な英語を経験し作品の中で試し、彼らの多言語な頭の中に常時ある異国の語句を用いて変容させたのだった。

昨今、通じやすくするために語彙や文法を簡略化したグローバル英語《イングリッシュ》語の文章を「グロービッシュ」と呼ぶことがあるが、キプリングが書いたのは、そんな手加減をした「グロービッシュ」などでは決してなかった。彼はスタンダードな英語にロンドン訛やヨークシャー方言、インド在住のイギリス人たち特有の言い回しを織り込んだ。新聞記者が書くような簡潔な文体の中に、聖書風なリズムが繰り返し顔を出し、この文体がヘミングウェイ*1をはじめアメリカの作家に影響を与え、その作家たち経由で村上春樹にまで影響を与えることになった。キプリン

＊1　アーネスト・ヘミングウェイ（一八九九―一九六一）アメリカ合衆国出身の作家。青年時代にパリに渡り、ガートルード・スタインらからモダニズムの洗礼を受ける。簡潔かつ感情を抑制するようなハードボイルドな文体は後の作家たちに大きな影響を与えた。代表作に『日はまた昇る』、短篇集『われらの時代』など。

グはヒンディー語を頻繁に使用し、異国風にした英語を文体的にも活字上でも実験した。ヒンディー語の言葉をイタリックにすることもあればそうしないこともあり、括弧書きで英訳を加えることもあれば、さりげなくパラフレーズすることもあり、さらには外国語性を残したまま何の説明も加えない場合もあった。後世の英語圏の「世界作家」は、キプリングの政治観を否定するのが普通だし、もっともなことでもある。だが、英語のさまざまな要素を混ぜ合わせて「キプリンギーズ」とでも呼ぶべき独自の言語にするというキプリングの戦略を、洗練したり転覆したりしている作家も多く、その意味では彼に恩恵を受けているのだ。

「世界作家」へと成長を遂げていくなかで、キプリングはバイリンガルの幼少期と二つの大陸での生い立ちという複雑な背景を原動力に変えることができる場所を見出した。メモワール『私事若干』の結末の数段落が、一〇フィート幅の、紙やペンや記念品が散らかった彼の書き物机の描写に充てられているのは当を得たことだと思われる。執筆中に健康が衰え、本書は死後出版となった。結びとなったのは、まるで墓の向こうで書かれたかのような短い最後の段落である。「机の左右にはそれぞれ大きな地球儀があった。その片方の表面に、かつて偉大な飛行士が白い絵の具で東方とオーストラリアへの航空路を記したのだが、その航空路は私が死ぬ前からずっと利用されていた(13)」。二五歳ですでに「世界作家」になっていた七〇歳のキプリングは、ここで最後に公にした言葉で自分の机をとりまく世界に別れを告げたのである。

## 翻訳調の文体――コンラッドとイシグロ

キプリングはインドを題材にし、世界中の読者に向けて書くことでグローバル作家になったが、一方、彼の同時代人ジョゼフ・コンラッドは、世界を題材にしてイギリスの読者のために書いた。実のところコンラッドにとって作家は二番目の職業であって、フランスと英国の商船で二〇年間働き、一八九四年に三六歳で陸に上って専業作家になったのである。『闇の奥』の舞台であるコンゴから『ロード・ジム』のインド洋、そして『ノストローモ』の南米に至るまで、世界を股にかけた船旅から多くの題材を得た。生まれたときの名をユゼフ・テオドル・コンラト・コジェニョフスキといい、イングランドに移住しただけでなく、言語も英語に切り替えた。彼にとってはポーランド語、フランス語に次ぐ第三の言語である。晩年になってようやく広く読まれるようになったとはいえ、緻密で難解な彼の作品は、早くからイギリスのモダニズムの主要作家たちから高く評価されていた。いつまでたっても外国臭さが抜けないと常に強調しながらも、彼らはコンラッドが英語を巧みに使いこなすことを羨んでいたのだった。ヴァージニア・ウルフは一九二三年――この時点でコンラッドは在英四半世紀――の小品の中で、登場人物にこう言わせている。

コンラッドは、我々がゆっくり喋れば完璧に理解できるが、まくしたてたりお構いなしに話したりするときはそうでもない。彼には口語的なところがない。親しげな感じもない。ユーモアも、少なくとも英国式のものは彼にはない。〔中略〕間違いなく彼は、一九世紀末のこの国に突如現れた奇妙な亡霊だ――芸術家で貴族でポーランド人。〔中略〕これだけ年月が経っても、コンラッドがイギリスの作家だとは僕には思えないね。自分のものではない言語を使っている彼は、あまりにも格式ばっていて、慇懃で、几帳面すぎるんだ。(14)

同様に、H・G・ウェルズ[*1]も一九三四年の回想録『自伝の試み』の中でこう書いた。

〔コンラッドの〕話す英語は奇妙だった。どうしようもなく下手というわけではないが〔中略〕どこか変わったところがあった。〔中略〕それでも英語を使ってことのほか豊かな記述的文章を紡ぎ出したのである。コンラッドが用いた新しい種類の英語は、月並みな表現や紋切り型の語句にとらわれていないことが特徴であり、またほぼ必然でもあったわけだが、そこに異国の文体や語句が風変わりな使われ方の風変わりな土着の言葉と共に織り込まれていた。〔中略〕この見事な、新鮮で緻密な、幾らかエキゾチックな特質が彼の文章に〔はあった〕。(15)

コンラッドはイギリスでは常に自分が異邦人であると感じていた、とウェルズは

＊1　H・G・ウェルズ（一八六六―一九四六）『タイムマシン』『透明人間』『宇宙戦争』などのSF小説（当時のイギリスでは「科学ロマンス」と呼ばれた）の父として知られる。その他、リアリズム小説『トーノ・バンゲイ』、歴史書『世界史大系』など多くの著作がある。社会活動家としても大きな影響力を持った。

言い、その上いくぶん眉唾ではあるが、それには地元産のポニーも同感だったと書いている。

コンラッドについてのもう一つ大事な話は、〔中略〕根っからの「よそ者」であるという自覚である。〔中略〕金髪で輝く目の坊やを連れたコンラッド夫妻がサンドゲートへやって来るときは、黒いポニーに引かせた、あたかもドローシキ[*1]のように小さな馬車に乗って、道々鞭をピシピシ鳴らすのが常なのだが、見る者が狼狽することには、当惑した小さなケント産のポニーに、ポーランド語で叫んだりおだてたりするのだった。私たちは本当の意味では、互いに「馬が合った」ことはなかった(16)。

コンラッドの死後、訪れたポーランド人外交官との対話で、ラドヤード・キプリングはこの問題について的確に述べた。「彼の話す英語は理解しづらいときもあったが、ペンを持たせれば我々より抜きん出ていた。〔中略〕〔でも〕彼の作品を読んでいると、外国の作家のよくできた翻訳を読んでいるような印象だいつも拭えないんだな(17)」。

まさにこれと同じことがカズオ・イシグロ[*2]についてもたびたび言われていて、しかも理由も似通っている。五歳で渡英したイシグロは日本語を話す家庭で育ち、(いつまでもポーランド語でポニーをなだめすかしていた)コンラッドと同じように二か国語的意識を保ち続けた。イシグロが自身の作品について言ったように、「あ

＊1　ドローシキ　無蓋の軽快な馬車。

＊2　カズオ・イシグロ（一九五四―）イギリスの日系人作家。長崎に生まれるが幼少期に渡英し、その後イギリスに帰化。代表作に『日の名残り』『わたしを離さないで』『遠い山なみの光』など。二〇一七年ノーベル文学賞受賞。

る意味、翻訳調っぽい言葉遣いにしないといけないのです。つまり、流暢にしすぎたり、西洋の口語的表現を使いすぎたりするわけにはいかない。映画字幕に近いような感じ、英語の背後に外国語が息づいていることがそれとなくわかるようにしなければならないのです[18]」。レベッカ・L・ウォルコウィッツ[*1]が述べたように、イシグロの作品は「生まれつき翻訳」であり、この表現を冠した彼女の本は、中心となる章をイシグロに割いている。

イシグロが書く英語は、きわめて明快ではあるが厳密には口語体とは言えないため、純然たるイギリス人の登場人物が話している時でも微妙に不思議な印象を与える。ヴァージニア・ウルフがコンラッドの文章について述べた言葉——「あまりにも格式ばっていて、慇懃で、几帳面すぎる」——はそのまま『日の名残り』の語り手である執事スティーブンスにも当てはまるだろう。ロシオ・デイヴィス[*2]が主張したように、「ときどき、例えばスティーブンスが死の床にある父親に向かって決して you ではなく father と呼びかけるときや、ミス・ケントンが「そうなのですか、ミスター・スティーブンス」というような言葉を投げかけるときなど、その語りは日本語から翻訳したかのように思えることがある[19]」。同様に、コンラッドが「風変わりな使われ方の風変わりな土着の言葉」を好むとH・G・ウェルズが述べたことは、スティーブンスの言葉遣いについて他の批評家が論じていることと一致する。

＊1　レベッカ・L・ウォルコウィッツ　コロンビア大学バーナード・カレッジ教授。専門はポストコロニアル理論、現代英文学。

＊2　ロシオ・デイヴィス　スペインのナバラ大学教授。専門はアジア系アメリカ文学を含む現代北米文学。

もっぱら追想にふけってばかりいることも、スティーブンスを包む時代錯誤のオーラに寄与している。というのもスティーブンスの理想は、過去の記憶から生じているからである。彼がその過去に執着していることは、奇妙なまでに堅苦しいその話し方に雄弁に具現化されている。一九五六年を生きているスティーブンスは、二〇年か三〇年前の話し方をまだ守っており、時代遅れになった言葉――「自動車の旅」(motoring)「周遊」(touring)「交らう」(consorted)など――をつなぎ合わせて出来上がる文章は、長く形式ばっていて、今では間違いなく鼻持ちならないものである。(20)

常にどこかしら異邦人であるイシグロがイングランドの貴族の館の伝統を扱うと、P・G・ウッドハウス[*1]の古典的なブランディングズ城シリーズの小説から最近のテレビ番組『ダウントン・アビー』シリーズに至るまでのイギリス大衆文化に見られるノスタルジーの基調とはかなり違ったものになる。また、H・G・ウェルズによる一九〇九年の小説『トーノ・バンゲイ』の伝統に則り、辛辣な攻治的攻撃を仕掛けるわけでもない。『トーノ・バンゲイ』は、カントリーハウス[*2]のきわめて保守的な「ブレイズオーバー家という組織体系」を辛辣に脱構築しているのだが、主人公は下中流階級《ローワーミドルクラス》で、厨房の片隅から「上階の」上流階級《アッパークラス》を猜疑心をもって眺めている。イシグロはそうはせずに、カントリーハウス小説というジャンルを持ち出して、抑圧された感情や語られない欲望を探求し、仕事への没頭がお

＊1　P・G・ウッドハウス（一八八一―一九七五）英国生まれの北米の作家。ユーモア小説の大家で、英国の上流階級を名執事ジーヴスの目から描いた「ジーヴス」シリーズで知られる。

＊2　カントリーハウス　田舎の広壮な屋敷。

ぞましい行為への黙従に転化してしまうという危うい道のりをたどるための舞台に据えるのだ。

『日の名残り』を出版した二年後の一九九一年に行われたインタビューで、イシグロ自身が、次のように述べている。

『日の名残り』で僕が作り上げたある種のイングランドは、実在したと信じているイングランドではありません。歴史的に正確なやり方で、過去のある時期を再現しようとしたわけではないのです。ここで僕がやろうとしていることは、〔中略〕実のところ、ある種の神話的なイングランドについての、ある特定な神話を書き換えるという試みなのです。〔中略〕僕はわざと、P・G・ウッドハウスのような作家たちが描いたものと一見似通っている世界をこしらえたのです。それから徐々にこの神話を揺さぶり、幾分歪めた、違った形で用いているのです。(21)

## イギリスの歴史・文学のモティーフを書き直す――ノルブとイシグロ

このように、キプリングやコンラッド、ウッドハウスといったイギリス人作家の文脈にイシグロを位置づけることができるが、もっと離れた場に目を向けることも可能である。イギリスの歴史と文学を、書き直すべき神話的モティーフの宝庫として扱う点において、イシグロは同時代のもう一人のアジア系作家と比較し得る。その作家ジャムヤン・ノルブ[*1]は子どものときに国も言葉も違う土地へと移住し、大英帝国時代末期の小説に基づいた小説を書くことになった。一九九九年の小説『シャーロック・ホームズの曼荼羅』は、キプリングとアーサー・コナン・ドイル[*2]の驚くべきパスティーシュであり、非常に明確な政治的効果を狙って展開する作品である。

　ジャムヤン・ノルブが六歳だった一九五〇年に、中国によるチベット侵攻が起こった。彼がダージリンにあるイギリス人学校に送り出されてまもなくのことで、後に家族もラサを逃れてこの土地にやってきた。大方は貧しいチベットの難民たちは、インド北部ではあまり歓迎されず、周囲のヒンディー語社会から隔絶されていた。ノルブにとって英語と英文学は広い世界へのパスポートであって、そのことは『シャーロック・ホームズの曼荼羅』のはしがきでも述べている。

　セント・ジョゼフ校での学園生活は、当初は孤独でさびしかったが、英語が身につくうちにやがて多くの友だちができ、そして何より本の面白さを知った。何世代もの男子生徒がそうだったように、G・A・ヘンティ[*3]やジョン・バカン[*4]、ライダー・ハガード[*5]、W・E・ジョンズ[*6]の作品を心ゆくまで読み耽った。だがキプリングやコナン・ドイルを読んでいるときのとてつもない興奮に勝るものはなかった。特に『シャーロック・ホームズの冒険』は格別だった。[(22)]

＊1　ジャムヤン・ノルブ（一九四四―）チベット出身の作家、政治活動家。四〇年以上インドで亡命者として暮らした後、現在はアメリカ合衆国在住。英語とチベット語で執筆。チベット独立運動の論客として知られる。

＊2　アーサー・コナン・ドイル（一八五九―一九三〇）イギリスの小説家。私立探偵「シャーロック・ホームズ」シリーズで世界的に知られるほか、SFや歴史小説も数多く執筆している。晩年はスピリチュアリズムに傾倒した。

＊3　G・A・ヘンティ（一八三二―一九〇二）英国の児童文学作家。帝国主義を背景とする数々の冒険小説で一九世紀末に人気を博した。

＊4　ジョン・バカン（一八七五―一九四〇）イギリスの作家、政治家。代表作のスパイ冒険小説『三十九階段』はヒッチコックによって映画化もされている（邦題『三十九夜』）。政治家としてはスコットランド選出の下院議員を経て、第一五代カナダ総督を務めた。

＊5　ヘンリー・ライダー・ハガード（一八五六―一九二五）イギリス

攻撃的反帝国主義者であるノルブの暗黙の皮肉は、彼にとっての心の英雄がキプリングやライダー・ハガードなどの帝国擁護の作家たちであり、その文学作品のおかげで世界が広がったということである。とはいえ、同時代のインド人とは違い、ノルブには植民者としての英国人、植民地圧制の言語としての英語という経験はなかった。チベットを侵略した帝国主義の権力は中国であり、彼はチベットの独立闘争に力を注ぐようになった。ダラムサラで亡命政府に財政的な援助をし、文化的・政治的問題についての能弁な評論を書き始めて、それが『影なるチベット』という物悲しい題名の本にまとめられている。しかし、彼の評論は在印チベット人コミュニティの外ではほとんど読まれなかったので、一九九〇年代後半に小説を書こうと思いつき、より幅広い読者に訴えるために探偵小説というグローバルなジャンルを媒体に使うことにした。ホームズに疲れたアーサー・コナン・ドイルが、「最後の事件」でその高名な探偵を亡き者にした一〇年後に、世間の要求に屈してホームズを生き返らせたのをノルブは知っていた。ホームズは「空き家の冒険」で、その忠実なる相棒ワトスンに、実は宿敵モリアーティ教授と共にライヒェンバッハの滝に落ちたのではなく、モリアーティの手下による復讐から逃れるために、身を隠してヨーロッパを後にし、二年間チベットを旅してダライ・ラマと会ったと説明している。ノルブはこの空白の年月の物語を語り、殺人ミステリーもしかるべく加え、中国のチベット侵攻へのあからさまな非難の枠組

の冒険小説家。植民地行政の官吏として南アフリカで過ごした経験を生かし、同地を舞台とする『ソロモン王の洞窟』『洞窟の女王』などを執筆。名声を博し、のちのファンタジー小説やSFにも大きな影響を与えた。

＊6　W・E・ジョンズ（一八九三―一九六八）イギリスの冒険小説家。第一次世界大戦のパイロットでもあった。非常に多作な作家であり、特に架空の冒険家 Biggles シリーズで知られる。

みとすることにした。

シャーロック・ホームズを建設的に利用したことがこの小説の成功の鍵ではあったが、彼はコナン・ドイルの物語を用いただけではなかった。キプリングの短篇小説と、とりわけ『キム』を大いに利用して、ヴィクトリア時代の英領インドの雰囲気を醸し出したのである。常にコナン・ドイルの聖典に忠実であるノルブにはワトスン流の語り手が必要だったが、ワトスンはホームズがロンドンに戻ってからしかその冒険譚を知り得ないので、この腹心の友兼記録係を使うことはできなかった。そこでワトスンの代役をハリー・チュンデル・ムーケルジーに担わせ、キプリング作品では脇役だったハリーを小説全体の語り手に昇格させたのである。

この本は文体的な力業だ。ノルブはキプリングの帝国主義的な政治観にはぞっとしないに違いないが、にもかかわらずハリーのバーブー英語[*1]を実に楽しく扱って、口語英語とヒンディー語の間にめまいがするようなずれを生じさせている。「気前よく一ルピーのバクシーシュをはずんだ(23)」、「下衆な御者《ガーリワラー》(24)」などがその例だ。ホームズの変装に感嘆してハリーはこう叫ぶ。「おやまああなたときたら、そうですねえ、靴のかかとに至るまで、いわばボーティア族そのものでしたよ。こう申し上げてもよろしければ、ボーティア族の「生き写し」というところでしょうか(25)」。ノルブの独創的なハイブリッド英語は、巻末の一〇ページに及ぶ用語

＊1　インド人紳士の堅苦しい英語。

辞典にこの上なく表れている。ここではチベット語とヒンドゥスターニー語、サンスクリット語、イギリス英語の言葉を同列に並べ、「バクシーシュ」という言葉であれば「alms（施し）、*pour boire*（チップ）」[26]と、フランス語まで使って高級な感じを出している。この用語集のおかげで、デクチスとはヒンドゥスターニー語で鍋、チリンパはチベット語で外国人、カフィラはアラビア語でキャラバン、リンガムはサンスクリット語で男根《ファルス》のシンボルだとわかる。この見出し語の選び方からして政治的な響きをもつ。用語集は「アンバン　駐チベット大臣（満州語）」[27]で始まり、「ズーラム　弾圧（ヒンドゥスターニー語）」で終わっているのである。

　シャーロック・ホームズものはノルブにとって二重に便利である。世界的に知られた探偵物語であるし、今となっては時代物のフィクションであり、読者が周縁に住んでいようが都市に住んでいようが現代から時間的に隔たった設定に変わりはない。ノルブははしがきで、初めてコナン・ドイルを読んだときに出くわした謎めいた昔の言葉について述べている。「チベット出身の少年にとって、これらの物語には初め、わけのわからない細部もありました。「ガソジン」なるものは携帯用石油ストーブのようなものかな、「ペナン・ローヤー」はそう、ペナン出身の弁護士だな、などとしばらくは考えていました。でもそんなことは大して妨げにはならず、とにかくこの物語をおもしろいと思う心情には何の影響もなかったのです」[28]。そうは言ってもこうした語句に戸惑うのは、何もチベット人の少年たちだけではないだろう。「ガソジン」（炭酸水製造機）や「ペナン・ローヤー」（杖）の意味がわかる現代の読者はほとんどいまい。このように、歴史的な小説には文化的・言語的な土俵を平らにならす作用がある。ノルブはコナン・ドイルの虚構の世界とその言語を、現代の英米の作家同様にマスターできる。イシグロもそうだし、先達のコンラッドやキプリングもそうだが、ノルブは馴染みのない土地の言葉を馴染みのない使い方で戦略的に利用しているのである。

「はしがき」で、ノルブはハリーの原稿の編集者であると自己紹介し、小説全体にわたっても脚注をあちこち差し挟んで、関連するホームズの物語を指摘している。ある箇所では、日本語に関する間違いすら訂正している。

あまり知られていないが、記録係としてワトスンがしでかした失態をここで一つ解明する。「空き家の冒険」で、ホームズがモリアーティを打ち負かしたのは「バリツ、つまり日本の格闘技」の心得があったからだとしている。実は、日本語にバリツという言葉はない。ホームズが実際に用いて、ハリーが正しく記録した言葉は *bujitsu*「ブジツ」であり、武道を総称する日本語なのである[29]。

それから「日本人政治家兼学者の牧野伯爵[*1]」の名前を挙げ、一九四八年一〇月一二日に東京で開催された「ベーカー街遊軍隊〔シャーロック・ホームズ同好会〕バ

＊1　牧野伸顕（一八六一―一九四九）大臣・外交官などを歴任した日本の政治家だが、文化芸術に造詣深いことでも知られている。著書に『回顧録』。本文で触れている「論文」は、孫の吉田健一による訳が『雄鶏通信』昭和二四年二月号に掲載されている。

リッツ支部」設立会議で発表した論文でこの間違いを訂正した人物だとしている。まじめくさって正確に学術的参考文献を挙げても、ホームズが本当は正しい日本語を使ったはずだとか、ワトスンが間違って記録したのだといった仮定は成り立たない。どちらも実在した人物ではないのだから。誤りはあくまでコナン・ドイルによる間違いである。だが、まじめくさってさも学術的なように述べていることによりこの事実は見えにくくなる。ベーカー街遊軍隊の、ホームズとその世界の歴史的事実に対するまじめさを装った姿勢を借りることで、ノルブはホームズ宇宙の聖所に自身の名を刻んでいるのである。

　この文脈において、ハリー・チュンデル・ムーケルジーはホームズにとってまたとない相棒である。というのもハリーは、実在した学者兼外交官サラト・チャンドラ・ダス[*1]をモデルにキプリングがこしらえた登場人物なのだ。チベットの言語と文化の専門家で、チベット語の文法書や民族学的紀行『ラサと中央チベットへの旅』（一八九四）を著したダスは、英国のスパイとしてもチベットで活動していた。キプリングがダスをモデルにして作り上げた狡猾な工作員としてのハリーをノルブは利用しているうえに、民族学者としてのハリーの実力を引き上げてもいる。『シャーロック・ホームズの曼荼羅』の扉には、ハリーが実際に英国学士院の特別会員になっていること、しかも王立地理学会の「設立者メダル」の受賞者であること、そしてカルカッタとペテルブルクの学会の会員でもあることが記

＊1　サラト・チャンドラ・ダス（一八四九―一九一七）チベット言語・文化学者。

されている。

『キム』でもそうだが、ハリーは相手がヨーロッパ人でもインド人でも、取引に民族学的知識を応用する。本小説の始まりで、ボンベイに到着したばかりの謎めいたノルウェー人（実は身元を偽ったホームズ）の目的を突き止めるようハリーは依頼される。そこで、素朴な現地人という役割を演じて案内の仕事を申し出ることにする。ホームズと会ったときに試みた策略は、彼自身が述べているように「ろくに学もない現地人とはこういうもの、という白人の旦那《サーヒブ》の先入観に合わせて演じることが、常にバーブーの得になる」[30]。ところがホームズは、船会社の事務員だというハリーのなりすましを見破り、「アフガニスタンからお戻りですね」と応じる（『緋色の研究』でドクター・ワトスンと出会ったときの有名な挨拶をここで見事に用いている）。ハリーはどぎまぎして、「超バーブー弁」といった感じでまくしたてる。

ええっ……！　いやいや、サーヒブ、違いますって。私はアウド出のつましいヒンドゥー人で。目下立派な船会社で臨時に雇われた、半ば職員のような身分で、高給で実入りのいい仕事をやっております。アフガニスタン？　あはは！　サーヒブ、あんなとこ、嫌になるほど寒くて、必要不可欠な設備も道具もあったもんじゃない、住民は人殺しも平気でするような獰猛な奴らばっかり――最低のモスリム野郎たちで――英国の法律の効力も権威も通用しやしない。なんでアフガニスタンなんかに行きますかって。
ホームズは騙されない。「そうですよねえ」と彼は言い、ちょっと気味悪く低い声で笑った」[31]。ハリーにとって問題となるのは、普通この地を訪れるヨーロッパ人は人種的偏見で目が曇っているはずなのに、ホームズにはそれがないということだ。ステレオタイプ化をしないホームズは、自分の目の前にあるものをありのままに見ることができる。小説が進むにつれて、ハリーもホームズもお互いから多くを学び、チベットの敵である中国人に共に立ち向かった後に、親友として別れるのである。

　典型的なインド人として、ムーケルジーはキプリングを蔑んでおり、元ジャーナリストだとしか知らないが、その「グレート・ゲーム」がどうこういう物言いを鼻から嘲笑って退けている。「このくだらぬ名称は、最近までイラーハーバードの『パイオニア』紙に勤めていたラドヤード・キプリング氏なる人物がこしらえたものだ。ジャーナリストらしい嘆かわしい軽率さで、我々の部局の非常に重要な活動を、サー・ヘンリー・ニューボルト*1の詩が雄弁に伝えるクリケットの試合のレベルにまで一気に貶めてしまったのだ」[32]。ハリーを徹底的な合理主義者に仕立てることで、ノルブはオリエンタリズムの先入観にさらに揺さぶりをかける。この合理性は『キム』でハリーが示した科学的および民族学的野心と整合するものであり、一方ホームズは神秘的な探究者で、俗世の幻影という覆いを見透かす

＊1　ヘンリー・ニューボルト（一八六二—一九三八）イギリスの詩人・作家。本文の引用中で触れられているのは、詩集 *Admirals All* (1897) 所収の代表作 "Vitaï Lampada"（「人生の光」）。戦争にクリケットの試合のイメージを重ねて詠んだもので、当初は人気を博した。

驚異的な観察眼のある人物として造型されている。

第二章で、ホームズは恐ろしい殺人事件に遭遇する。ホテルの従業員がホームズの代わりに毒蛭の犠牲となるのだ。ホームズが血まみれの遺体を調べているとき、瞑想しているかのような様子にハリーは感心する。「ホームズ氏はその状況にショックを受けたというより興奮しているように見えた。この痛ましい光景を前に私が感じたような恐怖は微塵も見せず、黙ったまま落ち着いて興味を示す姿勢は、鹿革の敷物の上にあぐらをかき生と死の神秘について瞑想している遊行僧《サドゥ》を思わせた」[33]。小説が進むにつれて、ホームズの名高いコカイン依存は、彼の心に潜む、生の本質は苦しみであるという仏教徒的認識の情緒的影響を鈍らせようとするためだということがわかってくる。

彼は幸せな人ではなかった。卓抜なる能力を持っていたが、それが彼にとって恵みというより災いになることもあったようだ。大多数の人間は幻想のおかげで、小さな問題やささやかな喜びに夢中になり、自分がみじめな境遇にいることやいずれ悲惨な最期を迎えることも忘れて短い一生を生き抜くが、残酷なまでに洞察力が明徹である彼は、しばしばそれに甘んじることもできないようだった。そういうわけでシャーロック・ホームズは、自らの能力に圧倒されてしまうとき、不幸なことだがモルヒネやコカインのような有害な薬物を何週間にもわたって毎日注射していたのだった[34]。

ところがハリーと共にチベットに到着すると、ホームズは自身の内なる菩薩に触れる。ヒマラヤの大気とその風景の深い精神性に心を洗われて、薬物をやめて神々を敬い、こう表明する。「ここからはもう、科学も論理もハーバート・スペンサー[*1]も存在しないんだよ。ラージャロー〔神々に勝利あれ〕!」[35] 面喰っているハリーとは違って、ホームズはここで起こる一見あり得ないような数々の出来事をそのまま受け入れる。悪者の駐チベット大臣《アンバン》が念術でものを空中に飛ばすことができるとか、ヒマラヤの氷河の内側に閉ざされていた巨大な曼荼羅が魔法のように開いて、その奥に広い部屋が埋もれていて無限の力を持つ石が隠されていたことなどである。ホームズとハリーは、悪漢モリアーティ教授その人から襲撃される。悪漢は実は転生した僧で、モリアーティ教授という英国人の肉体がライヒェンバッハの滝つぼに沈み、まさに死なんとしていたときに、その元のアジア人の肉体に間一髪戻って今に至っているのだとわかる。[36] 同様にホームズは「かの有名なガンサル転生《トゥルク》ラマで、以前白神鳥《ガルーダ》僧院の僧院長でいらした、秘学の達人のお一人」[37]の生まれ変わりであると判明する。劇的な対決が生じ、モリアーティとホームズは念力を用いて死闘を繰り広げる。モリアーティが決定的に敗れ、彼の中国人パトロンがもくろんだチベット支配は、少なくとも共産党時代の到来までは成就しない。

　合理主義者であるハリーは、こうした事件に面喰らってしまう。彼は素粒子物

＊1　ハーバート・スペンサー（一八二〇—一九〇三）イギリスの哲学者、社会学者。ダーウィンの影響のもとに社会進化論を提唱。著書『総合哲学』にて進化論の立場から広範な知識を網羅する独自の哲学体系を構想した。

理学と生化学から引き出した考え方に基づいてモリアーティの講釈とその能力を否定する。これら科学的概念は、ノルブによれば、未だ到来していない預言ではなく、古代チベットの叡智なのである。

それから彼〔モリアーティ〕は、奇抜な考えや突飛な理論に満ち溢れた、突拍子もない講釈を始めた。しかも非常にうぬぼれていて、ドルトン氏や、さらにはニュートン氏のような偉大な思想家が公式化した科学的法則よりもずっと科学的だと思っているのだ。もちろんそれはみんな、ヒンドゥスターニー語で言えばバクヴァズ〔ナンセンス〕だ。〔中略〕つまり、光の波は電気と磁気の振動であるとさえ言ったのだ。光なんてただの色だと誰でも知っているというのに。〔中略〕それよりもっと正気の沙汰ではないと思ったのは、人間の思考は脳細胞の中の放電に過ぎないと彼が考えていることだった。いやはや、私のような科学を重んずる人間が、こんなでたらめな話につきあえるわけがない(38)。

ノルブは仏教徒ではない。『影なるチベット』に所収の長い二つの評論では、チベット人コミュニティで迷信が広く信じられていることを嘆いてもいる。『シャーロック・ホームズの曼荼羅』で、ノルブはホームズにこう言わせている。「この国には宗教はもう充分過ぎるほどある。なぜ宣教師たちは、この上さらに別の宗教を持ち込みたがるのかね(39)」。だが三島由紀夫と同様ノルブも、仏教を近代西洋の合理性の帝国に対抗するアジアの選択肢としてみなしていて、チベットを世界に誇る古代の叡智の宝庫として提示している。転生後のモリアーティを打ち負かした後で、ホームズはこの話の意味をハリーに教示する。

　ブッダはかつてこうおっしゃった。この世にはガンジス河の岸辺の砂と同じくらいたくさんの世界や宇宙が存在すると。［中略］ラマたちの預言は君も知っているだろう。人間が強欲と無知との言いなりになれば、地上のすべては崩壊し荒廃することになり、［中略］するとシャンバラ[*1]の王たちは強大な戦艦を世界の隅々へ送り出し、大戦争になって悪を滅ぼし、知と平和の新たな時代をもたらすのだ[40]。

合理主義者であるハリーは疑いの眼差しで「そんな話を信じていらっしゃるんですか」と訊く。ホームズはこう答える。「たとえ信じていなくとも、人間が金や権力を盲信するとどうなるかはわかるよ。［中略］でも、この古代の預言を真剣に受けとめて、その希望ある結末に幾ばくかの慰めを感じるのは無知で愚かなことだとは思わない[41]」。

　キプリングとコナン・ドイルの独創的な再読に根ざした『シャーロック・ホームズの曼荼羅』はメタフィクション[*2]の手法の中で、ジャンル・フィクション[*3]と政治的主張を混交させている。チベット仏教は世界全体の倫理的源泉として表象され、強欲や支配欲を超越し、宗教と科学、太古と現代、東と西が理想的に混じり

＊1　シャンバラ　チベット仏教圏に伝わる伝説上の仏教王国・理想郷。

＊2　メタフィクション　書くこと・フィクションの本質を自己言及的に問う仕掛けをもった小説。二〇世紀後半アメリカやフランスの実験的小説について言われることが多い。

＊3　ジャンル・フィクション　推理小説、ファンタジー、SF、ホラーなど特定の枠組で書かれた小説。

合っているものとなっている。『シャーロック・ホームズの曼荼羅』はフランス語、ドイツ語、スペイン語、ハンガリー語、日本語、ベトナム語など多言語に翻訳されており、広範囲にわたる読者を楽しませると同時に知識も与えつつ、作品自体が外国の新たなコンテクストに置かれてもいる。たとえば現在のアメリカ版は、ライヒェンバッハの滝の上でシャーロック・ホームズがモリアーティ教授と格闘しているように見える絵を表紙に使っている（図5）。しかし実際は、この絵はアメリカ人芸術家マーク・タンジーによる「ド・マン[*1]に問うデリダ[*2]」という題の、ホームズとモリアーティに見せかけて脱構築批評家の大物二人を描いた一九九〇年の作品である。「影なるチベット」はここで、影なるポストモダンの来世を生きているのだ。

世界中の読者に届くことで、この小説は『影なるチベット』の序文で表明されているノルブの願いを具現化する。すなわち、より直接的な政治活動が挫折する場で文学は成功しうる、というものだ。ノルブが例として魯迅を挙げているのは注目に値する。

**図5**　米国ブルームズベリー版（ペーパーバック）『シャーロック・ホームズの曼荼羅』の表紙

＊1　ポール・ド・マン（一九一九—八三）ベルギー生まれのアメリカの文芸批評家。イェール学派の一人で、脱構築批評の中心的な存在である。著書に『読むことのアレゴリー』『死角と洞察』など。

＊2　ジャック・デリダ（一九三〇—二〇〇四）アルジェリア生まれのユダヤ系フランス人哲学者。ポスト構造主義を代表する学者であり、脱構築主義の提唱者として知られる。代表作に『エクリチュールと差異』。

魯迅の著作は彼の宿敵である中国国民党のプロパガンダとイデオロギーが滅びた後もどうにか生き残ったし、中国共産党とその売文家や擁護者たちが消え去った後も末永く読み継がれることは疑いないだろう。良質の文学は圧政よりも長続きすると思われるばかりか、ヒトラーやスターリン、毛沢東の類が残した政治的にも心理的にも荒れ地となった場所に再生する力を与えるようにも思われる。

だから、ニーチェは間違っていて使徒ヨハネは正しかったのだ。「はじめに言葉ありき……」。(42)

## 想像の故郷——ルシュディとイシグロ

今日のグローバルな英語の多様性を知るには、ジャムヤン・ノルブとカズオ・イシグロを比較してみることが有益である。どちらもキプリングを利用しているが、両者は文体的にも政治的にもさまざまな点で異なっている。ノルブは遊戯性にあふれ、政治的に先鋭化しているが、イシグロの方は何につけても微妙で遠回しである。とはいえたびたび指摘されてきたように、イシグロも帝国の名残りを描くことに興味を抱いている。最初の二作の小説『遠い山なみの光』（一九八二）と『浮世の画家』（一九八六）は第二次世界大戦後の日本を舞台にしていて、『日の名残り』は大英帝国の終焉をもたらした一九五六年のスエズ危機の時点から始まっている。政治を間接的に見るという点では、イシグロはサルマン・ルシュディと比較することができるが、ルシュディもまた年少のうちにアジアの出生地を離れて長年イギリスで暮らしているのである。ノルブ同様ルシュディも英領インドの文学的・言語的遺産を利用し、そしてノルブとイシグロもそうだが、子供時代を過ごした失われた故郷をたびたび振り返っている。ルシュディは一九四七年にボンベイで生まれ育ち、キプリングと同じくヒンディー語と英語のバイリンガルになってから（やはりキプリング同様）イングランドへ送られて学校教育を受けた。彼の場合は、一四歳で名門ラグビー校に入学した。その後ケンブリッジ大学へ進学、一方家族はボンベイからパキスタンに引っ越した。一九六八年に卒業して家族の元へ帰ったがまったく馴染めず、すぐにイギリスへ戻り、原稿整理編集者として一〇年働いた後、一九八一年『真夜中の子供たち』の目覚ましい成功を機に専業作家となった。

イシグロの三作目までの小説と同じように、『真夜中の子供たち』も失われた過去の記憶の書である。イシグロとルシュディはノルブと違って亡命者ではないが、二人とも祖国で過ごした幼少期とつながってもいるし切り離されてもいる。ルシュディは、家族がボンベイ（名前も変わってしまい、今はムンバイである）を離れてからは短い旅行でしかインドへ行っていないし、イシグロも初めて日本へ帰ったのは一九八九年で、両親と共に離日してから三〇年を経ている。『真夜中の子供たち』を出版した後の一九八二年に、ルシュディは「想像の故郷」というすばらしいエッセイで、失われた過去の魅力について語っている。彼はここで、ボンベイを離れてから長年を経た後に再訪したことや、実家の電話番号がまだ電話帳に載っているのを見つけて驚愕したことを述べている。イギリスへの帰途、『真夜中の子供たち』に描いた自身の少年時代を再現してみようとした。だが、自分の記憶が断片的で、安定せず、不確かであることに気づいたのだった。「この〔在外の〕インド人作家がインドをふり返って見るとき、その目にかける眼鏡はうしろめたさに彩られている(43)」と心を揺さぶられる言葉で彼は語り、さらにこう続ける。「我々のアイデンティティは複数でもあり、不完全でもある。ある時は二つの文化にまたがっていると感じるし、別の時には二つの足場の間に落ちていると感じるのだ(44)」。けれども、二重のアイデンティティをもつことは、ひどく緊張を強いられるが、作家には豊かな実りをもたらすと主張する。「文学のある部分は、新たな視点を見出して現実を理解する営みであるとするなら、やはり隔たりがあって地理的にはるかな見地がそのような視点を与えてくれるのかもしれない(45)」。ルシュディは、英語の「トランスレーション」は「越えて進む」を意味するラテン語から来ていると指摘した上でこう言う。「世界を越えて進んできたのだから、我々は翻訳された者である。普通は、翻訳される時に常に何かが失われると思われている。だが私は、何か得るものもあるという考えを信じて譲らないのだ[46]」。

この同じ年にカズオ・イシグロが最初の小説を出版し、『真夜中の子供たち』が大成功をおさめたおかげでイシグロの本も熱狂的に受け入れられた。そのことは彼自身が一九九〇年にアメリカ人インタビュアーに語っている。

非常に画期的な出来事だったのが、一九八一年に『真夜中の子供たち』でサルマン・ルシュディがブッカー賞を受賞したことです。彼はそれまで全くの無名な作家でした。本当に象徴的な節目で、突如として皆が第二のルシュディを探し始めた。僕が『遠い山なみの光』を出した頃はそんな時期だったわけです。たいていは最初の小説なんて、跡形もなく消えてしまうものです。ところが僕は大いに注目され、たくさんの取材を受けて、数多くのインタビューに応えました。その理由はわかっています。この日本人の顔にこの日本人の名前だからで、当時はそれがプラスになったのです[47]。

両者の作品の類似点は、アジア系イギリス作家に対する一般大衆の関心が当時高かったことにとどまらない。「カズオ・イシグロの小説における想像上の故郷再訪」において、ロシオ・デイヴィスは――彼女自身フィリピンからスペインへの移住者である――『日の名残り』をルシュディのエッセイに照らして読み解いている。デイヴィスは、ルシュディが断片的な過去の名残りを寄せ集める難しさについて述べる文章を引用する。「私の現在が異国で、過去は故郷。それは失われた時間の靄にかすむ失われた都市にあった失われた故郷ではあるのだが」。その結果、「記憶のかけらは、「名残り」であるからこそより重要に思え、より強く心に響くのだった。断片的であるがゆえに、些細なことがシンボルであるかのように思え、平凡なことにも神聖な意味づけがなされたのである」(48)。デイヴィスは『日の名残り』もやはり、子どもだった過去を取り戻すことができないという作者自身の認識に基づいた、断片的で虚偽を含んだ記憶を扱った小説であると主張している。

この点について、イシグロ自身も一九八九年に来日した際に大江健三郎[*1]との長い対話の中で指摘していた。

「他国」としての日本、僕にとって非常に重要な「他国」なんですが、この国にはとても強烈なイメージと心の底での深い結びつきを抱きながら、僕は大人になっていったんです。〔中略〕僕はこれまで日本に帰ってきたことがなかったし、その意味で日本を知らなかったんですが、イギリスにおいては常に日本とはこういうところだという、いってみればイメージとしての日本を作り上げていたわけです。〔中略〕〔後に〕この「日本」は、僕にとってはとても大切なものだけれど、実は僕の空想のうちにしか存在しないのだ、ということに気づいたんです。本当の日本は、一九六〇年以降大きく変わってしまっていましたからね。「日本」は僕が幼年期を過ごしたところであって、

＊1　大江健三郎（一九三五―二〇二三）戦後から二一世紀初頭の日本を代表する作家。代表作に『死者の奢り』『飼育』『万延元年のフットボール』『燃えあがる緑の木』『宙返り』など。著作は二〇か国語以上に翻訳され、世界中で広く読まれている。一九九四年ノーベル文学賞受賞。

その「日本」には僕は決して戻ることはできないのだと(49)。

第四の長篇『悪魔の詩』を出版した一九八八年の後では、ルシュディには今日のインドに帰ることとさえ難問だった。預言者ムハンマドとその妻たちの描き方が不敬だとしてモスリムたちがこの小説に激怒し、数々のデモをおこなった。登場人物たちの考えや夢にルシュディの責任はないとみなそうとはせず、イランのアーヤトッラー・ホメイニは一九八九年に宗教令《ファトワー》を出して死刑宣告し、ルシュディを殺害した者に多額の報酬を出すと約束した。反ルシュディ運動の間じゅう何人もの命が奪われ、一九九一年七月にはこの小説の日本語訳者でありイスラム学者の五十嵐一[*1]が筑波大学構内で刺殺された。

ルシュディは、イギリス警察の保護下で身を隠して生活しながら一連の短篇小説を書き、『東と西』(一九九四)という題名の一冊にまとめた。作品のいくつかには彼の状況が間接的に反映されており、総じてインドとイギリスの関係をグローバルな視野から探っている。「東」と見出しのついた三作の舞台はインドで、見出し「西」の三作はヨーロッパが舞台である。そして「東と西」の見出しの三作は大陸間の移動を扱っている。この短篇集全体を通じて、ルシュディはリアリズムとファンタジーを巧妙に混ぜ合わせ、必ずしも見分けやすい形になってはいない。「東」セクションにある「預言者の毛(50)」は完全に幻想だと思える物語を語っている。預言者ムハンマドのあごひげの毛を収めたガラス瓶がスリナガルのハ

＊1　五十嵐一《ひとし》(一九四七―九一)イスラム学者。井筒俊彦の薫陶を受けた。ルシュディの『悪魔の詩』の翻訳者であり、筑波大学で助教授の職にあった一九九一年、大学構内で何者かに殺害された。犯人はわかっていないが、ホメイニ師の宗教令に従っての犯行と見られている。

ズラットバル廟から盗まれて、世間は大騒ぎになり、その毛を入手した金貸しのハシムの人生も激変することになる。「あたかも不法に手に入れた聖遺物の影響であるかのように」[51]、彼はいきなり信仰心に厚くなり、家族に対して辛辣な本音を言うことが抑えられなくなって、致命的な結果を招く。この遺物のおかげで唯一本当に恩恵を受けたのはハシムの盲目の妻で、魔法のように視力が回復するのだ。

この作品のマジック・リアリズム[*1]は、現実に起こった出来事に基づいている。預言者の毛の入ったガラス瓶は実際に一九六三年一二月二六日にハズラットバル廟から盗まれた。この地区全域で民衆の抗議が沸き起こり、無数の人々が街に出た。アワミ活動委員会と呼ばれるグループが聖遺物を取り戻すために結成され、ネルー首相は全国ラジオ放送で聖遺物が消えたことを発表したが、数日後には戻ってきた。ルシュディの作品はこのエピソードに基づいてはいるが、ひとつの些細な出来事は採用しなかった。それはこの事件のせいでカシミールのモスリムは、自分たちの文化は多数派であるヒンドゥー教徒に包囲されているという意識を強めたという事実である。数週間のうちに、アワミ活動委員会はジャンムー・カシミール解放戦線を生み出し、カシミールの独立と統合を目的とした武力闘争を開始したのだった。

「預言者の毛」では、金貸しのハシムはあらゆる種類の細々としたものを熱心

＊1　マジック・リアリズム　あるいは魔術的リアリズム。日常的な現実を現実にはありえない幻想的な事象と織り交ぜて描く手法を指す。ガルシア＝マルケスやカルペンティエルなどラテンアメリカの小説に特有の手法としてしばしば言及されるが、ルシュディや中国の莫言などもマジック・リアリズムの実践者とされる。

に収集する人物であり、作家としてのルシュディを彷彿とさせる。

ハシムが収集マニアであることは、その書斎を見渡せば明白だった。大きなガラスケースはいずれも、ピンで固定した様々なグルマルグの蝶がびっしりと並べられ、いろいろな金属で作られた伝説のザムザマ大砲の縮尺模型が三〇種あまり、刀剣類は数知れず、ナガ族の槍は一本だが、駅のホームで売られているたぐいのテラコッタのらくだは九四個、数多くのサモワール。それにあらゆる動物の形をしたひどく小さな白檀の置物が並んでいたが、これは本来は子ども用のお風呂玩具として彫られたものだった。[52][53]

ハシムは、そのガラス瓶を他の美的なものと同じように扱えるという間違った考えに囚われている。「当然なことだが、宗教的価値があるから欲しいわけではない」と彼は独りごちる。「俺は現世の人間だ。あくまでこの品を、非常に珍しい、まばゆいほどの美しさをそなえた世俗なものとして考えている。つまり、欲しいのは銀色のガラス瓶であって聖なる毛ではないのだ」[54]。まもなく彼は、自身と家族が憂き目にあって思い知ることになる。中身よりも形、意味より美を尊ぶことなどできないのだ、と。個人的かつ政治的な二重のコンテクストにおいて、「預言者の毛」は両刃の剣であり、原理主義者の独善的な怒りだけでなく、作者の自己中心的な世俗主義をも考察の対象としている。

「チェーホフとズールー」[*1]は『東と西』最終セクションの真ん中の作品で、二

＊1　チェーホフ　ロシア作家（→163頁）の名前だが、ここではルシュディの登場人物。

重性がまさにその題名に銘記されている。ただし、この作品はロシアとアフリカを扱ったものではまったくない。タイトルの登場人物たちは英国諜報部に雇われている二人のインド人――キプリングのハリー・バーブーの現代版――であり、アメリカの『スタートレック』[*1]シリーズの役柄に好んで自分をなぞらえる人物たちである。とはいえ二人は、日系人スールーの名前をわずかに変えた。「「野蛮人[55]と思われるためには、ズールーという名前のほうがいいのです」[56]とチェーホフは言った。「野蛮人と考えられ、裏切り者と想定される人物にはね」」。彼とズールーは自分たちの体験を常に『スタートレック』の用語に翻訳する。シク教徒の分離主義グループの中に侵入して窮地に陥ったズールーは、チェーホフに緊急メッセージを送る。「俺を転送してくれ」。

　これより以前に、ズールーはバーミンガムでのスパイ活動に従事していて姿を消していたのだが、それは一九八四年、インディラ・ガンジーがシク教徒のボディーガードの一人に暗殺されてまもなくのことである。作品の冒頭、インド高等弁務官事務所はロンドン郊外のズールーの家へチェーホフを送って聞き込みをさせる。チェーホフと「ズールーの奥さん」のやりとりは、インド系英語の滑稽な会話の傑作だが、ズールーが仲間のシク教徒たちと後ろ暗い取引に関わっているのではないかという疑いを表してもいる。

「ワーワ、もう嫌になるくらい素晴らしい部屋ですね、ズールーの奥さん。

＊1　『スタートレック』　一九六六年以降、アメリカで製作された宇宙ものSFテレビドラマ・映画。

本当に、インテリアの趣味がすごくいい。カットグラスがこんなにあって！　成り上がりのズールーめ、さぞかし稼いでいるに違いない。ほんと私なんかよりよっぽど。抜け目ない奴だ」

「いいえ、そんなはずないでしょう。代理官のタンカは警備局長なんかよりずっとたくさんでしょ」

「ジ、疑ってるわけではないですよ。ただ、掘り出し物探しがお上手なんですねと言いたかっただけなんで」

「何か問題があるということなんでしょ、ナ？」[57]

英語とヒンディー語の文法と語彙が制約なく混ざり合っている——キプリングなら強調文字を使ったり翻訳しただろうが、ここでは一切ない——ことで、読者は否応なく登場人物たちが生きる二重文化の中に投げ込まれる。対話が進むにつれて、二人は学校時代に、銀河系間を探査するスタートレックの多国籍な乗組員たちに自分たちを密に重ね合わせ、それに基づいてあだ名も選んだということがわかってくる。「勇猛果敢な宇宙航海士でね。我々の未来永劫続く任務っていうのが、新世界と新文明を探検することなんで」。チェーホフは自分たちの分身《オルターエゴ》が「おわかりでしょうが指導者ではなく、究極の奉仕者のプロなんです」と指摘し、こう続ける。「指導するんじゃなくて、補佐するんです」[58]。キプリングとライダー・ハガードが若きジャムヤン・ノルブに広い世界を知る機会を与えたのならば、ここでは世界的なポップカルチャーがルシュディの登場人物たちに対してその役目を果たしている。

とはいえ、グローバルな地形は均一でも公平でもない。チェーホフとズールーはまだインドの学校にいた頃に『スタートレック』のファンになったが、オリジナルのテレビ番組を観たからというわけではなかった。「テレビなんてなかったんですよ」とチェーホフは振り返る。「何もかも、アメリカやイギリスから我々がいたあの愛しの夏季駐在地《ヒルステーション》デヘラードゥーンに流れてきた伝説に過ぎなかったのです[59]」。新自由主義の銀河系宇宙探査船社の冒険は、夏季駐在地の寄宿学校にいたルシュディの登場人物たちにとっての伝説なのだ。番組自体は観ることができないので、「安いペーパーバックのノベライズ二冊[60]」を読んでファンになる。重要なのは、彼らがドゥーンスクールに在籍していることで、この学校は英国によるインド統治が衰えてきた頃に設立された英国式の名門校であり、インドの将来の政治家や公務員を養成するためのものだ。ルシュディを読むインド人なら知っていることだが、この学校の一番有名な卒業生は、インディラ・ガンジーの息子サンジャイとラジーヴである。

大人になって二人の友は政治的任務と諜報活動に携わり、イギリスとインドを行き来する。作品の結末までには、チェーホフはイギリスとインド政府間の抑圧的な共謀の巻き添えになり、タミル人の分離主義者がラジーブ・ガンジーを暗殺するときに彼も爆死する。死の間際、チェーホフは世界的なテロの拡散について輸出入の言葉を用いて皮肉に考える。

時間が止まったから、チェーホフはあれこれと個人的な省察を行うことができた。「こういうタミル人革命家たちは、英国留学組ではない」と気づいた。「つまりついにわれわれは国産品を製造することになって、もう輸入する必要はないんだ。晩餐会の代役だってもうおしまい。まあ言ってみれば」ここからはさほど皮肉でなく思った。「悲劇は人がどう死ぬかではない。どう生きたかなんだ(61)」。

この頃にはもう、インド政府がシク教徒を抑圧する言い訳としてテロの脅威を言い立てることにズールーはうんざりしている。彼は政府の仕事を辞め、民間の警備会社二社の社長になってボンベイに居を定める。この二社をズールー・シールド（盾）とズールー・スピア（槍）と名づけたが、この名前はまさに、オランダ人の入植を拒否し、その後イギリスとも戦った南アフリカのズールー族への表敬である。このように近未来ファンタジーと帝国の歴史――スタートレックと南アフリカ入植白人たち《フォールトレッカーズ》――が、ズールー氏の二文化混在都市ボンベイで出会うのである。

## 生まれつき翻訳——村上春樹とイシグロ

移住者としてのルシュディの経験がカズオ・イシグロのそれと比較しうるとすれば、アメリカのポップカルチャーに関心が高いという点で、ルシュディはまた別の世界作家、村上春樹[*1]と相通ずるものがかなり多い。村上春樹は成長過程で、トルストイやドストエフスキーと並行してアメリカの探偵小説も読んでいたし、アメリカのジャズに惚れ込み、昂じて二十代前半に妻とジャズ喫茶を開店したほどで、それが彼の最初の職業だった。魯迅や芥川もそうだが、村上春樹は翻訳もたくさん手がけていて、彼がその文体を称賛しているレイモンド・カーヴァー[*2]などのアメリカ人作家の作品を中心に邦訳している。イシグロと同じで、村上春樹も翻訳文のように感じられる文章を書くと評されてきたが、彼の場合は英語から日本語であってその逆ではない。実際、中篇小説を英語で書き始めて、それを日本語に直すことで作家としてのヴォイスを見つけたというのは有名な話である。二〇一五年のエッセイで書いているように、限られた数の単語と構文しか使えないという制約があったので、英語で書いてみた小説の出だしは「ずいぶん無骨な文章」になった。

そして机に向かって、英語で書き上げた一章ぶんくらいの文章を、日本語に「翻訳」していきました。翻訳といっても、がちがちの直訳ではなく、どち

＊1　村上春樹（一九四九―）デビュー作の『風の歌を聴け』以来、国内外で広く読まれ続けている現代日本の作家。世界五〇か国語以上に翻訳されている。代表作に『ノルウェイの森』『ねじまき鳥クロニクル』など。アメリカ文学の造詣が深く、文体にその影響がみられ、村上自身もレイモンド・カーヴァーやフィッツジェラルドなど数多くの現代アメリカ作家の翻訳を手がけている。

＊2　レイモンド・カーヴァー（一九三八―八八）北米の短篇小説家、詩人。庶民の生活、特に貧困層やアルコール中毒者の生活を多く描いた。簡潔な文体によって作品を構築していくスタイルは「ミニマリズム」と呼ばれる。代表的な短篇集に『大聖堂』『頼むから静かにしてくれ』など。

らかといえば自由な「移植」に近いものです。するとそこには必然的に、新しい日本語の文体が浮かび上がってきます。それは僕自身の独自の文体でもあります。僕が自分の手で見つけた文体です。そのときに「なるほどね、こういう風に日本語を書けばいいんだ」と思いました。まさに目から鱗が落ちる、というところです。(62)

ルシュディが自身を「翻訳された者」としてとらえているのであれば、村上春樹は文字通り自己翻訳した作家として始めたということになる。だが同じエッセイの中で、自分の文体がアメリカナイズされた翻訳語みたいなものだと思われることには異議を唱えている。

僕がそこで目指したのはむしろ、余分な修飾を排した「ニュートラルな」、動きの良い文体を得ることでした。僕が求めたのは「日本語性を薄めた日本語」の文章を書くことではなく、いわゆる「小説言語」「純文学体制」みたいなものからできるだけ遠ざかったところにある日本語を用いて、自分自身のナチュラルなヴォイスでもって小説を「語る」ことだったのです。(63)

スミエ・ジョーンズ[*1]が書いているように、「日本の作家の誰よりも自覚的に、村上は生身の日本人なら実際には使わないような日本語を捏造している。それは必ずしも翻訳を念頭において作り出したというわけではなく、アメリカの英語やアメリカ文学を含む彼の個人的言語システムの産物として生まれた言語なのだ」(64)。

＊1　スミエ・ジョーンズ（一九三七―）　日本生まれ、アメリカの比較文学研究者。インディアナ大学名誉教授。専門は一八―一九世紀の東西比較文学・比較芸術。江戸時代の文学・文化に関する論文が多い。

似たようなことはカズオ・イシグロにも言える。イシグロもいわば独自の国際的文体を編み出し、それが他言語に訳されてもうまく伝わっているのだ。同時に、翻訳を前提として書く作家のことを批判したこともあり、その口ぶりは、ハッチソン・マコーレー・ポズネットが現実の社会的基盤から切り離されたヘレニズム期の世界文学を批判した口調と似通っている。イシグロは大江健三郎との対談でこう述べた。「自分の作品が外国語に翻訳されることを念頭において、翻訳しやすい内容の小説を書こうとしている作家もたくさんいます。そんなものは別に誰も読みたがりはしません。少数者に語りかける緊張感が生み出す本来の力強さのようなものが、そんな作品からは失われていますから」。しかし彼はこう続ける。「ただしたいていの場合は、著者が少数の読者のために書こうが多くの読者を考えて書こうが、作品に深みがあり、伝える真理が深遠なものであればあるほど、インターナショナルなものとなる可能性が強いと思いますね[65]」。

その後イシグロは、国際的作家として次第に名が高まっていくとともに、作家は自分の作品が翻訳されたらどうなるか気にするべきではないとした以前の主張も幾分変えた。二〇〇一年のインタビューで「自分自身にじっくり問うてみる必要があるのです。「この一行には中身があるだろうか。気が利いているというだけではないのか。翻訳された後もその意義は消えずに残るだろうか」とね[66]」。レベッカ・L・ウォルコウィッツは、イシグロが常に退けてきた単なる翻訳語を超えて、彼の小説は「生まれつき翻訳《ボーン・トランスレーテッド》」の作品となっていると主張する。彼女曰く、こうした小説は「作ったり作り変えたりする際に多種多様な文脈があることを認めている。それぞれの国や政治的状況を超えて読まれることをそれらは求めている。翻訳に抗うのではなく翻訳を要求することで、翻訳しやすさという不名誉に打ち勝つのである(67)」。

今日の世界では、イシグロよりはるかに地元志向の作家でさえもグローバルに読者を獲得しうる。イシグロとの対談の中で大江健三郎は、自分の作品が翻訳されるかどうかにはまったく興味がないと述べた。彼は日本人の読者のために、それもある一定の少数の読者、彼と同世代の「ごく限られた」人たちのために書いているのだと主張した(68)。にもかかわらずこの五年後、大江はノーベル文学賞を受賞したのだった。ノーベル委員会――そのほとんど、あるいは全員が翻訳で読まざるをえなかったわけだが――は平然と、一般的な言い方で大江を称えた。曰く授賞理由を「実社会と神話が凝縮された想像の世界を作り上げ、読む者の心を狼狽させるほどいきいきと現代人の苦境を描き出した」としている(69)。作品がいったん翻訳されて本国から遠く離れたところで読まれるとき、もともとのコンテクストから作品は必然的に切り離されるが、同時に新しいコンテクストと文学的関係に流れ込み、作品が生まれた地点から遠く離れた土地の作家にインスピレーションを与えるのだ。

## 語り直される『千夜一夜物語』

翻訳によって発展する作品のきわめて良い例は、現代の多くの世界作家が重要視し続けてやまないある作品、すなわち中世アラブのすばらしい説話集『千夜一夜物語』である。冒頭からグローバル作品の祖であると言える『千夜一夜物語』は、ペルシャ、インド、アラブを起源とした民話で構成されているが、中東では長らく安手の娯楽として流布していたものであり、一八世紀初頭のアントワーヌ・ガラン[*1]による仏訳で初めて世界文学入りしたのだった。ガラン訳の *Les Mille et Une Nuits*『千夜一夜物語』はヨーロッパにおける「東方民話」人気に火をつけ、二〇世紀には多くの書き換えやアダプテーション、パロディが生まれることになったが、インスピレーションを受けた作家はさまざまで、ナギーブ・マフフーズ[*2]、アシア・ジェバール[*3]、イタロ・カルヴィーノ、ジョン・バース[*4]、オルハン・パムクなどが挙げられる。サルマン・ルシュディと村上春樹も近年この古典作品を利用した短篇小説を書いており、この古典的世界文学の、それぞれ別方向に結実した改作を比較することは、両作家の世界文学への貢献を理解するうえで得るところが大きい。

村上春樹の「シェエラザード」(二〇一四)とルシュディの「デュニアザット」(二〇一五)は、どちらも大まかには『千夜一夜物語』の枠物語に基づいている。

＊1　アントワーヌ・ガラン(一六四六—一七一五)フランスの東洋学者。『千夜一夜物語』はガランの仏訳によって初めてヨーロッパに紹介された。

＊2　ナギーブ・マフフーズ(一九一一—二〇〇六)エジプトの作家。代表作の「カイロ三部作」など、エジプトを舞台とする小説を多く書き続け、作品の多くは映画化された。一九八八年アラビア語圏の作家として初めてノーベル文学賞を受賞。『シェヘラザードの憂愁』は『千夜一夜物語』の終わった翌日から物語が始まる。

＊3　アシア・ジェバール(一九三六—二〇一五)アルジェリア生まれの作家、映像作家。アルジェリア出身の女性として初めてフランスの女子高等師範学校に入学し、在学中からアルジェリア民族解放戦線を支持する作品を書く。代表作に『渇き』『愛、ファンタジア』など。

＊4　ジョン・バース(一九三〇—二〇二四)ポストモダニズムの代表的な北米の作家。初期はニヒリズム色が強いリアリスティックな作風であったが、のちに実験的な作風に転

その枠物語とは、嫉妬に狂った王シャフリヤールの怒りを美しく博学なシェヘラザードが静めるというもので、王は妻の不貞を知ってから新妻を迎えては処刑する所業を毎晩繰り返していた。この大量虐殺を止めるためにシェヘラザードは王との結婚を承諾するが、性交後に王が処刑命令を出す直前に妹のドゥンヤザードが口をはさんで物語をねだるように仕組む。するとシェヘラザードは聴く者を楽しませる話を始め、夜明けが近づくと中断して、翌晩も物語の続きを聴きたいがために王が処刑を延期するように仕向け、ついには千一夜が経って王の嫉妬の怒りがおさまる。

サルマン・ルシュディは、『真夜中の子供たち』から『ハルーンとお話の海』（一九九〇）と現在に至るまで多くの作品で『千夜一夜物語』を援用している。「デュニアザット」を書いた時点ではすでにニューヨーク在住一〇年半を経ており、この作品が『千夜一夜物語』だけでなく、ジョン・バースの短篇小説「ドニヤーザード姫物語」の書き換えでもあることがわかる。「ドニヤーザード姫物語」は、全米図書賞フィクション部門を受賞した三篇構成の短篇集『キマイラ』（一九七二）の最初の作品である。バースのきわめてメタフィクション的な作品は、語りの力、もっと具体的に言うと作家の中年の危機を打開するための物語の力について熟考している。語り手はシェヘラザードの妹ドニヤーザードで、二〇世紀アメリカから親切な魔神がやってきて、処刑されないように毎晩シェヘラザード

ずる。代表作に『酔いどれ草の仲買人』『やぎ少年ジャイルズ』など。

がする話を提供してくれる経緯を語る。その魔神（姿形がバースを思わせる）はシェヘラザードの窮地を救い、同時に新しいインスピレーションを受ける。本国アメリカで彼は作家としてスランプに陥り、恋人とも結婚に踏み切れずにいることに悩んでいたが、シェヘラザードに夜な夜な物語を語ることで実質上その物語著者になり、作家としても恋人としても若返るのだ。見失ってしまった物語を書くための鍵を探す必要もなくなり、彼は「「鍵」と「宝」が同一で［中略］宝を開く鍵こそ宝なのだ」[70]と悟る——それは、語り、語り直すことにおいてバースがシェヘラザードとドニヤーザードを見習いうる、自己言及的な語りの枯れることなき泉である。

ルシュディは、バースの作品を改訂するにあたり、性的にも作家的にも危機にある中年男性というバースのテーマに、独裁主義的な世界で苦闘する宗教と無関係な知識人についての熟考を結びつけた。舞台をイスラム支配下の中世イベリアに設定し、そこでは哲学者イブン・ルシュド*1がアンダルシアの裁判所で国外追放を宣告されている。死んだ宿敵の悪意に満ちた力が彼を追放したのだが、宗教的な疑念や懐疑主義を一切認めない独断的かつ独裁的なその聖職者は、明らかにアーヤトッラー・ホメイニの前世の姿である。国を追われたイブン・ルシュドは小さな町でかろうじて暮らしていて、自分の人生は終わったと思い込んでいるが、ミステリアスで魅惑的なドゥニャが玄関先に現れて同居し始めるところから彼の

＊1　イブン・ルシュド（一一二六?—九八）ラテン名アベロエス。コルドバ生まれの哲学者、裁判官、医師。アリストテレス作品の優れた注釈によって後世の思想に多大な影響を与えたが、晩年は異端者の疑いを持たれ、国外追放された。

人生が変化する。ドゥニャは魔神で、繁殖力と性的欲求が旺盛である。ドゥニャがいてくれることで元気づけられるものの、彼女の欲求にはついていけないと年老いた哲学者が実感するという設定は、ルシュディ自身の四度目の結婚が反映しているのかもしれない。テレビでおなじみの若く美しいインド系アメリカ人パドマ・ラクシュミとの結婚の破綻は、タブロイド紙でさんざん書き立てられた。

作品の終盤、哲学者はドゥニャと一〇〇一の昼と夜を過ごした後でひっそりと死ぬのだが、それまでに二人の間には複数の子どもたちが誕生していて、「彼の庶子たちは各地に散っていき〔中略〕地球のあちこちに住み着いた」。彼らの定住先はインドと北米が多く、「「凝集」として知られる現象のおかげであり、これは任意的分布の一部を成す不思議な論理だ」(71)。彼らはひとまとめにしてイブン・ルシュド族、略してルシュディーズという名で知られることになる。事実上ルシュディはここで、自身の作品は世界中で縦横無尽に流通し、その過程でたくさんの模倣者や後継者を生み出しているのだから、ファトワも時間そのものも無効にする力があると喧伝しているのである。『千夜一夜物語』とこのアンダルシアの哲学者とを結びつけることで、ルシュディは一家の言い伝えに根ざす「ルシュディーズ」の系譜を作り上げている。二〇一二年に自ら書いたように、実際に彼の父親がこの名を選んだのだった。

インド人の家庭は名前の意味を非常に気にする。私もずっと、自分で書いた小説の登場人物に関してやはり同じように気にしてきた。［中略］ルシュディという名は一二世紀のスペイン系アラブ人哲学者イブン・ルシュド――西洋世界にはアヴェロエスの名で知られる――に由来する。当時、進歩的で発言力のある立派な人物の一人だった。一二世紀は、イスラム内部で革新勢力と保守勢力とが戦っていた時代である。「ルシュディ」はまさしく前者の部類である。この名を父が選んだことは興味深い。結局私も同じ戦いの渦中にある。父が選んだ名の驚くべき予言力のなせる業だ。[72]

二〇一四年一〇月、「デュニアザット」が『ニューヨーカー』に掲載される八か月前に、同誌は村上春樹の「シェエラザード」を発表した。この作品は同じ年の前半に日本語で出版された『女のいない男たち』という短篇集に収録されているが、その題名 *Men Without Women* はヘミングウェイによる一九二七年の短篇集のものでもある。村上春樹の短篇集の翻訳は、ドイツ語版が二〇一四年、中国語版は二〇一五年、ポルトガル語が二〇一六年、英語版が二〇一七年に出版された。したがって村上春樹の「シェエラザード」はルシュディの作品の「庶子たち」と同じ速さで世界に流通しているわけだが、村上春樹の作品では、グローバリゼーションが日本の中に、それもごく局所的に、閉所恐怖症的なある一室の空間にも押し寄せていることがわかる。そしてここでは『千夜一夜物語』を、さらには物語を語ること一般を誇らしげに喚起する態度がかなり薄れていることもわかる。村上春樹のシェエラザードは、『千夜一夜物語』の伝統に則った若く純粋な女性ではない。三五歳で夫と二人の子どもがいる身の上であり、愛人（あるいは顧客）の羽原と寝た後に話を語って聞かせるのだ。彼女は太り出していて、顔には「焦点のようなものが見当たらず、とりとめのない印象しか人に与えなかった」。通りですれ違う人が目にとめるような人ではないし、空飛ぶ絨毯とは隔絶した世界にいて、古いモデルで汚れた青のマツダを運転している。

羽原の背景は謎めいており、どうやら保護命令か何かで共同住宅の一室に幽閉されているらしい。「外に出ることもできない」とあり、彼がテレビを見ないことやインターネットにもアクセスしないのには「もっともな理由がある」と語り手は言う。しかしどんな理由なのか読者は教えてもらえない。軟禁のような形で外界との接触が絶たれているが、羽原は実のところそれほど苦にしておらず、「おれ自身が孤島なのだ」と言う。彼がシェエラザードとあだ名をつけた女を恋しがることもまずないのだが、ただ毎回語ってくれる話だけは例外で、彼女はいつもそれを佳境で中断する――夫と子どもたちに夕食を作るために午後四時半になると帰途につかねばならないのだ。しかしなぜか羽原と寝ることは厭わず、ただ「その行為は義務的というのではないけれど、とくに心がこもっているというものでもなかった」[73]。

彼女が語る話は変わっている。前世はやつめうなぎだったと彼女は信じていて、餌食にする魚が来るのを待ちながら湖底に吸い付いている自分を想像する。あるとき、巨大なすっぽんが「『スターウォーズ』に出てくる悪い宇宙船みたい」に通り過ぎるのを目にした。——ルシュディ的なアメリカ映画への言及である。羽原にしてみれば、自身の前世をたどりたいわけではない。「正直なところ前世のことを思い出したいという気持ちもなかった。今ここにある現実だけで手一杯だ」[74]。三島由紀夫の『豊穣の海』四部作の中心テーマがまさに転生であることを思い起こせば、このくだりは前世と来世に対する三島の強いこだわりへの皮肉ととらえてもいいだろう。アメリカの村上春樹の公式ウェブサイトで、『海辺のカフカ』に関連して挙げられている推薦図書にここで注目してもいいかもしれない。カフカの『城』に加えて——そしてイシグロの『浮世の画家』も——『豊穣の海』がリストアップされている。

村上春樹の短篇で、「シェエラザード」が語る主な話は高校時代の同級生への秘めたる片思いである。思いつめるあまり彼女は相手の家にこっそり侵入するようになり、「愛の盗賊」だったのだと言う。彼の鉛筆一本を盗み、タンポンを置いて帰る。二回目の訪問時には、彼が書いた夏目漱石の『こころ』の読書感想文を読み、その文句のつけようのない字だけで優に値したと話す。羽原は彼女の話と自分の夢とをごく手短に日誌につけている。『豊穣の海』の松枝清顕の夢日記とオリジナルの『千夜一夜物語』に登場するハールーン・アッラシードが子孫のために話を記録しておくよう求めたこととの交錯と言える。だが羽原のシェエラザードは彼をもう一度元気づけるのではなく、彼女の人間らしくないアイデンティティの中に消え入りたいと思わせるだけなのだ。

自分が別の世界にいて、あるいは別の時間にいて、やつめうなぎであったら――羽原伸行という限定された一人の人間ではなく、ただの名もなきやつめうなぎであったなら――どんなによかっただろうと羽原はそのとき思った。シェエラザードと羽原はどちらもやつめうなぎで、こうして並んで吸盤で石に吸い付き、水の流れにゆらゆらと揺れながら水面を見上げ、偉そうに太った鱒が通りかかるのを待っているのだ。(75)

彼の生活がどこにも向かっていないのであれば、彼女の話もまたそうである。物語を語り続けた年月の間に産んだ三人の子どもをシェヘラザードが王に引き合わせたという『千夜一夜物語』のハッピーエンドの代わりに、村上のシェエラザードは、片思いの相手と不思議な再会を果たし、それには彼の母親が関係しているという話を次回すると言って、最後の話をクライマックスの手前で中断する。だが語り手もやはりここで話を切ってしまう。読者は羽原と共に、彼女はもう戻らずその話も完結しないのではないかと心配したまま放置されるが、それが当たっているのか間違っているのかは知りえない。そんなムードでこの謎めいた物語は終わるのである。

この作品〔の英訳〕が『ニューヨーカー』に発表されたとき、前提となっている状況についてインタビュアーが訊ねると、村上春樹はこう答えた。

　悪いけど、どんな出来事のせいでああいう状況になったのか僕にも正確なところはわからない。もちろん、僕は原因となったかもしれないことはいくつか思いつくのだけど、読者もそうであってほしい。別にすごい謎にしたいわけじゃなくて——実際、読者と僕の仮説を選んでそれぞれの上に組み立てれば、作家と読者のコミュニケーションの貴重な形になりますよね。大事なのは羽原がなぜああいう境遇なのかということではなくて、僕たちが似たような状況にあったらどう行動するか、なんです[76]。

我々はまさにポストモダン[*1]の世界に生きていて、アラン・ロブ＝グリエ[*2]が言ったように、ここでは主人公も作家自身も何が起きているのかよくわかっていない。村上春樹のポストモダン小説はジョン・バースやドン・デリーロ[*3]とよく比べられ、たしかに「シェエラザード」はバースの「デュニアザット」と比較しうるが、ジョン・バースの語り手やルシュディのイブン・ルシュドと違って、羽原の中年の危機は『千夜一夜物語』で救われるわけではない。結末で、彼は性行為も物語も両方失うことを想像している。

　シェエラザードばかりか、あらゆる女から遠ざけられてしまうことになるかもしれない。その可能性も大きい。そうなれば、もう二度と彼女たちの湿っ

＊1　ポストモダン　文字通りには「近代後」「脱近代」。近代の目指した合理主義や秩序を乗り越えていこうとする芸術・思想の潮流全般を指し、二〇世紀後半に様々な分野で展開した。文学においては、矛盾のない秩序や「大きな物語」を批判して、首尾一貫したプロットを解体し、断片性や遊びの要素を打ち出し、物語の状況や意味を明確にしない、などの特徴を持つものが多い。

＊2　アラン・ロブ＝グリエ（一九二二—二〇〇八）ヌーヴォー・ロマンの代表的なフランスの小説家、映画監督。小説に『消しゴム』『嫉妬』など。アラン・レネ監督『去年マリエンバートで』の脚本を手がけて以降、自らも映画を撮るようになる。

＊3　ドン・デリーロ（一九三六—）ポストモダニズムを代表する北米の小説家の一人。長篇『ホワイト・ノイズ』『アンダーワールド』など。

た身体の奥に入ることもできなくなってしまう。その身体の微妙な震えを感じ取ることもできなくなる。しかし羽原にとって何よりつらいのは、性行為そのものよりはむしろ、彼女たちと親密な時間を共有することができなくなってしまうことかもしれない。女を失うというのは結局のところそういうことなのだ。現実の中に組み込まれていながら、それでいて現実を無効化してくれる特殊な時間、それが女たちの提供してくれるものだった。そしてシェエラザードは彼にそれをふんだんに、それこそ無尽蔵に与えてくれた。そのことが、またそれをいつか失わなくてはならないであろうことが、彼をおそらくは他の何よりも、哀しい気持ちにさせた。(77)

現実に組み込まれながら同時にそれを無効化するというシェエラザードの尽きることのない力は、文学そのものの簡明な定義であるが、この可能性は羽原の生活から遠のいていく。バースの作品では宝への鍵が宝であるわけだが、ここではそうではなくて、鍵はシェエラザードがのぼせ上がっている少年宅の玄関マットの下に隠された単なる家の鍵として再登場する。彼女はその鍵を使って彼の家に忍び込むが、少年の母親が疑念を抱く。鍵は消え、彼女は締め出されてしまうのだ。

少年が高校の読書感想文のテーマにした『こころ』を別にすれば、作品内で言及される文化はいずれも西洋のものばかりで、ピカソ、『スターウォーズ』、『千夜一夜物語』、ローマ帝国の歴史などが出てくる。マシュー・チョジックが言ったように「村上の作品では現代日本の文化、会社、作曲家や芸術家が話題になることはめったにない。主人公たちは日本のポップスターの歌詞を口ずさんだりしないし、勤勉な「サラリーマン」像に当てはまることもないし、カラオケ店の常連でもない。対照的に、国際的に良く知られた英米の企業や映画、作家、バンドが頻繁に引き合いに出されるのだ」(78)。チョジックが主張するには、村上春樹が国内でも海外でもこれだけ成功しているのは、太平洋の両側の読者たちにとって親しみのある西洋文化を取り込んでいるからで、日本の読者は村上春樹を西洋的だと思い、西洋の読者は日本的だと感じる。彼の日本語の文章――タイトルに至るまで――の中に英語由来の外来語が頻出するのも一因ではあるが、その外国っぽさは英語に翻訳すると消えてしまうのだ。

この問題は、カズオ・イシグロと大江健三郎との対談で話題になっている。三島と村上春樹は「本物の」日本の作家と言えるだろうか。イシグロは翻訳されることを目的として書いているのか。大江は、東京出身の三島と違って自分は田舎育ちだから、日本国内の周縁的作家だと自認していると話す。大江とイシグロは、三島が海外で人気があるのは西洋が抱く日本神話に準じているからだという見方で一致しており、大江はエドワード・サイードのオリエンタリズムを引き合いに出している。だが大江はこう付け加えてもいる。これが私の本物の姿であって、西洋が押し付けたものではないというのが三島の主張だったのだと(79)。イシグロの方は、日本についてリアルに書けるほどには日本を知らなかったのです、と言っている。彼の両親は常に日本へ帰るつもりでいて、それでいてイギリス滞在を延長し続けていたのだが、家庭内では日本語で話すだけでなく、日本語の雑誌や本を息子に与えてもいた。イシグロ曰く、「「他国」としての日本、僕にとって非常に重要な「他国」なんですが、この国にはとても強烈なイメージと心の底での深い結びつきを抱きながら、僕は大人になっていったんです。〔中略〕イギリスにおいては常に日本とはこういうところだという、いってみればイメージとしての日本を作り上げていたわけです(80)」。自分のインターナショナルな文体は、祖国を離れて育ったことに由来していることを自認している。

日本に関する拠り所となるような知識が欠如しているぶんは、想像力でそれを補わなければならなかったわけで、自分自身を祖国のない作家とでもいうか、そのように思ってきました。僕には明白な社会的役割がない、なぜなら僕はイギリス人的なイギリス人でも、日本人的な日本人でもありませんでしたから。〔中略〕どの国の歴史も、自分の歴史には思えなかった。ですから必然的にインターナショナルな手法で小説を書いていかざるを得なかったんだと思います(81)。

インターナショナルな作品が話題にのぼったところで、大江は村上春樹がニューヨークで広く読まれ始めていることに触れ、村上春樹のアメリカでの成功を称賛するが、それは慎重かつ半ば批判も交じったものになっている。

村上春樹さんが日本語で書いて、それをアメリカ語にすればそのままニューヨークに抵抗なくすっと入っていける、こういう文体というものは本当は日本語の文学でもないし、英語の文学でもないのではないかという疑いを僕は持っています。そうした疑問点はありますけれど、しかし現に今日本の若い作家がアメリカで広く読まれているということを、僕は日本文化のために喜んでいます。三島さんにもできなかったこと、安部公房[*1]にもできなかったこと、それを今若い作家がやっていると思うからです。(82)

村上春樹もイシグロと同じで――村上春樹はイシグロのことを好きな現代作家の一人と述べている――自分が関わってはいるが完全に属しているとは言えないさまざまな文化に由来する素材を組み合わせて使うことが珍しくない。(83) 先に引用したマシュー・チョジックの主張を、村上春樹は国外でもよく知られている素材だけにいつも頼っているわけではない、と修正してもいいのかもしれない。自分の小説を豊かにしてくれるものを目立たない形で使うこともよくあり、それがどこの国の読者ならわかってどこの国の読者にはわからないということには拘っていないのだ、と。

キプリングがインドの風習を外国の読者に説明するように、時には村上春樹も登場人物に日本文学のインターテクスト[*2]についてまともに論じさせることもある。

＊1　安部公房（一九二四―九三）日本の小説家、劇作家。超現実的な手法で人間の不条理を描く前衛的な作品で知られ、海外でも高く評価された。代表作に小説『壁』『砂の女』、戯曲『友達』など。

＊2　インターテクスト。→154頁。

『海辺のカフカ』では、一五歳の「カフカ」が家出をして地方の図書館に居場所を見つけるが、そこで彼はリチャード・バートン版[*1]の『千夜一夜物語』と漱石全集を読んで過ごす。ある時点でカフカと図書館司書助手の大島は生き霊が出てくる話として『源氏物語』を話題にし、大島がカフカに現代語訳で『源氏物語』を読むように勧める。するとカフカは、怨念ではなく愛のために霊になる場合もあるのかと訊ねて、大島は『雨月物語』の中にある「菊花の約《ちぎり》」の話をする。この二つの素材は日本人読者と外国人読者ではおそらく受け止め方が異なるだろう。日本人の大半は両方とも知っているだろうが、日本国外では上田秋成が書いたこの物語を読んだことがある人はほとんどいないだろう。村上春樹は大島に説明させて、ここで言及している古典作品のポイントを理解するのに必要なすべての情報を日本人読者にも外国人読者にも同様に与えているのである。

　村上春樹の「シェエラザード」をさらに見ていくと、このきわだってインターナショナルな作品の枠組みは実のところ日本のみならずアメリカにも由来しているとわかる。「シェエラザード」は『千夜一夜物語』とヘミングウェイと芥川龍之介の三重の書き換えであるととらえるのが最適だと私は言いたいのだ。村上春樹は最近出たペンギン版の、「羅生門」と「藪の中」が収録されている芥川選集に、長く好意的な序文を書いた。その序文で村上春樹は、特に芥川の文体を褒めていて、自分の好きな日本人作家として漱石と谷崎に次ぐ第三位に位置づけている。(84)

＊1　リチャード・バートン（一八二一—一八九〇）イギリス生まれの探検家、著述家。アラビアのメッカやアフリカ奥地を探検し、タンガニーカ湖を発見。探検記を残す。また数十か国語に通じ、バートンによる『千夜一夜物語』の英訳は、数ある翻訳の中でももっとも収録物語数が多い完訳版とされている。

実際、村上春樹の「シェエラザード」は「藪の中」とかなり共通点が多い。芥川の作品もそうだが、二重の謎が仕掛けられている。不確かな犯罪が漠然と相反したり重なり合ったりする話を通じて提示され、決定不能のまま残される。村上春樹バージョンでは、シェエラザードの完結しない話があり、彼女が語ったことについての羽原による部分的な語りがあり、そして彼自身の性的もしくは政治的な犯罪があるが、それは繰り返しほのめかされはするものの、決して明らかにはされない。しかもこうしたいずれも不完全な話が芥川式とヘミングウェイ式との中間物とも言える報道記者のような形式で語られる――あるいは語られない――のだ。キプリングと同じく、アーネスト・ヘミングウェイもまたジャーナリストとして働いたことがあり、その経験が自身の著作の主題と文体両方に多大なる影響を及ぼした。ヘミングウェイの *Men Without Women*『女のいない男たち』(85)が一九二七年に出版されたとき、批評家ジョゼフ・ウッド・クラッチ[*1]は、「非常に粗野な人々」を扱った「下世話でろくに結末もない」作品だとけちをつけたが、ヘミングウェイの文体だけは称賛した。「このうえなく入念にありのままを報告しているように感じられ、それでいて単調にならずに単調さを再現している」(86)。

## 多国籍な新宿ディストピア――村上龍『イン ザ・ミソスープ』

日本人作家と国際的作家の両方で村上をとらえるコンテクストに、もう一人の

＊1　ジョゼフ・ウッド・クラッチ（一八九三―一九七〇）北米の批評家、自然誌研究者。自然をテーマとした著作や、ソローやサミュエル・ジョンソンらの伝記で知られるほか、『ネーション』誌の劇評を長く担当したことでも有名。

村上との比較も含めることができる。『トパーズ』などの映画制作もしている、春樹のディストピア的双子とも言うべき村上龍[*1]である。一九九七年の小説『イン・ザ・ミソスープ』も日米の文化を、といっても小説というより映画を並置し、ここでもポストモダン、ポスト帝国主義の世界における犯罪と性的疲弊を表現している。語り手のケンジは、買春目的の外国人旅行者を相手に通訳兼ガイドをしており、顧客の大半はアメリカ人である。サルマン・ルシュディの登場人物がロンドンとボンベイの間でどちらとも決めかねてさまよっているのと対照的に、村上の描く東京は、誰か別の人になりたいという欲望をまったく持たない人々が生息する都市である。ケンジが認めるように、「この国は基本的に外国人に無関心で」ある(87)。この閉鎖性は残念なことかもしれないとケンジは感じてはいるものの、そのおかげで彼の生活基盤が成り立っている。つまり、ここで繁盛している性産業は国内消費用に設定されているので、日本語を話せない外国人には事情通の助けが必要になるのだ。ケンジはこのサービスを提供し、たっぷりと報酬を得ている。

日本人は外国人にほとんど目を向けないかもしれないが、日本は生産でも消費でもグローバルな消費文明にどっぷり浸かっている。模倣と交換の対象はもっぱらアメリカに集中している。日本のメディアはロサンゼルス・ドジャースのスター選手である野茂英雄[*2]が登板する試合はすべて報道するし、マイケル・ジョーダン[*3]が趣味で出かけるゴルフについて逐一最新情報を伝えさえする。この小説で、

＊1　村上龍（一九五二―）日本の作家。小説に『限りなく透明に近いブルー』『コインロッカー・ベイビーズ』など。文学のみならず音楽、映画、スポーツに関する執筆や映画監督など多方面で活動する。

＊2　野茂英雄（一九六八―）元プロ野球選手。近鉄バファローズで投手として活躍後、一九九五年にロサンゼルス・ドジャースに移籍。日本人メジャーリーガーの草分け的存在として、数々のめざましい記録を残した。

＊3　マイケル・ジョーダン（一九六三―）アメリカの伝説的元プロバスケットボール選手。シカゴ・ブルズに所属し、チームをNBA三連覇に導いた一九九三年に引退。その後プロ野球に転向したり、NBAへの復帰と引退をくり返す等、その動向は長年注目の的だった。

日本人消費者はアメリカを自分たちの夢のショッピングモールだと考えていて、それはアメリカ人の客に英語が上手だとお世辞を言われた売春婦の言葉に表れている。

「そんなことない、もっとうまくなりたいんだけど、なかなかむずかしい、わたしはお金を貯めていつかアメリカに行きたいの」。

「そうなのか、アメリカで学校に行きたいのかな」。

「学校はダメ、わたしは頭が悪いから、そうじゃなくて、ナイキタウンに行きたいの〔中略〕一つのビル全部がナイキショップなの〔中略〕わたしの友達が行ってきて、その子はスニーカーを五個も買ってきたの、わたしも行ってたくさん買い物するのが夢なの(88)」。

アメリカ文化の横溢は題名にも劣らないほど早々から提示されるのだが、その書名自体原語では表音文字であるカタカナでの表記になっている。『イン ザ・ミソスープ』——味噌汁ではなく「ザ・ミソスープ」と英語をカタカナ書きにした上で、さらに英語のイディオム（「困ったことになって」を意味する“in the soup”）をかけた似非日本語なのである。小説内の東京は、元の意味やコンテクストを無視したアメリカ名やフランス名がついた商用建造物であふれている。これが変だと思う唯一の人物がケンジの顧客(89)であるアメリカ人のフランクで、「タイムズ・スクエア」という名前の百貨店に面喰う。「だって、タイムのビルがあるからタイムズ・スクエアっていうんだよ、あそこにはタイムのビルはないだろう」とフランクは言ってさらにこう続ける。「戦争に負けたのもずいぶん昔のことだし今さらアメリカの真似なんかする必要ないじゃないか」[90]。ケンジは途方に暮れて話題を変える。

村上龍はアメリカと日本を中心と周縁として見るのではなく、パラレルな社会として見ている。日本の消費者はハリウッドスターを真似しようと無駄な努力をしているのかもしれないが、アメリカ人たちもそれは同じである。最初にケンジに会う約束をする際に、フランクは自分の特徴を『アポロ13』などの映画に出演したアメリカ人俳優エド・ハリスに似ていると説明する。だがホテルのバーで落ち合ったとき、エド・ハリスにはまったく似ていないとケンジは思う。「証券会社のセールスマンのようだとおれは思った。ただしおれは証券会社の本物のセールスマンを間近で見たことがない。つかみどころがなく顔つきや服装が平凡な人間を見ると証券会社のセールスマンのようだと思う癖がついているだけだ」[91]。

村上龍の多国籍な世界は文化的にも感情的にも平らな空間で、そこでは日本とアメリカが似通ってくる。ノンポリのケンジはこのことをフランクから学ぶ。フランクはある分析をケンジに話すのだが、それは彼がペルー人売春婦から聞いた話であり、その彼女はレバノン人ジャーナリストから聞いたという、日本をめぐる情報のまさにグローバルな伝播にふさわしい。その要点は「日本人はどこか他の民族に国を占領されたり、虐殺されたり、国を追われて難民になったり、独立するために多くの人が死んだりという歴史的苦難を味わっていない」一方で、「ヨーロッパも新世界も基本的にはそういう侵略と混血の歴史を持ってい」る。フランクがケンジに話す通り「それが国際的な理解の基本になっている」が、「アメリカ合衆国の場合を除けば、そんな国は世界中で日本しかない」[92]。かつては関連のなかった両国の歴史が互いに近寄り、今や日本とアメリカは多国籍企業による新たなグレート・ゲームの主力プレーヤーであって、世界中の消費者を被植民者にし、その結果生じる孤立、孤独、秘めたる狂気は両国とも互いに引けをとらない。同書ではフランクがその最たる事例である。彼はトヨタのラジエーターを東南アジアからアメリカへ輸出するビジネスマンのふりをしているが、実際は売春婦を餌食にする流れ者の殺人鬼で、その手口はところどころ映画『羊たちの沈黙』[*1]を手本にしている。

『イン ザ・ミソスープ』はノワール・スリラーと社会諷刺とが混じった痛烈な作品である。村上龍はこの小説を通じて、日本人読者にグローバルな世界での自分たちの位置を考え直すよう促している。フランクは最初とりわけ醜悪なアメリカ人として登場するが、物語が展開するにつれて、人間性を奪う現代という時代の殺伐とした真実の代弁者となっていく。フランクは本書の終わり近くでこう言う。「今全世界的に、管理が強化されているから、ぼくのような人間は増えると

＊1　『羊たちの沈黙』　トマス・ハリスの同名小説を原作とした、一九九一年公開のアメリカのサイコサスペンス映画。第六四回アカデミー賞の主要五部門を受賞した。

思う」[93]。ケンジは、興味と恐怖がない交ぜになった気持ち——コンラッドの小説『闇の奥』でマーロウがクルツに覚えた感情——でフランクに見入り、だんだんとガイドする側からガイドされる側に役割が移る。ケンジは小説の終わり近くで「これまで足を踏み入れたこともないようなところに、心とからだが引きずり込まれているのは確かだ。まるで秘境を旅していて、ガイドの話を聞いているような気分だった」と認める[94]。首都東京の眩いネオンの裏に隠された闇の奥を、この外国人訪問者が暴いて見せるのである。

## グローバル・バイリンガリズム

もっぱら東京の限られた地区だけを舞台にしている『イン ザ・ミソスープ』は、多国籍的な物語を「グローカル」[*1]に落とし込んでいる作品である。大半の日本人作家は日本で暮らしながら仕事をしており、作品におけるグローバリゼーションも主に日本に入って来ている様子を描写しているが、なかには、たとえば三島の『暁の寺』のように海外を舞台にした小説もある。日本人作家が海外に長期間滞在するケースもますます増えるだろう。例えば、村上春樹は一九八〇年代から一九九〇年代前半に在外生活をしたし、芥川賞と谷崎賞を受賞した小説家・詩人の池澤夏樹[*2]は一九七〇年代にギリシアで数年、一九九〇年代はフランスに五年住んでいた。池澤は現代ギリシア語と英語の翻訳を数多く手がけ、全三〇巻の現

＊1　グローカル　「グローバル」（地球規模の）と「ローカル」（地域的な）を組み合わせた造語。

＊2　池澤夏樹（一九四五―）日本の小説家、詩人。エッセイ、英語・ギリシア語翻訳、世界文学全集・日本文学全集の編纂なども手がける。ギリシア語からの翻訳にテオ・アンゲロプロス監督の映画の日本語字幕や『カヴァフィス詩集』がある。

代世界文学全集の編纂もしている。彼の小説の何作かは外国を舞台にしていて、たとえば『マシアス・ギリの失脚』（一九九三年。英訳は二〇一二年出版、*The Navidad Incident: The Downfall of Matías Guili*）の舞台は架空の南方の島であるし、『花を運ぶ妹』（二〇〇〇）は若い日本人がバリで麻薬取引に巻き込まれる不運を描いている。

出生地からさらに離れて、他国に永住する作家もいる。このような移住をした場合、かつては故国との活発な関係が絶たれることも珍しくなかった。政治亡命ならなおさらで、ウラジーミル・ナボコフのような作家は望んだとしても母国には戻れなかった。しかし、そんなやむにやまれぬ事態は別として、渡航や連絡の困難はしばしば故郷を記憶の彼方に押しやり、帰郷の機会が減って、いざ帰ってみると気まずい思いをすることも珍しくない。キプリングは一八八九年にインドを発ってからは一度も戻らなかった。ジェイムズ・ジョイスはイタリア移住後にアイルランドへ帰ったのはたった一度きりで、もう二度と行かないと断言した。ジョゼフ・コンラッドは一六歳だった一八七四年にポーランドを出て船乗りになり、一八九〇年にようやく一時帰国したが、会合に集った人々は、彼が[95]幾分よそよそしく、退屈してもいて、話すポーランド語にも「少し外国訛りがある」と感じた。その後コンラッドはほとんど帰郷しなかった。

今日、移住者は着実にあるいは毎日でも故郷の友人や親族と連絡を取り合うことができるようになり、メールやスカイプ、ソーシャルメディアなど手段はさまざまにあるし、旅をするにもかつては何日も、あるいは何週間もかかっていたが、今や一晩飛べば済む問題である。結果として、今日の移住作家は二言語（あるいはそれ以上）を念頭に書くことも多くなった。どちらかの言語を選んで書くにしても、実際に二言語で書く場合でも、両方の言語が頭にはあるのだ。そうした作家たちは、今日のグローバル作品がもつ可能性を示す重要な指標として興味深い。本章の締めくくりに、二〇世紀半ばのクリスティン・ブルック＝ローズと今日の多和田葉子という二人の越境作家を比較することにしよう。両者は、複数言語で活動する作家がグローバルなパースペクティブを自作品にどう取り入れるかを示す好例である。

## 言葉の狭間——ブルック＝ローズと多和田葉子

日独両方の言語で多くの作品を生み出している多和田葉子[*1]は、世界文学において独特の地位にある。日本では芥川賞や谷崎賞、ドイツではドイツ語が母語ではない作家に与えられるシャミッソー賞など、彼女は多くの文学賞を受賞している。松永美穂[*2]が詳述している通り（二〇一〇）、多和田作品の多くは境界や言語を越える問題を扱っている。その一つの良い例が『アルファベットの傷口』[96]（一九九三）

＊1　多和田葉子（一九六〇—）早稲田大学ロシア文学科卒業後、移住先のドイツを拠点に、ドイツ語と日本語の二言語で作家活動を続けている。代表作に『犬婿入り』『雪の練習生』『エクソフォニー』など。『献灯使』の英訳が二〇一八年全米図書賞翻訳部門受賞。

＊2　松永美穂（一九五八—）早稲田大学教授。専門はドイツ語圏文学、翻訳論。ドイツ語文学の翻訳を多数手がけるほか、文芸評論、エッセイなどもある。

であり、日本人翻訳者が主人公の作品である。彼女はカナリア諸島へ赴き、アンネ・ドゥーデン[*1]というドイツ人作家が書いた聖ゲオルクとドラゴンの物語の翻訳に取り組む。いみじくも「ドゥーデン」とは有名な、標準ドイツ語の正書法資料の代表格であるドイツ語辞書の名前だ。多和田作品の翻訳家はこの二言語間の等価物を見出すのに苦労する。シャニ・トバイアス[*2]が主張した通り（二〇一五）、主人公が苦し紛れに生み出す逐語訳が、安定した「起点（翻訳元）言語」と「目標（翻訳先）言語」という考え方にゆさぶりをかけ、彼女は言語と言語の間の「詩的な峡谷」に落ちていく。

村上春樹やイシグロと同様に多和田も不自然で不可解な感じの文章を書き、そのドイツ語の文体はしばしば未知の言語からの翻訳を思わせ、簡潔であると同時に語られていないことがある含みもある。*Verwandlungen*（『変身』――カフカのみならずオウィディウスをも視野に入れている）の題名で発表した一九九八年の講演の中で、多和田はカフカとハインリッヒ・フォン・クライスト[*3]の文体にもこの特質があると述べている。「翻訳ではないのに翻訳の効果をもっているテクストというのは確かにあります。クライストはよくそういうテクストを書きましたし、カフカもそうです。こうした作家たちには、オリジナルなき翻訳を書く能力が備わっているのです」[(97)]。「オリジナルなき翻訳 Übersetzung ohne Original」とはまさに多和田自身の文体を要約した表現である。

＊1　アンネ・ドゥーデン（一九四二―）ドイツの作家。多和田葉子の『アルファベットの傷口』で語り手が翻訳している作品は、ドゥーデンの *Der wunde Punkt im Alphabet* (1995) の表題作。

＊2　シャニ・トバイアス　オーストラリアのモナシュ大学講師　専門は日本学、翻訳論。

＊3　ハインリッヒ・フォン・クライスト（一七七七―一八一一）ドイツの劇作家、小説家。奔放な想像力と写実的な手法とを兼ね備え、すぐれた戯曲・小説を残したが、発表当時は十分に理解されず二〇世紀以降に評価が高まった。代表作に戯曲『ペンテジレーア』『こわれ甕』、小説『ミヒャエル・コールハース』など。

言語や国境の厄介な越境はクリスティン・ブルック゠ローズ[*1]の作品でも中核になっている。彼女はイギリス人の父とアメリカ系スイス人の母との間にジュネーブで生まれ、ブリュッセルで育ち、イングランドの大学と大学院で学んだ。頻繁にフランスを訪れ、「ヌーヴォー・ロマン」[*2]の実験的な作家たちと親しくなった。一九六八年に『狭間』を出版、その年からフランスに永住し、文学と文学理論を教え、アラン・ロブ゠グリエの数作品を英訳した。彼女の最も有名な理論的著作は、フランスで書かれた『エズラ・パウンドのZBC』だった。彼女の小説はたびたび文法的制約を用いているが、それはジョルジュ・ペレック[*3]や「ウリポ」[*4]の他のメンバーがやっていた類のもので、たとえば言語的離れ業であるペレックの小説『煙滅』（一九六九）は、フランス語で一番よく使われる文字eを一切使わず、その結果、女性名詞や女性代名詞が一切存在しない作品となっている。(98)

ブルック゠ローズのブラックユーモアの効いた小説は不当にもあまり知られていない。女性の著作は告白的でリアリズムあるいはリアリズム的なものだという想定が一般的だった時代に、フェミニストの実験主義者として彼女は時代を先取りしていたのだった。後期のエッセイ「見えない作家」で、ブルック゠ローズはこう述べている。批評家たちはペレックやレーモン・クノー[*5]のような男性の実験作家のことはもてはやすのに、私の斬新な工夫は軽視したり無視したりしがちである、と。彼女の創造性が充分に理解された時でも、多言語的なフレーズや地口

*1　クリスティン・ブルック゠ローズ（一九二三―二〇一二）元パリ第八大学教授。英米文学、批評理論を専門とし、一九六〇年代以降は自ら実験小説を発表する。短篇「関係」、「足」が『現代イギリス幻想小説』で邦訳・紹介されている。

*2　ヌーヴォー・ロマン　一九五〇年代頃にフランスで興った前衛的な新小説を指す。アンチロマンとも言われる。代表的な作家にアラン・ロブ゠グリエ、クロード・シモン、ナタリー・サロートなど。

*3　ジョルジュ・ペレック（一九三六―八二）フランスの作家。ウリポに参加し、創作において言語実験を実践する。代表作に『煙滅』『人生 使用法』など。

*4　ウリポ　数学者フランソワ・ル・リヨネと作家レーモン・クノーを中心に一九六〇年に結成された文学サークル「ポテンシャル文学工房」（Ouvroir de littérature potentielle）の略称。言葉遊びと数学的手法を駆使して新たな文学形式を見出そうとした。

*5　レーモン・クノー（一九〇三―七六）フランスの小説家。シュ

に満ちたその作品はすみやかな翻訳を拒む。翻訳の問題は、同時通訳者が主人公の小説『狭間』（一九六八）では特に前景化されている。会議から会議へとヨーロッパ中を移動するせいで、主人公の生活は国と言語、人間関係の間で宙づりになる。その状況は小説全体を通じて作者ブルック＝ローズが用いている文法的制約によって表現されている。すなわち、代名詞"I"は一度も出てこないし、be動詞もまったく使われていないのである。

『狭間』は、現代のZwischenwelt「はざま・界」で生きていくことを中心テーマとしている多和田葉子を先取りしている。多和田作品はクリスティン・ブルック＝ローズと比較すべき多くの要点を提供してくれる。両者とも完全にバイリンガルの移住作家であり、その著作には異言語が頻出する。ブルック＝ローズはフランスに定住した後も英語で小説を書き続けたので、多和田のような二重言語作家としての実績はない。しかしエッセイはどちらの言語でも書いていて、また二重言語で書く作家と私生活で親密な間柄だった。二〇年ほど結婚生活を共にしたイェジ・ペテルキェヴィチ[*1]はポーランドからの亡命者であり、彼は好評を博した小説をいくつか英語で書いたが、ポーランド語での執筆も続けていた。

ブルック＝ローズが自身の人生について述べた言葉は多和田にも当てはまりそうだ。一九九六年にブルック＝ローズは作家が異郷で暮らすことについて論じ、「私も二つの言語と文化とを股にかけている」としたうえで、在外生活が作家に

ルレアリスム運動に参加するがのちに、独自に言語表現の可能性を探る。代表作にヌーヴォー・ロマンの先駆的作品とされる『はまむぎ』、一つの出来事を九九の異なる文体で描いた『文体練習』など。『地下鉄のザジ』はルイ・マル監督によって映画化された。

＊1　イェジ・ペテルキェヴィチ（一九一六―二〇〇七）ポーランド生まれの詩人、小説家、文芸批評家。第二次世界大戦中にフランスを経てイギリスに亡命し、英語とポーランド語の両方で執筆を行った。

もたらす功罪について深い理解を示していた。

国外生活には、解放に向かう大きな力を与えてくれる。距離は増大するし、統語や語彙のみならず社会的・心理的構造に対しても頭の中で比較する癖が自動的につくといった多大な効力がある。言い換えれば、これは間違いなく飛躍である。だがそこには代償もあるのだ。距離が大きすぎることもあるし、異国の社会で作家としてのアイデンティティを失うこと［中略］が重荷になる場合もある。新しく得た言語がだんだんとかけ離れたものに感じられることもある。相当苦労してこうしたすべてを乗り越えないといけないわけだが、その苦労の結果、慣れ親しんだフレーズや期待された言葉を忘れてしまうことにもなり得る。単にもはや頭に浮かんで来ないからなのだが、これはこれで有利な条件でもあるのだ。(99)

ブルック゠ローズと多和田は理論的に洗練された作家である点でも共通しており、二人とも博士号をもち、ブルック゠ローズは中世文学の研究によりオックスフォード大学で、多和田は文学における玩具と言葉の魔術をテーマにした論文によりチューリッヒ大学で取得している。ともにアカデミックな生き方を繰り返し諷刺し、それでいて自分の小説に批評的・理論的洞察を組み込んでいる。ブルック゠ローズはソシュールを、多和田はヴィトゲンシュタイン[*1]を、そして二人ともヴァルター・ベンヤミン[*2]を非常に重要視している。ブルック゠ローズの小説『テ

＊1　ヴィトゲンシュタイン（一八八九―一九五一）オーストリア生まれの英国の哲学者。初期は哲学を言語批判の学として捉えていたが、のちに日常言語の分析へと向かった。主著に『論理哲学論考』『哲学探究』など。

＊2　ヴァルター・ベンヤミン（一八九〇―一九四〇）ドイツ生まれの文芸批評家、思想家。文化・精神史に幅広く通じた思索の深さによって、後世に大きな影響を与えた。『複製技術時代の芸術作品』はメディア論の古典。翻訳についてのエッセイに「翻訳者の使命」がある。

クスターミネーション』（一九九二）では、サンフランシスコでの会議にオデュッセウスやエンマ・ボヴァリー、エイハブ船長他世界文学の登場人物たちが押し寄せる。(100)同じくらいありそうもない会議参加者は、多和田の二〇一四年の小説『雪の練習生』の母ホッキョクグマである。小説の冒頭部分で、このホッキョクグマは自分がいかに会議好きかを語る。

芸術家たちを会議に参加させて政策に口を出させるというのは、罠かもしれないので、みんなあまり発言しなかったが、わたしだけはいつものように、胸に当てていた右の手を素早く優雅に挙げる。のびのびとして無駄のない動きを意識してみた。(101)参加者たちの目が一斉にわたしの上に集まる。注目されることには慣れていた。

これらの作品で両作家は、国境と言語を越えることで生じる、意味やアイデンティティの不安定だがクリエイティブなずれについて繰り返し省察している。たとえば『狭間』の名前のないヒロインは、会議から会議へと飛び回り多くの時間を機内で過ごしている。そんなある日のフライトで小説は始まる。

とてつもなく大きな両翼のはざまにのびる機体には、両側三列で計一二〇ほどの座席が、あの暗青色のカーテンの向こうにあるに違いない小さなドアの奥の頭脳部分に向かってずらりと並んでいる［中略］まるで巨大なムカデの胴内みたいだ。あるいはクジラの体内かもしれないけど、三時間、三日の地

獄行きもどき。する／しないのはざまに身体は浮かんでいる。(102)

『狭間』には多くの国でのシーンがあり、イギリス、フランス、スペイン、イタリア、ドイツ、ポーランド、スロベニア、ギリシア、トルコ、アメリカと多岐にわたっている。しかし主人公の旅のテンポはおそろしく早く同じ動作が何度も繰り返され、ホテルの部屋が次のホテルの部屋へと溶け込んでいく。

今すぐにも黒白の制服を着た陽気な、あるいは年配の、あるいはもう若いとは言えないふてくされた胸の大きな客室係が朝食のトレーを手に入って来て、暗い部屋のテーブルの上にトレーを置いてカーテンを引き、そうでなければシャッターを開け、挨拶はブエノス・ディアス、モルゲン、あるいはカリメーラ、すべては眠った場所次第であり、頼んでもいないエトヴァス・アンデレスを誰かが差し出すという長らく忘れていた恐れにかられてノン・メルシ、ナイン・ダンケ、いえ結構ですと答える夢で目覚めるのだ。(103)

外国語を利用することにかけては、クリスティン・ブルック＝ローズはキプリングやパウンド、ルシュディのはるか上を行っている。単一の外国語、例えばヒンディー語だけを混ぜるのではなく、その文章は十数か国語のフレーズや会話の断片から成る万華鏡の観を呈する。先に引用した通り、連続した語はすべてある典型的な一つの状況を示しているので相互翻訳にもなっている。しかし主人公が他の言語で交わされた会話を思い出すときもあり、そのほとんどはフランス語かドイツ語である。第二次世界大戦の終戦直後、彼女が通訳として働き出したときに、最初の上司（やがて恋人）はドイツ人で――皮肉にもその名はジークフリート[*1]――戦勝した連合国に協力して非ナチ化と難民再定住化の仕事をしていた。『挟間』はおおらかな言い方での自伝小説であるが、場所を移し換えた自画像という方が正しいかもしれない。ブルック＝ローズには戦後のドイツで通訳として働いた経験はないが、戦中はイギリスの暗号解析部門の中枢ブレッチリー・パークで働き、堪能なドイツ語を駆使してナチのメッセージを解読していた。名前のない主人公（作者と同じスイス生まれ）はイングランドにいる夫と離婚手続き中であり、『挟間』を執筆中のブルック＝ローズもやはり、この年にペテルキェヴィチを残してフランスへと移住したのである。

『狭間』における多言語の吹雪が読者に伝えるのは、帰る家を見失った主人公の喪失感であるが、このめくるめく世界にも我々は次第に慣れてくる。ヒロインが鍼師総会からグノーシス派学会へと移動する間にたびたび生じる、一つの言語から次の言語への滑稽なずれを楽しく思うようになってくるのだ。スペインではスペイン語の la《ラ》 leche《レチェ》（牛乳）が淫乱（lecherous《レチェラス》 英語）になり、フランスでは不在の恋人の腰（loins《ロインズ》 英語）がフランス語の loin《ロワン》（遠く）になる。絶え間ない飛行機での移動中に居眠りをすると、主人公の意識の中で多言語な記憶が渦巻き、スロベニアの外務大臣がおこなったフランス語での演説がオランダの飛行機内にある

＊1　ジークフリート　ドイツ語で語源的には「勝利・平和」を意味する。ゲルマン神話に登場する戦士の名でもある。

救命胴衣の取扱説明書と混ざり合い、それがフランス――あるいはドイツ？　イタリア？――でトイレを探してエレベーターに乗ったときの記憶に徐々に変わっていくという具合だ。

――メダム、メッシュー。ホンジツハコレカラコミュニケーションノモンダイヲギロンシマショウ。ソノカンテンが明かすのはイシキヲモツヒトがガラスブースの囲いの中で、赤いスイッチを押して切った挿話口に向かって無駄口をたたいている。［中略］しかし飾りボタンをちりばめた黒いビニールクッション壁の中で、Rは Rez-de-chaussée（地階）ではなくレストランの意味だとわかる。

かいん・あいいんとりっと。ぷりばーと。マダム、ナニヲオサガシデスカ。ア、ヒダリノシタデス、ひだりにいってまっすぐそれからひだり、テーマ時間場所に従ってドアにフレアスカートはいた女性の像がついていています。もしくは、たぶんベタ靴の反対側にハイヒールの靴が。[104]

ブルック＝ローズ作品の主人公は、移動を続けながら消費者世界の中に身を置こうと懸命になる。イタリア製洗剤の広告を見て彼女は疑問にかられる。「ラヴァ・アンコラ・ピュ・ビアンコ！　おっけー。でも何よりピュ・ビアンコなわけ？　移行していく時代に生きている私たちは、絶えず〈白〉と〈白より白い〉のはざま。ほんとうんざり。ビューーン」[105]小説全体を通じて、主人公は戦争疲れしたヨーロッパにあってなお最近も好戦的な二国間に挟まれて育った記憶を徐々に整理していき、問題の多い男たち、つまり昔の恋人ジークフリートから離婚手続き中の夫に至るまでの男たちからついに彼女は自らを解放する。絶えず「挟間にいる状態」は混乱も多いが、関係した男たちが自分に期待し続けた固定化した女性の役割（女性事務員、愛人、妻）から逃れることができ、単一のナショナル・アイデンティティの限界をも超えることができる。

『狭間』と比較する作品としてぴったりなのは、多和田葉子の連作エッセイ『ユーバーゼーツンゲン』*Überseezungen*（二〇〇〇）である。多和田のタイトルはドイツ語の「翻訳」Übersetzungen《ユーバーゼッツンゲン》の響きをもつ語呂合わせで、一文字変えたことで「海の向こうの・舌」[106]になっている。また、“see”は英語の動詞にもなるから、英語の響きも含まれている。多和田は絶えず目にするものを描写し、特にページ上の言葉は日本の文字だろうがローマ字のアルファベットだろうが構わずに描写して、アルファベットの文字が表意文字であるかのように読むこともしばしばである。語り手がドイツと日本で体験する出来事はアメリカ、カナダ、南アフリカでの経験と対比されるので、グローバル英語の世界のみならずグローバル化が進むドイツ語の世界にも関わった作品になっている。アメリカでは、在外生活をしている友人が話すドイツ語の深層にアメリカ英語のフレーズがひそんでいることに反応し、南アフリカではアフリカーンス語[*1]を学んでdie deutsche Spra-

＊1　アフリカーンス語　南アフリカ共和国の公用語の一つ。オランダ語をもとに、周辺の言語との接触を経て形成された。

che, jedoch völlig deformiert（ドイツ語だけどすっかりデフォルメされている）ものだと感じる。[107]

『狭間』が大まかな意味での自伝小説であるのに対して、『ユーバーゼーツンゲン』のエッセイは実生活で遭遇したことを大まかに虚構化して説明しているように思われる。旅行や会議、朗読会の記述が溶け合って夢となり、あるいは結晶化して詩になり、会話は作家の眼で詩的に綴られる。概してこの本について書く批評家たちは、登場する名前のない一人称を「多和田葉子」ではなく「語り手」と呼ぶ。二〇一六年のエッセイ集『アクセント』の表紙に書かれているように、多和田のエッセイは imaginäre Reisen in eine "Zwischenwelt"「つまり世界のはざま」をめぐる想像上の旅なのだ。

「ユーロアジア」セクションの最後の方で、彼女は Ich bin（私は……である）というフレーズについて考察している。曰く、大人になるまで日本にいたが、話し手の性や年齢によって変化する日本語の面倒な代名詞の仕組みに不満をもっていたという。固定化したジェンダー・アイデンティティが自分にあると感じたことはなかったと述べて、男性の一人称である「僕」を使うことにこだわる若い女性の友人にほれぼれする。その点、ドイツ語は自由で開かれていると感じた。「「Ichイッヒ」には特定の性も年齢もなく、地位、歴史、立場、性格も何も関係ない［中略］この言葉はただ話し手をさすだけで、それ以上の情報は何ら与えないのだ。

「イッヒ」は私のお気に入りの言葉になった。この言葉と同じように軽くて空っぽな感じが欲しかった(108)」。

多和田におなじみの、ローマ字のアルファベットを書道式にとらえる一例で、この語り手も「Ich イッヒ」がIの文字で始まるという事実が気に入っている。

紙に筆を下ろしてこれから習字を始めるときのような一筆であり、同時に物語の幕開けも告げる。そして「bin ビン」もすてきな言葉だ。日本語にも「びん」という言葉があって、音は似ているけど意味は「ボトル」。「イッヒ・ビン」という言葉で物語を始めるとき、空間が開かれ、その中でイッヒは最初の一筆でありボトルは空っぽなのである(109)。

多和田作品の語り手が「イッヒ・ビン」に惹きつけられるのは、ブルック゠ローズの名前のないヒロインが一人称と be 動詞とを避けるのと全く同じ理由である。ドイツ語の「イッヒ」は固定化したアイデンティティを示さないから良いと多和田は見ている。それと似た自由をアフリカーンス語にも見出しており、この言語ではすべての名詞が女性形だと考える。[*1]「ディ・マン、ディ・フラウ、ディ・キント。全部が女性形で、だから全部が愉快(110)」。定冠詞 die を性区分のないもの（英語の the のように）としてではなく、ドイツ語の女性形 die が男性形 der や中性形 das を打ち負かしたととらえたことでこの結論に至るわけである。

『狭間』に見られる局所的なインターナショナリズムをはるかに超えて、多和

＊1　アフリカーンス語はドイツ語と同系統だが、ドイツ語のような名詞の性の区分はない。

田の作品世界は完全にグローバル化されている。ブルック＝ローズ作品の主人公は数々の国を飛び回っているが、アメリカに一度行くのを除けばヨーロッパから出ていないし、戯れる言語もヨーロッパのものだけだ。対照的に『ユーバーゼーツンゲン』は Euro-asiatische Zungen（ユーロ・アジア舌）、Südafrikanische（南アフリカ舌）、Nord-amerikanische（北アメリカ舌）という三部構成になっていて、それぞれ別々の大陸に焦点を当てている。第一セクションはアジアとヨーロッパを線引きしているわけではまったくなく、一続きの大陸として扱っている。オリエンタリズム的[*1]、またはポストコロニアル的な東西の二項対立ではなくて、南北だけが示されるのである。

多和田自身、絶え間なく世界を旅している。『アクセント』の見返しページによれば、二〇一六年時点で九〇〇回以上もの朗読会を世界各地でおこなった実績がある。『ユーバーゼーツンゲン』の語り手は、ワルシャワやニューデリー、ベルリンで遅れた電車を待ちながら書いていると述べている[(11)]、ブルック＝ローズ作品の語り手のように機内に閉じ込められていることもしばしばである。だが旅をしている間、彼女の舌は次の出会い——言語の、恋愛の、あるいはその両方の——を楽しみにしている。「飛行機の座席にいるときは、身体を動かす余地がない。背中がこわばり足とふくらはぎはむくんで、尾骨のすわりもおかしくなり、肌は乾燥する。舌だけがだんだんと湿って軽やかになっていく。それは外国の言

*1　オリエンタリズム　ここではヨーロッパの立場からの、東方に対する偏った見方。世界を西洋と東洋に分けて見る考え方に通じる。

葉との出会いのために準備を整えているのだ」。[112] “die Zunge《ディ・ツンゲ》”（ドイツ語で「舌」の意味）が女性名詞なので、この最後の文は「彼女は」次の出会いのために準備を整えているのだ、とも訳せるだろう。

この本の冒頭は「ツンゲンタンツ」（舌ダンス）というエッセイで、語り手は自分が舌になり「裸で、バラ色をして、我慢ならないほどに湿って」家を出ていく夢を見る。[113] 多和田は学部生時代にロシア文学を専攻していた。「舌ダンス」は、ある朝目覚めとともに自分の鼻がなくなっていることに気づいて震え上がる官吏を描いたゴーゴリのシュールな作品「鼻」の明らかな書き換えである。鼻は政府高官の服装をして街を歩き回り、持ち主の顔に戻ることを拒否する。鼻とその持ち主の男はかなりの、そして滑稽なすったもんだを繰り返した後にようやく元の鞘に収まる。多和田作品の舌は、ゴーゴリの反抗的な鼻よりももっと文学的な仕事をする。舌は作家になり、自伝を書いて、あげくはドイツ中あちこちの小さな町（都市ではない）で朗読会を催す。

想像力とアイデンティティは自由自在でも、多和田が描くグローバル化した作品世界は居心地の良い地球村《グローバルヴィレッジ》ではない。語り手と言語、書かれた言葉までもが繰り返しずれと喪失に襲われる。語り手はアーティスト・イン・レジデンス（招聘されて居住する芸術家）としてマサチューセッツ工科大学（ＭＩＴ）に一学期間滞在し、そこにいる間に、海を越えて飛ぶことで失うものは何かと考えをめぐらす。

言葉は海を越えて飛べるだろうか。私はよく欠陥メールをもらった。ハンブルクに住む友人によれば、アメリカにメールが渡る途中でドイツ語のウムラウト[*1]は大西洋に落っこちて行方不明になるという。一方、日本の文字は太平洋に落っこちてやはり届かない。二つの大海は既にウムラウトや表意文字であふれかえっているに違いない。ＭＩＴの「海洋技術者たち」はこれらの文字から何を作るだろうか。クジラはウムラウトを食べるだろうか(114)。

「個人名の変身《メタモルフォゼン・デア・ペアゾーネンナーメン》」と題したエッセイでは、ローマ字書きされた自分の名前が失うものについて書いている。「例えば私の名前は、ローマ字で書かれるとかなり違う顔つきになる。ファーストネームのYokoの「ヨー」という音節の意味が見えなくなるのだ。日本語で「ヨー」と発音される表意文字はたくさんあって、その中のどれなのかが判別できないからである。私の名前はたびたび、ヨーコ・オノと同じ「海の子」を意味するヨーコ（洋子）だと思われるが、実は「葉っぱの子」を意味するヨーコ（葉子）なのである」(115)。

「舌ダンス」で多和田が書いているように、彼女の世界は常に「アナーキーな《アナルヒー・イム・ムント》口腔《ベライヒ》」(116)すれすれのところにある。このフレーズはクリスティーナ・センティヴァーニー[*2]が『ユーバーゼーツンゲン』を評した優れたエッセイ（二〇〇四）のタイトルに用いているものだ。多言語主義が言語を異化し、その結果生まれたシュー

*1　ドイツ語の母音字a、o、uの上について変母音を表わす記号（¨）、またはその変母音（ä、ö、ü）。

*2　クリスティーナ・センティヴァーニー　ケルン大学職員。専門は現代ドイツ文学。

ルなイメージに、語り手は面喰うと同時にそれを楽しんでもいる。たとえば単に「ブルーベリーの山」を意味する「Heidelberg ハイデルベルク」という地名は、真ん中の音節 del を日本語の「出る」ととらえると新たな意味を帯びる。最初の音節がドイツ語で「サメ」を意味する「ハイ Hai」に聞こえるとすれば、「ブルーベリーの山」は「サメが出る山」になる(117)。ベルナール・バヌーン*1が考察したように、『ユーバーゼーツンゲン』にあるバベルの塔は「翻訳不可能性《アントラドュイズィビリテ》、ずれ《デカラージュ》と分断《リュプチュール》」の効果を生み出すのである(118)。

この本全体にわたって、語り手とその友人たちは場所と言語が混乱する世界のアナーキー状態を克服しようと奮闘する。「使者」というエッセイ（あるいは物語）では、ミカという名の女性がミュンヘンでの音楽の勉強に突然見切りをつけて日本に帰国する。ミカはある友人がミュンヘンに行くのを知り、元指導教授に説明なく帰国した理由を説明するための個人的な言伝を依頼する。ミカが言うには、その音楽教授は耳が遠いから電話では無理だし、手紙を書くのも気が進まないし、教授の奥さんに盗み聞きされるのも嫌である。代わりに教授の耳元で囁いてほしいのだと言う。ところが彼女の友人はドイツ語を話せないし、教授も日本語は話せないので、ミカは複雑な解決策を考案する。日本語でメッセージを書いて友人に暗記してもらうのだが、使う言葉は全部ドイツ語に同音語があるものを選ぶことにする。友人はこの一見ランダムに並べたように見える日本語の言葉の連なり

＊1　ベルナール・バヌーン（一九六一—）ソルボンヌ大学教授。専門は翻訳史、ドイツ語異文化間文学など。

を読み上げ、教授はそこに埋め込まれた、伝達者である友人には意味がわからないドイツ語のメッセージを理解する[119]。

村上春樹の「シェエラザード」もそうだが、心に傷を負うことになった過去の出来事があることはそれとなくわかるがまったく説明されず、日本語とドイツ語の両方がわかる読者でなければ多和田が記した秘密のメッセージを読み解くことはできない[120]。問題がさらに複雑なのは、そのメッセージを多和田がドイツ語に再翻訳していることだ。あたかも日本語の記述からではまったくわからないドイツ語圏の読者を手助けするふりをして。だが多和田の再翻訳は無意味な言葉の連なりにしかなっていない。ein faden der schlange neu befestigte küste welche schule welche richtung der brunnen des jahres wurde zweimal gemalt das bild brechen und hinuntersteigen durch das reisfeld siehst …（蛇の糸、護岸工事したばかりの岸、どの学校、どっちの方向、この年の泉が二度色を塗られることになる、絵を折って、たんぼを通って降りていくと、あなたは見る［後略］）[121]。ここから何かを読み取るためには、これらの言葉をさらに再翻訳して日本の漢字に戻す必要があり、その結果をあたかもドイツ語で書かれたものとして読まなくてはならないだろう。

多和田の「表音式書き方思考」についての論考でアルネ・クラヴィッター[*1]が指摘したように、そんな再翻訳と再々翻訳ができるごく限られた読者であってもこの複雑なプロセスは非常に難題だろう。これらの言葉のいくつかは何通りかに翻

＊1　アルネ・クラヴィッター（一九六九―）　早稲田大学教授。専門は近現代を中心とするドイツ語文学、比較文学。

訳でき、さらに何通りかに発音できるものもあるだろう。もちろんドイツ語と日本語の発音はあまりにも違うので、その日本語で意図されているドイツ語のフレーズが何かを推量しなくてはならないという事実もある。「埋め込まれたメッセージはテクスト内に秘密として記されて[122]」いて、それは実際には決して解きえないものなのだ、とクラヴィッターは結論づける。これはまさしくオリジナルのない翻訳である。

『ユーバーゼーツンゲン』全体に底流するメランコリーは、最後の長いエッセイ「ある舌のポートレート Porträt einer Zunge」でクライマックスとなる。これはPとしか呼ばれない女性と語り手との関係をめぐるエッセイである。この友人は二〇歳で渡米してオーペア[*1]として働き、その後ハーバードに進学した。現在は自分の子が一人と夫の連れ子が二人いて、子どもたちの世話をして夫と同じ都市で住むために自身のキャリアを棚上げにしている。語り手がＭＩＴに到着して四か月のアーティスト・イン・レジデンスを開始する前から、どうやら二人は知り合いだったようだ。Ｐが空港に迎えに来て、二人は多くの時間を共に過ごし、ショッピングや水泳によく一緒に出かけ、滞在期間の終わりにはＰが見送ってくれる。

四か月間、絶えず言語の問題を話題にしているので、二人の関係は見たところ言語がすべてである。とはいえ、それ以上のものがあるような含みも感じられる。

＊1　オーペア　主に言語習得のため、住み込みで家事を手伝う外国からの留学生。

この客員の職に応じたのは「新たな官能的アバンチュール Sinnesabenteur を経験する」必要を感じたからだと語り手は言う。「ベルリンで恋をするのは私には無理だった。耳に飛び込んでくるセンテンスに心が寒々としたのだ(123)」。しかしPとドイツ語でしゃべっていると、ベルリンで味わったドイツ語の冷たさは微塵も感じられなかった。「Pが発音する子音の中ではmが一番好きだ。その響きは幸せそうだし、官能的でもあった(124)」。Pの手書きも「よろこびにあふれ、リズミカルで若々しく見えた(125)」。同時にPは拭えないメランコリーを抱えており、それに語り手自身も共鳴するのだが、これも発音によって表現される。「カン kann という言葉を彼女が口にすると、kとaの間にしばしば痛ましい涙の音が忍び出る(126)」。

語句のすぐ下に報われない情熱が見え隠れする。「泳いだ後にシャワーの下に立つPが大好きだった。水のヴェールの中から好奇心に満ちた、ほてった顔を突き出して私に何かを問いかける［中略］ほとばしる水の音を通して彼女の声が聞こえてくるのを、私は今か今かと待ちかまえていたものだった(127)」。語り手の唇はいつも乾いているとPが言うと、「びっくりしたが、私の唇のことを考えていたんだとひそかにうれしくなった(128)」。二人が通うプールでのスイミングについて話しながら、語り手は「泳いでいる身体は奇妙なまでに裸であり、何も体現していない」と言い、こう続ける。「私は何も体現したくないし、ましてや誰かの代わりにもなりたくない。だけど、彼女にとって私は何なんだろう。家族や仕事を持たない私は、感覚器官を持った生き物、言葉の収集者であり、ものを書き続けている人物にすぎない[129]」。

Ｐが関係をもっと深めたがっているのかどうかは読者にはわからないが、語り手自身はこれ以上親密にならないようにしているようだ。駅の待合室にいると楽しいと語り手がＰに言うと、会話は一転して曖昧さを帯びる。

> 「出発するのは楽しいけど、待つのも同じくらい楽しい」と私が言う。
> 「だんだんわかってきたよ」とＰが答える。「あなたの言うことって本当に、言葉通りに受け取っていいのね。[130]」

この話は、そして本自体も、短い二段落をもって終わる。

> Ｐの「ヘルツ Herz」という言葉の発音は独特だった。言葉の真ん中の er は喉にのみ込まれ、最後の子音が舌の上に長らく残った。
> 「そうよ、私の Herz（心）が」ときどき彼女はそう言った。その「Herz」という言葉を聞くと、私は当惑した。熱すぎるし、とても傷つきやすい感じもした。「アーティチョークの Herz（芯）」という言葉なら、いつも楽しい気分になれたのだけど[131]。

語り手は今からドイツに帰り、永続する「はざまの世界」に戻るところだが、文字通りの解釈によってシュールな想像に結びついた言葉や言語の中に生きたＰとの親交に快楽を感じている。Ｐが空港に見送りに来てくれて、語り手はこう思う。

「たぶん私は、お互いの感情に亀裂が入ることをおそれていたんだ。だけど彼女がいつも通りにそこに座っているのを見て、失うものなど何もないのだと感じたのだった。だって私たちは言語の網の中で生きているのだから」[132]。

クリスティン・ブルック＝ローズ作品のしなやかな主人公も、似たような理解の境地に達する。『狭間』の最後の数ページで、彼女は依存状態と漠たる不安とが入り混じった不安定な気分を克服し、自立した一人の女性、"alleinstehende Frau"——文字通り「一人立ちする女性」として新たな満足を勝ちえたのである[133]。年じゅう飛行機を乗り継ぐのはやめて、フランス製の小型車を買い、自分で運転して自分の旅に行くことにする。彼女はイギリスのパスポートとトルコ語の基本用語集を鞄に詰め込む——その最初の目的地はイスタンブールであり、この都市は本作で（後にオルハン・パムクの作品でもそうなる）「はざまでの生」の象徴になっているのだ。作品内での最後の会議から帰るとき、多言語混線《グローバル・バブル》が背後で切れ切れに聞こえる。「伝統とイノベーション学会のメンバーとしておそらくもし現代世界における作家の役割がぶつぶつ[134]……」。

一世紀前の芥川から現在の村上春樹、カズオ・イシグロ、多和田葉子に至るまで日本人作家たちは世界全体にしっかりと結びついており、同時に太平洋とアジア大陸とのはざまにある立ち位置をうまく使いこなしている。読者としての、また学徒としての私たちに求められているのは、彼らが実践している伝統とイノベーションの創造的融和を、グローバルな現代世界における作家の役割を自分たちのやり方で作り直しているものとして公正に評価することである。

# 日本文学の新たな理解に向けて

## ダムロッシュ教授との対話——あとがきにかえて

**沼野充義**　デイヴィッド、このヴァーチャルな対話に応じてくれて、ありがとうございます。ご存知かどうかは知りませんが、日本では慣例的に、学術書でも小説でも、翻訳書の場合は訳者が巻末にあとがきを書き、読者の方もそれを付加価値のある「おまけ」として受けとめています。今回はそのような通常のあとがきにかえて、あなたのこの大胆な本に困惑するかもしれない日本の読者向けに、私たちの対話を補足の注釈として収録したいと思います。欧米には、翻訳書に「あとがき」を書く伝統はありませんね。これもまた、日本と欧米とでは翻訳が持つ文化的意義が異なるせいでしょうか。

**ダムロッシュ**　あなたとこうして遠距離の対話をするのは楽しみです。東京大学でのなつかしい思い出がよみがえりますから。二〇一七年には私が講義をしましたし、二〇一八年七月には嬉しいことに、東大が世界文学夏季集中セミナーのホスト校になってくれました。あなたからのありがたいお招きにより、最初に私が講演をしたのは二〇一一年で、もう十年以上前のことです。あの講演「比較できないものを比較する」[1]をさらに発展させたのが、この本のテーマです。

あなたは今、翻訳の文化的意義の違い——と、おそらく比較できないことも——についての興味深い問題を提起してくれました。ご指摘の通り、欧米の出版物には訳者によるあとがきはありませんが、まえがきならよくあります。古典の新訳の場合、新訳のアプローチの正当性や、旧訳もしくは競合の訳よりも優れている点をまえがきで主張することになります。文化的に隔たりが大きい作品の場合は、学者が訳者であることが多く、作品の歴史的・批評的背景を紹介するとともに、自身の翻訳の方針について説明します。そうした学者でもある訳者のまえがきは、かなり長いものになる傾向があります。呉承恩の古典小説『西遊記』の四巻本の翻訳に、訳者アントニー・ユウが書いた序文は九〇ページほどにも及んでいますし、プーシキンの『エヴゲーニイ・オネーギン』を訳したウラジーミル・ナボコフが付した長々とした序文と膨大な注は、作品そのものをはるかに超える分量です。外国の理論的著作には、初読者のためにその著作を位置づけ、それが書かれた理論的コンテクストを説明する序文がつけられることが多いのです。こうした序文にも、時折きわめて長いものがあります。ジャック・デリダの『グラマトロジーについて』を訳したガヤトリ・スピヴァクが付した序文は、それ自体が独立した小著にもなりそうなほどで、デリダをアメリカの読者に紹介することに大きな貢献をしました。

とはいえ欧米（特にアメリカ）の出版社はしばしば、翻訳理論学者ローレンス・ヴェヌティが（著書のタイトルにもしている）「翻訳者の不可視性」と呼んだ慣行を相変わらず守り続けています。訳者の氏名は本のタイトルページに小さく記載されるだけ（表紙に載ることは非常に稀）で、訳者紹介やまえがきのようなものもありません。ですから欧米では、ほぼ不可視な存在たる翻訳者がいる一方で、読者が実際に読む前にその作品の包括的な枠組みを与える訳者もいて、一貫性がないように思われるのです。おそらく日本のパターンは、訳者の見解が示されるのが常態化しているとのことですから、欧米のケースよりも一貫していて、なおかつ適度な範囲に収まっているのでしょう。しかもそれは、その本の基調を定めるものではなく、巻末につけるものなのですね。

**沼野**　あなたの英語原稿には、かなりシンプルな『世界の中の日本文学』というタイトルが付けられていますが、日本語版ではちょっと大胆にそれを変更して、『日本文学を世界に開く』というサブタイトルにしたいと思います。こう変更してもよろしいでしょうか。この日本語のサブタイトルは、あなたの意図とずれていませんか。実はこれには、日本文学は世界に対してまだ十分に開かれていない、むしろ閉ざされているのだ、という私の批判を匂わせているのですが。

**ダムロッシュ**　英語では、文学と文芸論は混同されがちで、別々の言葉としてはっきりと区別されているわけではありません。つまり、私は「比較文学教授」であり、「比較文芸論」教授ではないのですが、例えばドイツ語なら、この分野は明確に *Vergleichende Literaturwissenshaft*、すなわち比較文芸学あるいは比較文芸論としてみなされているでしょう。もし間違っていたらご教示いただきたいのですが、あなたが変更したタイトルの「日本文学」には、日本文学と日本文学研究者の両方の意味が含まれているのですよね。

**沼野**　はい、私のつもりでは、この「日本文学」は作家も研究者も読者もひっくるめて、いわば制度としての日本文学です。

**ダムロッシュ**　作家自身は、自分が住む国の境界を越えた世界と特別な関わりを持っているかもしれないし、そうでもないかもしれませんが、古代エジプト王国や古代中国の周王朝のような太古の例外はいくつかあるにせよ、文学体系《システム》は周囲の地域や言語から孤立して発展したためしはありません。近代以前の日本（特に男性）の詩人は、中国の歴史と詩の伝統に強い影響を受けていますし、現代日本の作家たちも、少なくとも幾人かの他国の同時代作家に通じている場合が大半なのではないでしょうか。皆が皆、村上春樹や三島由紀夫ほどに精通しているわけではないにしても。村上春樹は何人かのアメリカの作家について自ら翻訳を手がけるほどですし、三島はフランス文学への造詣が深いですね（三島の戯曲『サド侯爵夫人』、そしてプルーストを彷彿とさせる『春の雪』をここでは挙げておきましょう）。

　ところが、外国文学に触れることがあまりなく、生前は国外ではその名を知られることもなかった作家でも、後世で主要な世界作家になる場合もあります。もしダンテが世界文学を意識して『神曲』を書いたのなら、イタリア語ではなくラテン語で書いたことでしょう。彼が書いたこの偉大な叙事詩が世界文学入りしたのは、ロマン主義の時代になってようやくのことです。同様に生前の紫式部は、日本国外で、ましてや聞いたこともない世界の裏側の大陸で自分の作品が読まれるなどとは夢にも思わなかったでしょう。これは彼女の死後およそ九世紀も経た後の展開です。

とはいえ、紫式部もダンテも共に、国境を越えて世界に開かれていたのは間違いありません。紫式部は当時の女性としては珍しく漢語に精通していましたし、ダンテは『神曲』の中で、プロヴァンスの詩人アルノー・ダニエルのことを「最良の詩の作り手」(2)と讃えています。それを今度はT・S・エリオットが、いみじくも『荒地』をエズラ・パウンドに捧げる言葉として用いています。パウンドがこの長大な詩の仕上げに手を貸したからです。しかし、たとえ直接的には外国の文学作品にあまり関心がない作家であっても、その存在は一国の文学システムの一部であると同時に地域の文学システムの一部でもある場合が多く、その地域の文学システムというのは部分的に――しばしばかなりの部分――外国の作品によって形成されているのです。

コスモポリタンな作家や批評家はよく、自国民の「島国根性」を批判してきました。ホルヘ・ルイス・ボルヘスは一九五一年のエッセイ「アルゼンチン作家と伝統」で、アルゼンチン作家たちが土着語と地元の風物を寄りどころとしているのをばかにしています。彼は「地方色に対するアルゼンチン人の信仰は、まさしくヨーロッパに見られる最近の信仰なのであるが、国粋主義者ならおそらく、彼我の間には何ら関係はないとして一蹴することであろう」(3)と痛烈に述べました。「アルゼンチンの伝統は全面的に西欧文化であ」(4)るとも主張し、さらにその伝統を西欧をも超えて敷衍することに積極的に関与しました。ボルヘスはラビンドラナート・タゴールの作品の書評と、呉承恩や『源氏物語』の翻訳の書評を発表していますし、一九五六年には芥川龍之介短篇集のスペイン語版に序文を書きました。作家として歩み始めた当初から、既に日本文学は彼の射程に入っていたのであり、最初の短篇集『汚辱の世界史』(一九三五)には、芥川風の前近代を舞台にした物語「傲慢な式部官長」吉良上野介」を収録していますし、『幻想譚集』(一九四〇)には、芥川の短篇「仙人」を冒頭の一篇としています。

二〇〇八年一〇月、スウェーデン・アカデミー永久幹事のホーラス・エングダールが、アメリカ人作家がノーベル文学賞を受賞してから久しいのは、「アメリカは孤立すぎだし、島国気質も目に余るほどだ。外国作品の翻訳はろくにやらないし、文学の重要な議論にも実際には参加していない。その無関心ぶりが賞を遠ざけている」[5]からにほかならないと公言しました。アメリカの作家や出版社は軒並み憤慨し、なかでも『ニューヨーカー』誌の編集長と全米図書賞を運営する全米図書協会の会長はエングダールに反撃し、アメリカの作品の多様性とその多方面にわたる広い世界の文学とのつながりを知らぬことこそ、島国気質的な知識不足だと非難しました。

おそらく、より多くの日本の作家が、外国の作品により注目することで得をするでしょうが、特筆したいのは、あの大江健三郎でさえ——日本の限られた読者だけを意識して書いているとの彼の言葉を本書で引用しましたが、その大江でさえも、一九九四年のノーベル文学賞受賞講演（「あいまいな日本の私」）の冒頭で、二つの外国作品を挙げたことです。彼が幼少期に夢中になって読み、第二次世界大戦の恐ろしさからの精神的な逃げ場としたのは、マーク・トウェインの『ハックリベリー・フィンの冒険』とセルマ・ラーゲルレーブの『ニルスのふしぎな旅』でした。一九〇六年に出版されたラーゲルレーブのこの物語は、早くも一九一六年には日本語に翻訳され、一九四〇年代までに大江はいくつか出ていた日本語訳のうちのひとつを読んだのでしょう。マヌエル・アスアヘアラモ〔比較文学研究者、現在早稲田大学准教授〕が言ってましたが、この日本語訳のタイトルで「フシギ」という言葉が使われていて、これはルイス・キャロルの『不思議の国のアリス』の最近の日本語訳タイトルでも使われた言葉だそうですね。

ですから、明治以降の近代日本の作家たちは、西洋世界に対して極めてオープンな場合が多かったに違いありません。それ以前の作家たちが、中国文学に対してずっとそうだったように。しかし、私がこの本で主張しているように、直に他国の文学に接触するか否か以上に、作家はより大きな世界的プロセスの一部なのです。自国の伝統を理解するためであっても、それをどこか別の国の伝統と比べることは、自国の伝統の独自性と共に他国の伝統との共通性をより良く理解する手段として有用です。

私は一章で、方法論研究として重要なヨコタ村上孝之の『東西のドンファン　比較文学の諸問題について』（一九九八）に言及しました。最近の私の本（『文学を比較する』二〇二〇）でも再び取り上げた彼の議論について、ここでもう少し述べておくことにしましょう。この本でヨコタ村上は、戦後のアメリカの比較文学を、政府主導の、反共産主義とアメリカの覇権を世界に広げるという二重の目的を持つ「マーシャル・プラン」になぞらえて痛烈に批判しました。(6)アメリカの比較文学者たちは、フランスの実証主義に勝ったと自負していましたが、ヨコタ村上は彼らの研究を新たな形のヨーロッパ中心主義的コスモポリタニズムだとみなし、アメリカ人のみならず日本人による「日本のドン・ファニズム」の解釈も、依拠しているのは普遍的価値を騙った欧米の概念であると主張しました。彼は、この問題がアジアの言語と文学に精通した学者の間にさえ存在すると見抜きました。フランス人比較文学者ルネ・エチアンブルが『源氏物語』を「小説」ではないとし、この「ものがたり」を小説という西洋の用語に組み入れるのではなく、「ロマンス」と比較するのがよりニュートラルな見方だと提案したときのことです。この代用は問題のすり替えにすぎない、というのがヨコタ村上の見方でした。

大文字の「ロマンス」という概念に頼ることで、ある比較文学者は世界のあちこちに存在する小文字の「ロマンス」を比較できると当てにしており、そのうちの一形態がたまたまヨーロッパの小説に発展したとの認識だ。だが、歴史的偶然性から完全に独立した、オリジナルな、理想的な大文字の「ロマンス」というものがあり得るだろうか。小文字の「ロマンス」を言葉にして発する瞬間に、その概念は西洋文学と文学批評の解釈の地平で機能するのではないのだろうか。(7)

「比較の暴力」というもっともな見出しがついた結論の部分で、文明横断的比較は「何らかの暴力行為になるのが必然的である。なぜなら、それを達成するためには、対象を評者の理論的枠組みに従ってゆがめるしかないからだ。文化的他者性とのとらえ方が、既に権力の行使、政治的行為なのであり、他の理論的枠組みを無効にするとまでは言わないにせよ、同化を必要とするのである(8)」と彼は断言しています。

同一化の問題は、一九六〇年代にヨーロッパ文学研究において既に議論されていましたし、文化横断の比較を試みるときには、差異はなおさら大きくなります。しかし、文化的隔たりを強調することこそ、実際は比較文学研究を差異に細心の注意を払ったものにすることが多いのです。事実、論争を呼ぶ結論で、差異に基づく比較主義は実質的には不可能だとヨコタ村上は断言しているものの、彼の本自体は実際にそれを実践しているのです。彼は日本文学が持つ愛と色事の伝統の特殊性をはっきりと理解しているので、光源氏や井原西鶴の好色な世之介を「日本のドンファン」の権化として矮小化することに反駁できるのであり、「近代日本に入ってきた「愛」」と「「歴史的構築物」としてのセクシュアリティ」」という二つの章は、文化的土台に基づいた比較文学議論のモデルになっています。ヨコタ村上は、バランスを取った比較のやり方を、冒頭でこのようなイメージを用いて説明します。曰く、「国をまたいでの比較は、〔…〕基本的、本質的たる独自性の側と、偶然的、周辺的たる差異の側の間でゆらゆらと揺れる綱渡りである。その綱のどちらの端にたどりついたところで、比較文学者が得るものは何もない[9]」。

ヨコタ村上は「小説」や「ロマンス」といった用語を「ものがたり」や「浮世草子」に不用意に当てはめることを鋭く批判しているものの、後者のジャンルを「江戸時代の一種のパルプフィクション[10]」と定義することにはためらいを見せていません。彼はこの本の中で一貫して西欧の概念用語を採用しており、「シニフィアン」「ディスコース」「リテラチュール」といった言葉を頻繁に用いていますし、「このような原《ウル》概念を使わずに文明横断的比較を行なうことはできない」と認めています[11]。彼の異議は、西欧版の形式や概念を規範として奉り、同時に非西欧の事例をマイナーあるいは矮小な変異形として扱うことに向けられているのです。私たちは引き続き「小説」や「ロマンス」という言葉を用いてもいいのですが、紫式部をジョージ・エリオットの出来の悪い先駆けだと貶めたり、曹雪芹〔『紅楼夢』の作者〕はとてもプルーストの比ではないなどと論じたりしないという留保がつきます。賢明な比較文学者はそうはせず、単一の時代や文化のパラメーターを超越して対象の小説をじっくりと精査することにより、その小説を脱地方化することができるのです。

**沼野**　あなたの本は、日本文学を中心に論じたものですが、それ以上のものでもあります。こんな言い方はちょっと失礼だと感じられたら申し訳ないのですが、私が驚き、また興味をそそられたのは、あなたの日本文学についての博識ぶりというより、古今の様々な文学を自在に扱い、自由かつダイナミックに結びつけたり比較したりするすばらしい手さばきです。けれども率直に言いますと、結果的に比較のコンテクストがグローバルになりすぎて、ミクロな国民文学のコンテクストでの「常識」を無視する、あるいは否定するおそれがあります。実際、これは二章の翻訳を担当した高橋知之さんが懸念したことであり、彼は樋口一葉の位置づけに関してそれが生じていると感じたのです。モレッティの世界システム論に照らして、ジョイスと一葉を「半周辺」の作家として比較したのはすばらしいアイデアで、今まで思いついた人はほとんど誰もいませんでした。その一方で、一葉が「モダニストによる自然主義の再創造」という文脈に位置づけられると聞いたら、日本人の専門家の多くはびっくりし、納得しないでしょう。というのも、標準的な文学史的理解では、文体的な観点から一葉はモダニズム以前の「古い」作家と位置づけられているからです。実際、英訳ではわからないかもしれませんが、一葉の文章は擬古文で、現代日本の多くの若者には歯がたちません。個人的に私は、これこそがあなたの世界文学論の真骨頂だと考えます。日本文学の偏狭な専門家たちを挑発したり、いらだたせたりすることは、あなたの想定内なのでしょうか。

**ダムロッシュ**　読者をいらだたせるのは、全くもって私の本望ではありません。序文で述べたように、私たちには専門的知識と総体的な視座の両方が必要なのであり、私は常に、ローカルな深い知識と、理論的もしくは文化横断的な分析によって得られる幅広い枠組みとの間の相互作用を促したいと思っています。私が特に啓発されるのは、専門家がまっとうな理由に基づいた反論をし、それによって自分がした主張や展開した解釈を私がさらに精査することになる場合です。

私が樋口一葉を「モダニスト作家」と呼んだことへの高橋知之氏の批判をありがたく思います。議論をもっと深めずに一葉を「モダニスト」と呼ぶことが、地域によって異なる発展をないものとするおそれがあるのは同感です。しかし同時に私は、一葉を特徴づける方法はひとつではないと考えますし、彼女の作品には、まもなく日本にもヨーロッパと同じように現れることになるモダニズムとのいくばくかの類似があると思います。一八九〇年代についての私の知識は甚だ不十分ではありますが、日本も西欧と同じように、まさに劇的変化の十年だったのではないでしょうか。フランス人が「世紀末《ファン・ド・シェクル》」と呼ぶものは、「長い二〇世紀」とも呼ばれる時代の始まりでもあります。そしてこの時期は、日本でもほかの国と同じように、対抗し合ういくつかの潮流があり、新旧の要素が複雑に変転しながら混じり合っていました。

もし日本の批評家たちが、モダニズムの現出を世紀転換後だとしているのなら、一葉は単に「モダンの」作家と表現する方が良いでしょう。少なくともこの修正した表現なら、あなたの同僚をそれほど怒らせることもないのではないでしょうか。彼女の経歴全体が近代化の進む明治時代以前には考えられなかったでしょうし、実際に一八九〇年年よりはるか以前にはまずあり得なかったのです。この時期までに起こった雑誌と新聞の勃興は、世界に広まった新しい印刷技術によって可能となったのであり、それによって彼女の作品発表の場もできたわけですが、それは二〇年前ならあり得なかったことでした。一葉のケースは、モダニストのジェイムズ・ジョイスがアイルランドで、魯迅が上海でほんの数年後に遭遇した事態と間違いなく比較に値します。かつて魯迅と弟の周作人は、東京で出版を試みましたがうまくいかず、一九〇九年に帰国しました。

一葉の擬古文体を考慮し、また彼女が自分の周囲に現出していた最新の趨勢の多くに無関心だったと仮定すれば、彼女をアンチモダン作家とさえみなしてもいいかもしれません。けれども、アンチモダン自体がモダニティの派生形であり、モダニズム作品そのもののひとつの流派です。比較文学者マティ・カリネスクは『モダンの五つの顔』（一九八七）でアンチモダンの役割を力説しましたし、もっと最近では、アントワーヌ・コンパニョンがそれを現代フランス文学研究書『アンチモダン――反近代の精神史』（二〇〇五）の中心概念としました。彼は「アンチモダン」を

「嫌々ながらの近代人、自身の意志に反した近代人であり、バックミラーを見ながら前進するようなもの[12]」だと表現しました。一葉はバックミラーを見る機会さえなかったでしょう――日本に自動車が初登場したのは一八九八年、一葉が亡くなって二年後のことです――が、今自分が生きているのは大好きな紫式部がいた平安時代ではないと確認するには、母親が必死で営む小さな店の戸口から外を見るだけで良かったのです。

擬古文体でさえ、後世の作家だけが使えるものです。この点で有名なのが、ボルヘスの独創的な短篇小説「『ドン・キホーテ』の著者、ピエール・メナール」です。これはフランスの二流詩人ピエール・メナールが、一九三〇年代に『ドン・キホーテ』を逐語的な書き直しに取りかかる物語で、その過程でセルバンテスの時代設定にした作品が擬古的なモダニズムの産物になるのです。ボルヘスの語り手は「メナール――彼は結局、外国人である――の擬古的な文体にはある気取りが見られる。先駆者の文体にはそれがなく、その時代の普通のスペイン語を自在に操っている[13]」と解説します。そして最後に語り手は、「セルバンテスのテクストとメナールのテクストは文字通り同一であるが、しかし後者のほうが、ほとんど無限に豊かである[14]」と言明するのです。

イギリスの例を挙げますと、J・R・R・トールキンは受けた教育と職業柄、中世の専門家となり、現代世界のかなりの部分に強い違和感を抱いていました。彼はモダニズムの詩を軽蔑し、自作の詩では歩格《ミーター》、押韻《ライム》、連《スタンザ》を用いましたが、いずれも同時代のモダニストたちが大方排除した形式です。散文では、ベオウルフ〔イギリス中世の英雄叙事詩〕からウォルター・スコットの歴史小説に見られる、非常に古い語彙と話し言葉のリズムの響きがある擬古的なイディオムをこしらえました。しかし、アンチモダニストだったとはいえ、トールキンはエズラ・パウンドやジェイムズ・ジョイスと同じほどにモダンな作家だったのです。『指輪物語』は中世の韻文ロマンスではなくモダン小説であり、『ニーベルンゲンの歌』だけでなくワーグナーの『ニーベルングの指環』の書き換えでもあります。この作品全体の要である指輪戦争は、第一次世界大戦の前線で戦ったトールキンの経験がそのまま活かされている（と本人もすんなり認めた）し、この小説執筆中の出来事である第二次世界大戦と冷戦の影響も明らかです。この後者についてトールキンは否定しましたが、作者が自らの作品の一番の理解者であることはめったにないという、T・S・エリオットの言葉通りです。それでも、トールキンが同時代のコンテクストを否定したことを私たちは考慮すべきなのです。彼を彼の時代のコンテクストから見てはいけないというのではなく、彼の自己解釈と、きわどい政治的アレゴリーを書いたとのそしりを免れたいという彼の願望に何か意味があると気づかせてくれるからです。

一八九〇年代の東京には、「モダニズムのはしり」とでも呼べるようなものの気運がありました。それが十年以内に、短歌も詠めば「フリースタイル」な現代詩も書き、ニーチェやロシア文学も読めば日本の作品もたくさん読むという石川啄木のような人物の登場につながるのです。樋口一葉が間接的にどんなモダニズムの影響を受けたかということ以上に、彼女の最初の読者たちは、非常にモダンなコンテクストで彼女を受容したのです。「たけくらべ」にはイプセンやゾラの自然主義を超える進歩性がある、と主張したのは森鷗外であって、私ではないのですよ。鷗外の直接の標的は、ヨーロッパの模倣でしかない日本の自然主義者たちであったのは疑いようもありませんが、鷗外がやはり支持している、近代日本の現世に対する新しい、そしてより良い反応を、彼は一葉の中に見て取ったのです。たとえ一葉が（実際はしなかったけれども）作品の設定を前近代に設定したとしても、それでも彼女はやはり当代の作家であったでしょう。その後の啄木や芥川が、十二分にモダニストだったように。

私たち研究者は、「ロマン主義の詩」とか「モダニズム小説」というように、分析の範囲を定めるために一般的な時代的概念をよく用います。しかしそこには、時代と時代をきっちりと区切り、そのカテゴリーを絶対的なものとして具体視するおそれがあります。今回の例でいえば、モダニズムが二〇世紀初めに突如として現出し、その前の時代とはほとんど、というかまったく何のつながりもないかのようにとらえることです。ヴァージニア・ウルフが「一九一〇年三月に、またはその頃に人間の性格が変った」[15]と述べたように、モダニストたち自身は時折好んでこのように考えました。けれども人間の性格はそうも劇的に、そうも素早く変化することはまずありませんし、文学もそうです。ですから、ヴァージニア・ウルフをモダニスト作家としてだけではなく、ヴィクトリア時代後《ポスト・ヴィクトリアン》の作家としてもとらえることが有益なのです。

モダニズムというのはつかみどころのない概念で、普通は、この言葉を使ったためしのない作家や芸術家に対して遡及的に適用しています。学者が用いるその定義も時期も、国によって、また分野によって異なります。英米の学者であれば、一八九〇年頃から一九二〇年代初頭までの実験的な作品にこの言葉を使うのが典型的ですが、フランスの批評家は「モデルニスム」の起源を、ボードレールの『悪の華』（一八五七）と現代性《モデルニテ》を扱った彼の評論『現代生活の画家』（一八六三）にあるとしています。建築では、「モダン」と「モダニスト」は相互交換可能な言葉として用いられることがしばしばで、主に一九三〇年代から一九六〇年代の建築物をさす用語です。ですから、例えば樋口一葉はれっきとしたモダニストではないにしても、モダンな作家、アンチモダンな作家、そしていくつかの重要な点では原《プロト》モダンな作家というように、様々な表現ができるのです。この特質の融合こそが、一葉の短篇と若きジェイムズ・ジョイスの短篇との間に多くの類似点を生じさせているわけで――ジョイスもまた一九世紀後半およびそのリアリズムと自然主義をめぐる議論の産物であり、森鷗外と同じように新たな選択肢を探し始めているところでした。

一葉とジョイスの議論で、私はそれぞれ一篇ずつの作品を中心に取り上げましたが、この比較は他の作品にも申し分なく敷衍できるでしょう。ジョイスの「イーヴリン」は、崩壊した家庭にがんじがらめになり、言い寄ってきた男との駆け落ちを考えているヒロインを描いていて、その点で「わかれ道」のお京と比較できますし、どちらの作品もモダンな（あるいはモダニストの）曖昧さを残し、不確定なまま終わります。どちらの作家も、青年期の若者の視点から見た大人の人生を描くことに関心を寄せた作品が多く、世紀転換期に心理学者と社会改革者が無気力な青年に新たに興味を持ち始めたことも偶然の一致ではありません。青年期はきわめて重要かつ問題の多い発育段階である、とアメリカで最初に述べたのは、アメリカ心理学会の初代会長

G・スタンリー・ホールであり、一九〇四年のことでした。よくあることですが、ここでも、社会思想家たちが名づけるよりも前に、当代の問題についてモダニズムの作家たちが描き出していたのです。

**沼野**　世界文学論であなたと並び称せられる論客にフランコ・モレッティがいますが、あなたはモレッティの「遠読」の考え方を完全に受け入れているわけではありませんね。本書を読むと、特に一章ですが、古代インド、唐王朝から松尾芭蕉やワーズワースまでの詩が出てきまして、いずれも互いに遠く隔たったものではあるのですが、非常に緻密に比較され、分析されています。つまり、あなたならではのオリジナリティは、グローバルな「遠読」と従来の学問的な「精読」との見事な融合にあるように思われます。

そしてまた印象的なのが――これは、一章の訳者である片山耕二郎さんの意見ですが――あなたのダイナミックな手法は、西洋とインド、西洋と中国の比較だけでなく、西洋、インド、中国と同時に三つを比較する可能性も扱っていることです。どうしてこのような文学の「三角測量」が可能になったのでしょうか。従来の比較文学がやってきた、二つのものを比較するよりもずっと難しいでしょうし、大雑把な推論に堕するおそれもあると思うのですが。

**ダムロッシュ**　確かに、私にとっての理論的あるいは批評的アプローチの価値自体は、それが文学作品をより精緻に、より深く理解して読むための一助となってくれることにあります。私にはまた、文学的言語は、詩と散文どちらもですが、言語使用の最も高度で最も豊かな形式であるとの思いがありますし、文学は優れたコミュニケーションの価値を有するとの考えもあります。良い翻訳ならかなりの部分が生き残りますし、それと同時に、作品をその時代に位置づけるのに役立つ専門的知識と、その時代を超えて位置づけるのに役立つ理論的枠組みの両方に支えられた読み方をすると、大いに理解が向上します。

片山耕二郎さんの三角測量の質問に関してですが、二つだけ比べるより三つを比べる方が本来難しいのかどうか、私にはわかりません。言語のレベルでは、ソシュールが強調したように、固定した意味を持つ言葉など存在しません。今日は暖かだと判断するためには、何度なら暑くて、何度なら寒いという概念が必要ですが、そこで既に三つの言葉の比較になっています。さらに、二月に感じる暖かさは七月のそれよりも気温が低いでしょうし、もし私がドイツの友人と日本の友人とで話している状況であれば、おそらく三人にはそれぞれ幾分違った暖かさの基準があると気づくことでしょう。しかしこれはすなわち、私たちは情報交換をすることができ、それぞれの環境や文化についてより良く理解できるということなのです。

比較文学者は今まで、三つの言語と文学を相手に仕事をするものとしばしば思われてきましたし、多くの古典の比較研究は三つもしくはそれ以上の伝統を取り上げています。ヨーロッパのモダニズムの本格的な説明において、最低限でもイギリス・フランスの作家と並んでイタリアとドイツの作家を含めないことはありません。学生だった私が比較文学者を志したきっかけになった本は、ギリシャ、ラテン、イタリア、スペイン、フランス、イギリスの作品の緻密な文献学的分析を、現実描写と模倣様式の「高」「低」という関係の移行についての一般論に結びつけた、エーリヒ・アウエルバッハの『ミメーシス』です。

比較文学研究は文化を超える場合により難しくなりますし、しかも「東西」の二元比較ではなく第三の地域を加えるといっそう難問になるのは間違いありません。けれども、題材に対する細心の注意を払い、専門家の学識に通じた上で分析をすることができれば、私たちがモダニズムと呼んでいるもの、あるいは「抒情詩」とか「小説」と呼んでいるものについての理解は、あるひとつの特定の伝統のうちに自分の分析を限定するよりもはるかに上等なものになります。特定の伝統のうちに限定する危険性は、あなたも先に述べた、外の世界に対して閉ざされた島国根性です。島国根性は、相互につながってはいるが、いまだ衝突も多い現代世界ではますます問題が多くなるように思われます。文化横断的なコミュニケーションと理解の必要な度合いは、確実に今までより強まっているのであって、弱まっているわけではないのですから。しかし、島国根性と並んで、ローカルな伝統をさも世界全体の標準であるかのようにみなす場合の安易すぎる普遍主義のおそれもあります。この事象が起きたのは、『イリアス』とあまり似ていないからという理由で『マハーバーラタ』と『ラーマーヤナ』を本物の叙事詩ではないとヘーゲルが否定したとき、そしてその次の世紀に、イアン・ワットが非常に大きな影響を及ぼした研究書『小説の勃興』を、たった三人のイギリス人小説家の作品に基づいて書いたときのことでした。ワットのこの本は、その「ザ・小説」の提示という独特ぶりと並んで、彼の社会的前提が軒並みもろに現れています。ジェンダーについては扱った小説家が三人とも男性であること、階級については中産階級であること、そして帰属意識丸出しのナショナリズムについては、小説の勃興の地は他ならぬイングランドであると定め、スペインでもフランスでもない、ましてや古代アレクサンドリアや平安時代の日本でもないとしていることです。

**沼野**　グローバリゼーションの時代に入り、人の移動と情報伝達はそれまでよりもはるかに活発になっていますので、古典的な「三角測量」はもはや有効ではないかもしれません。そこで、グローバリゼーションの時代を扱った三章の翻訳を担当した福間恵さんが挙げた問題に移ります。すなわち、この二一世紀という時代は人々が活発に移動し、たとえ移動しなくても、インターネットでつながっていますね。したがって、土地の場所性は消えゆく傾向にあるわけですが、文学と人の移動や場所性との関係は今後どうなるでしょうか。

**ダムロッシュ**　福間恵さんは重要な問題を提起しています。グローバリゼーションが国の伝統を蝕むことになるとか、はたまたグルーバル英語が牛耳る世界で、大半の文学は衰退してしまう、とまでしばしば懸念されています。エーリヒ・アウエルバッハは、一九五二年に戦後の風景を概観して、「おそらく一つにまとめられた地上にただ一つの文学文化しか残らない、いや、それどころか文学言語は比較的短期間にごくわずかを残すだけとなり、ひょっとしたらやがてただ一つしか生きたものは残らない、という考えが普通にならざるをえないかもしれない。もしそうなれば、世界文学という考えは、実現すると同時に壊滅していることだろう」[16]との暗澹たる見通しを述べました。しかしアウエルバッハの懸念は、当時から何十年経つ今でもまだ現実のものとはなっていません。世界中で今まで以上に多くの本が、多くの言語で出版されていますし、書き手たちは自分の文化の刺激的な特殊性を本国と他国の両方の読者にもたらしてもいます。今やグローバル英語のおかげで、トルコ語やインドの一言語であるマラヤーラム語の作家も、英語圏の読者だけでなく世界の読者に読んでもらえるようになりました。よくあるのは、ある作品の英訳版がベースとなり、そこから多くの他言語に重訳されるケースです。オルハン・パムクは六〇ほどの言語に翻訳されていますが、その半数は英訳版からの重訳です。彼は私に、英語からベトナム語への良質な翻訳の方が、トルコ語から直接の出来の悪い翻訳より――あるいは全く翻訳されないより――ずっといい、と言ってました。

人の移動がますます増加しているというグローバリゼーションの側面は、現在の移住者なら祖国の文化と能動的なつながりを維持できることを物語っています。一世紀前であれば、祖国への里帰りの旅は一度たりともしなかったでしょうし、移住二世は親が育った国の言語は忘れてしまうものでした。多くの作家同様現代の読者も、二つの文化に、ときにはそれ以上の文化に片足ずつ置いていることが多くなってきています。ここで私が思い浮かべるのは、ジュンパ・ラヒリがピュリツァー賞を受賞した短篇集『停電の夜に』の最後の一篇「三度目で最後の大陸」です。この作品でラヒリは、両親がインドからイギリスへ、そしてアメリカへと移住した経緯をフィクション化しました。最近、彼女は自ら新たな国とその言語を選び取りました。イタリアへ移住し、イタリア語に堪能になり、今はイタリア語で執筆しています。私が思うに、文学はフェイスブックやインスタグラムに負けず劣らず、ローカルな言語と文化を超えたグローバルなつながりを育むうえで、今も主要な役割を担っているに違いありません。

**沼野**　この本を読んだ日本人の中には、世界文学とは要するに、英語に訳され、世界的に流通する文学のことだと誤解してしまう人がいるかもしれません。また、多くの日本文学の専門家は、日本文学は日本語で読まない限り実際には理解できない（し、それゆえ論じることもできない）との思い込みから、あなたのアプローチを批判するでしょう。日本には今も、日本語を母語にする者にしか本当の意味で日本文学を理解することはできないとする暗黙の了解が根強く存在します。あなたご自身は、日本語で読まないからいくらか大きな誤解は覚悟の上だと思ったことはないでしょうか。

ここで世界文学と言語についての難題に行き当たります。私たちはどの程度翻訳で読み、どの程度外国語を知るべきなのでしょうか。私自身は、常に二つのことを同時にやりなさいと東京大学の学生たちに言ってきました。できるだけたくさん翻訳で読み、できるだけたくさんの外国語を学ぶように、と。正直なところ、これはちょっと実践不可能な二重拘束《ダブル・バインド》かもしれません。

**ダムロッシュ**　おっしゃる通り、世界文学を志す学生は翻訳を活用すべきだし、幅広い言語の勉強もすべきです。私が世界文学の科目を教える場合、受講生ひとりひとりが、以前は考えてもみなかった何らかの言語を真剣に学びたいと思うようになってくれたら、というユートピア的な願望を持ちます。これは実際に私が経験したことなのです。私は学部時代の美術史調査の授業のおかげで、アステカ〔一五―一六世紀初頭メキシコ中央部で栄えた国家〕の詩と出会いました。この授業で読んだナワトル語〔アステカ帝国で使われた言語〕の優れた学者ミゲル・レオン＝ポルティーヤの著書『アステカの思想と文化』には、アステカの現存する求愛詩からの抜粋が数多く収録されているのです。レオン＝ポルティーヤが原語のナワトル語からスペイン語に翻訳したものを収録しているのが原書の *Filosofía Náhuatl estudiada en sus fuentes*（1956）であり、『アステカの思想と文化』はその英語版ですから、私は重訳で読んだわけですが、それでもその詩にすっかり魅了されました。レオン＝ポルティーヤの翻訳は、ヨーロッパの詩のリズムと行分けに同化させた形式でしたが、そうであっても独特の詩的効果は伝わってきました。とはいえやはり、この翻訳はオリジナルとは似ても似つかぬものだろうと思いましたので、四年後、大学院生のときに人類学学部でナワトル語の授業を受講しました。私が履修登録をしたときは、登録者が倍増していました。まもなく私は、この詩について研究するには、とにかくこの分野の翻訳と研究において優勢なスペイン語も学ばなくてはならないと気づきました。ですから、学部一年のときにアステカの詩に翻訳で出会ったおかげで、私はセルバンテスやボルヘス、そしてその研究書を原語で読むことができるのです。

けれども、私たちの誰もが世界の言語を片っ端から学べるわけではありませんから、翻訳は現在の私たちの研究に必要な要素なのです。比較文学という学問分野を概説した一九六三年の著書の中で、(アラビア語、中国語、日本語、ロシア語など二十ほどの言語を用いて研究した) ルネ・エチアンブルが的を射たことを言っています。

大学教授と作家という二重の立場により、自分が実践している文学ジャンルの理論にどうしても関心を持ってしまうという限りにおいて、私は翻訳を読んで得た恩恵をすべて承知している。アーサー・ウェイリーの英訳版『源氏物語』、あるいはタミル語からの仏訳版『シラッパディハーラム』(古代タミル語の叙事詩)、さらにはグウェン・トラン・ファン博士が手がけたベトナムの小説『金雲翹』の仏訳版を読んだ際に。もし『東海道中膝栗毛』を英訳版でも読んだことがない、あるいはフランス訳でも『西遊記』を、ドイツ語訳でもトルストイやドストエフスキーを読んだことがないとすれば、そのヨーロッパ人は小説一般について何が語れるというのだろう[17]?

フランスの読者を説得する手段として、エチアンブルは一九八〇年に一般読者向けの魅力的な本『日本小説の読み方——川端の京都』を書きました。彼自身は日本語はよく読めたのですが、この本では日本語なしで、フランス語訳だけで川端康成を読む最上の方法をもっぱら提示しました。

逆に言えば、小説の一般的な理解自体は、スタート地点であってゴールではなく、指定の作品に固有な特質と伝統を評価する土台を与えてくれるものです。ところがこれは、良質な翻訳を読むとき、そしてその批評を理解したうえで読むときにも起こり得るのです。確かに、私たちは遠く隔たった場所や時代の作品を読むとき、その理解は元々の読者のものとは異なりますし、新たな言語で読むときはなおさらです。しかし、近代以前の作品を私たちが何世紀も後に、その原語で読んだとしてもやはりそうなのです。ローレンス・ヴェヌティが強調しているように、よくできた翻訳は新しい時代と新しい読者のために作品を作り直し、新たな文学システムの中に登録し直します。彼の見識は、『翻訳はすべてを変える』(二〇一三)という論考集のタイトルに申し分なく表れています。ですから、ベンヤミンのすばらしい論考「翻訳者の使命」で作品の「死後の生」と呼ばれている、作品が生きる新たな生に比べたら、誤解はさしたる問題ではないのです。

熟練した翻訳者は、自身の言語の蓄積を駆使して作品の力強さと美しさを伝える創造的な手法を見出しますし、影響力ある翻訳者は、翻訳先の言語自体にイノベーションを起こすことができます。英語で読むダンテはイタリア語で読むダンテとは同じではない、というのもやはり事実ですが、イタリア語で今『神曲』を読むのと、ボッカチオがそれを十三世紀半ばに読んだのとでは、やはり同じ経験ではないのです。近頃の読者が、ダンテのプロヴァンスの詩人との会話や、フィレンツェの政治家とのいさかいに大いに共感するというのは稀でしょう。現在の私たちは、プリーモ・レーヴィがアウシュヴィッツでこの詩を暗唱したこと、デレク・ウォルコット〔一九三〇―二〇一七、カリブ海のセントルシア出身の英語詩人。一九九二年ノーベル文学賞受賞〕がカリブ諸島のクレオール語を話す漁師たちの生活を描くためにダンテの三韻句法《テルツァ・リーマ》を借用したことなどの、一連の新たな関係性の中でダンテを読むのです。

樋口一葉に話を戻せば、彼女とヨーロッパのモダニズムとの共通点は、原語よりも翻訳のほうがわかりやすいかもしれません。英語になると一葉の擬古文体は大部分が消えてしまうからです。この関係で、彼女の作品は外国の読者にはモダニズム的に思えても、日本の読者にはそうは感じられないのかもしれません。しかし同時に、ジェイムズ・ジョイスとの比較は、一葉の作品の中に実は埋め込まれているモダンもしくは原《プロト》モダンな面を日本人読者がよりはっきりと理解するうえで役立つかもしれません。

**沼野**　本書の多くの読者が、「比較できないものを比較する」というあなたの手法は究極的には「何でも比較できる」ことになるのでは、と思うかもしれません。実際、「何でも」比較するあなたの手さばきはマジシャンのように鮮やかで、私自身たびたび魅了されてきました。しかし同時に、世界文学の初心者であれば混乱してしまうのではないでしょうか。探究すべき果てしない原野があるままで、「これを比べなさい」とか「あれを読みなさい」という明確なガイドラインはないからです。

まさにここで、あなたがご著書『世界文学とは何か？』

の結末で提示した「世界文学とは、正典《カノン》のテクスト一式ではなく、一つの読みのモード[18]」であるという有名な定義に戻るべきでしょう。私自身は常に学生たちを励ます意味で、「世界文学は、あなた自身がそれをどう読むか」であると補足することにしています。何と言っても彼らは、世界文学という大海に地図も羅針盤もなしで今まさに航海に乗り出そうとしているわけですから。確かに、日本文学ひとつだけでも、絶望的になりそうなほどの大海原です……

**ダムロッシュ**　扱う伝統が一つだろうとそれ以上だろうと、私たちは常に何を、そしてなぜ比べるかを決める必要があります。比較の基準は、一つの伝統の中でなら本来的により明確かもしれません。作家が先達の作品をどう読んだか、あるいは（国内外を問わず）同時代の作家にどう反応したか議論すれば良いわけです。しかし、そのような場合でも、研究者としての私たちの責任は、どの比較なら実際に価値があるか――作品を理解するために本当に重要な間テクスト的な言及や個人的な接触はどれで、あまり重要でないのはどれか、を見極めることにあります。ここで私は、総体的な枠組みと特定の作品の精読をバランス良く混ぜ合わせることに価値があるという話に戻ります。英語では、的外れな、あるいは無効な比較を批判するときに、「りんごとみかんの比較」という言い回しを使います。でも実際は、りんごとみかんは、形、色、栄養価、その他の特徴などから申し分なく比較することができます。食料品店でどの種類のりんごにするか決めるとき、一番みかんに近い種類を選ぶのは無意味でしょう。けれども、もしあなたが「果物」という言葉の意味に興味があるなら、何種類かの果物を考える方が、りんごだけに絞って定義するよりはるかに良く理解できるでしょう。とはいえ、定められたテーマのもとで何でも比較するというわけにはいきません。買い物かごにお米も一袋入れてみても、果物という概念をより良く理解することにはつながらないし、美味しいフルーツサラダを作ることにも役立たないのです。

　私は自分の研究で、総体的な概念への、あるいはジャンルや思想運動への理解を深め、精緻なものにする比較を探しますし、特定の作品もしくは伝統の特異性をより良く理解するのに役立つ比較も探します。比較は常に、類似はもとより差異を意識することを必要とするのです。私が最も有意義だと思うのは、複数のレベルで行なわれた比較で、しかも私が研究中の作品に沿って重点的に行なわれているものです。モリエールにも近松門左衛門にも商人の主人公が出てきますし、さらには――重要ではありませんが――布商人と紙商人という類似点もあります。比較できるのがもしそれだけならば、このふたつを並べてみてもあまり意味がありません。どちらの劇作家も、自己認識の強い、メタシアター的な作家で、演劇を不安定な世間における社会的流動性のメタファーとして用いているという考察をすると、比較はより豊かになります。三つめに、どちらの戯曲も結婚対不倫を中心に置いています。四つめに、どちらの戯曲でも宗教がかなり大きな（とはいえかなり違う）役割を担っています。五つめに（これは一章で取り上げなかった側面ですが）、どちらの劇作家も器楽と歌をふんだんに使います。最後に、歴史的な観点から見て、このふたりの劇作家は時代的にほぼ重なり合い、お互い相手を知らなかったに違いないにもかかわらず、どちらも封建貴族社会の衰退を背景にした都市の市民階級の勃興に反応しています。このように、ここでは六つの異なる比較の基準があって、社会的なものもあれば形式上のものもあり、すべてが相互に作用し、そしてすべてに類似と差異が明快に混ざっています。モリエールと近松の比較だろうと、樋口一葉とジェイムズ・ジョイスの比較だろうと、一葉と紫式部、村上春樹と村上龍であろうと、こうした重層的な比較が最も価値あるものだと私には思われるのです。

**沼野**　最後に日本の読者へのメッセージをいただけますか。

**ダムロッシュ**　日本の読者に、最後に伝えたいこと、ですか？　この本の何に一番興味を持ったか――あるいは何が一番癇にさわったか――を知らせてくれたらありがたいですね。また、読者の皆さんが日本文学を世界のコンテクストで読む際に、そしてより多くの世界作家の作品を読む過程で、より多くの外国語を学ぶ過程で、さらにはお気に入りの日本の作家を読み返すときに新たな角度から見る際に、本書の各章と、この対談で挙げられた鋭い質問が役に立ってくれたら幸いです。

私たちは世界文学研究について、排他的な島国根性の解毒剤として語ってきましたが、島国性自体は悪いことではないという話をして終わりにしたいと思います。私は今このの原稿をマウント・デザート・アイランドで書いています。このアメリカ東海岸のメイン州の島が私の生まれ故郷で、毎年帰郷しているのです。私はアメリカ本土の果てしない大地より、ここの花崗岩の海岸線ときらめく海水の方が好きですが、同時に、現在はどの島も単なる島ではないことも承知しています。マウント・デザート・アイランドはアケーディア国立公園に属し、ここの経済は、他では味わえないメイン州名物のロブスターとブルーベリーを堪能しに毎年やってくる何百万人もの旅行客に依存しています。島と世界の間に、図地反転〔同一の絵で、「図」と「地」が反転して見えること。ゲシュタルト心理学の用語〕があるのです。海と陸の間にも、龍安寺の有名な石庭にもあるように。ミツ、あなたが言うように、日本文学が「絶望的になりそうなほどの大海原」だとして、それはまた「お話の海」の中のひとつの海流でもあります。そういう名前の本が、サルマン・ルシュディの作品にありましたね。(19) 日本は広大な海に囲まれた群島であり、太平洋と世界最大の陸地に存在する多彩な言語と文化の間に位置しています。自ら読解できる言語と翻訳の両方で、日本文学と世界におけるその独特な位置についての新たな知識を得ながら、私たちは陸と海の多種多様な航路を進むことができるのです。

**沼野**　デイヴィッド、おつきあいいただき、どうもありがとうございました。おかげさまで、普通の日本の翻訳書のあとがきを質量ともにはるかに超えた充実した内容になりました。

〔東京―メイン州マウント・デザート・アイランド。この「仮想対話」はEメールによって英語で行われた。〕

# 注

## はじめに

（1）（Hô Shun'yô 1990を参照）。［原注］中国側の事情を知るにあたってはハイデルベルク大学のエミリー・グラフ博士に協力いただいた。魯迅の専門家である彼女は、両作家に関する研究動向について広く調査し、その結果を子細に教えてくれた。
（2）Friederich 15.
（3）Hirakawa 47.
（4）Kim 2016.

## 第1章

（1）Denecke 300.
（2）Detienne 23.
（3）Detienne 25-26.
（4）Detienne 26.
（5）Detienne 27.
（6）Pollock,（2010）.
（7）Herder 572.
（8）Herder 493.
（9）Tyler xiii.
（10）Chozick（2016）
（11）［原注］文化を越境しての比較を理解するには、スティーヴンソンとホによる論集『橋を渡る——中世ヨーロッパと日本の平安時代の女性作家についての比較論集』を、とりわけシンシア・ホによる紫式部とマリー・ド・フランスを比較した論文と、キャロル・ハーディングが紫式部とクリスティーヌ・ド・ピザンを比較した論文を参照せよ。
（12）Murasaki 190.［訳注］以下の引用は全て、サイデンステッカーの英訳の歴史的価値と、それをもとに作者が論じたことを顧慮し、この英訳から訳者が再翻訳した。
（13）Murasaki 190.
（14）Murasaki 190.
（15）Murasaki 191.
（16）Murasaki 192.
（17）Gardner 20.
（18）Pizarnik 98.
（19）Ingalls 102.
（20）Ingalls 103.
（21）Ingalls 103.
（22）Bloom 34.
（23）Valmiki, Ramayana 1: 2.［訳注］訳語および解釈を文脈に合わせるため英訳から重訳したが、中村了昭訳『新訳　ラーマーヤナ1』平凡社、二〇一二年、五〇—五四頁を一部参考にした。
（24）Republic 595b.
（25）Poetics 51b.
（26）Owen 13.
（27）MacLeish 847.
（28）Sidney 517.
（29）Sappho 304-5. 沓掛良彦『サッフォー　詩と生涯』平凡社、

一九八八年、一六―一七頁。［訳注］断片三十一として知られ、沓掛訳では「恋の衝撃」と題されている。
（30）Wordsworth 1: 460.
（31）Owen 13-14.
（32）Wordsworth 1: 460.
（33）Keats 97.
（34）Darbishire 194.
（35）Wordsworth 1: 444.
（36）Wordsworth 2: 40.
（37）Wordsworth 2: 43-4.
（38）［訳注］ここで著者のダムロッシュは、英訳に現れる we から同行者の存在に気づくのだが、日本語原文では、主語を省略する性質上、この複数主語が現れないため、読者は曾良の名が言及されるまでその存在には気づかない。したがって論旨が成立しないことから当該箇所を省略した。
（39）「一七九八年、七月一三日、ワイ川のほとりを再訪した際に、ティンタン修道院の数マイル上流で書かれた詩行」一―四行目。
（40）同上、七六―八六行目。
（41）Shirane 410.
（42）Shirane 412.
（43）［原注］この二人の劇作家を扱った議論のうち、西洋語で書かれているもので私が見つけた唯一のものはジョン・クームズによる「どちらの方法〔風習〕の喜劇？　イングランド、フランス、日本における絶対主義の演劇」Comedy of Which Manners? The Drama of Absolutism in England, France, and Japan という論文のみである。この論文ではベン・ジョンソンの『バーソロミュー・フェア』を『町人貴族』および近松の戯曲『寿門松』と比較している。
（44）『モリエール全集８』（秋山伸子訳）臨川書店、二〇〇三頁。
（45）同上、一〇三頁。
（46）同上、一八五頁。
（47）同上、二二四頁。
（48）同上、二〇一頁。
（49）同上、二〇〇頁。
（50）同上、一八三頁。
（51）「浄瑠璃　難波土産発端」（守随憲治訳）久松潜一ら編『古典日本文学全集　三六　芸術論集』筑摩書房、一九六二年、二二〇頁。
（52）同上。
（53）同上、二二一頁。
（54）同上。［訳注］なお、これは近松の「虚実皮膜論」として有名な一節である。
（55）Merrill 53.
（56）Merrill 54.
（57）Hammer 699.
（58）Merrill 55.
（59）Merrill 57.
（60）Merrill 67.
（61）Merrill 95.
（62）Merrill 50.

## 第2章

（1）　カール・マルクス、フリードリヒ・エンゲルス『共産党宣言』（大内兵衛・向坂逸郎訳）岩波文庫、二〇〇七年改版、四七―四八頁。
（2）　以下のホームページを参照のこと。http://www.dnp.co.jp/about/history01.html
（3）　フランコ・モレッティ「世界文学への試論」『遠読――〈世界文学システム〉への挑戦』（秋草俊一郎・今井亮一・落合一樹・高橋知之訳）所収、みすず書房、新装版、二〇二四年、七〇頁。引用に際しては、一部語句を改変したところがある。
（4）　同上、七九頁。
（5）　同上、七六頁。
（6）　同上、七六頁。
（7）　Dening 643.
（8）　Dening 661.
（9）　Dening 644.
（10）　Dening 662.
（11）　森林太郎『鷗外全集　第二十三巻』岩波書店、一九六三年、四八八頁。
（12）　同上、四八八頁。
（13）　樋口一葉（関礼子編）『日記・書簡集』ちくま文庫、二〇〇五年、二二〇―二二一頁。
（14）　同上、二一八頁。
（15）　Letters 6.
（16）　Letters 7.
（17）　[訳注] この一文に対応する箇所は原文にはない。英訳者が補ったものと考えられる。
（18）　樋口一葉『樋口一葉全集　第二巻』筑摩書房、一九七四年、一四三頁。以下、一葉の引用に際しては正字を新字に改めた。
（19）　同上、一三五頁。
（20）　同上、一三五頁。
（21）　同上、一三六頁。
（22）　Danly 324.
（23）　コンラッド『闇の奥』（黒原敏行訳）光文社古典新訳文庫、二〇〇九年、一五頁。
（24）　ジェイムズ・ジョイス「姉妹」『ダブリナーズ』（柳瀬尚紀訳）新潮文庫、二〇〇九年、二四頁。
（25）　同上、二五頁。
（26）　同上、一一―一二頁。
（27）　同上、一二頁。
（28）　同上、一二―一三頁。
（29）　同上、一四頁。
（30）　同上、一七―一八頁。
（31）　『魯迅全集第六巻　二心集・南腔北調集』（竹内実訳代表）学習研究社、一九八五年、三四二頁。
（32）　魯迅「自序」『故郷／阿Q正伝』（藤井省三訳）光文社古典新訳文庫、二〇〇九年、二五五頁。
（33）　[訳注]「文学改良芻議」の日本語訳は以下の文献より引用した。鄭谷心「胡適の国語教育改革論に関する一考察――近代中国における白話文・国語運動に焦点をあてて」『京都大学大学院教育学研究科紀要』第六号、二〇一四年、四二七頁。
（34）　Hu Shih, An Autobiographical Account 162.

(35) Pound, "A Few Don'ts," 201-2.
(36) エズラ・パウンド「地下鉄のとある駅の中で」（夏石番矢訳）『パウンド詩集』城戸朱里編、思潮社、一九九八年、一二三頁。
(37) "A Few Don'ts," 201.
(38) 魯迅「阿Q正伝」、前掲書、七一―七五頁。
(39) 同上、七六頁。
(40) 魯迅「自序」、一五四頁。
(41) ゴーゴリ「狂人日記」『狂人日記　他二篇』（横田瑞穂訳）岩波文庫、一九八三年、二一九頁。
(42) 魯迅「狂人日記」、二九一頁。
(43) 同上、二七二頁。
(44) 同上、二七五頁。
(45) 同上、二七〇頁。
(46) 同上、二八九頁。
(47) 同上、二九〇頁。
(48) 同上、二九一頁。
(49) 芥川龍之介「羅生門」『芥川龍之介全集　第一巻』岩波書店、一九七七年、一二八頁。以下、同全集からの引用に際しては、正字を新字に改めた。
(50) 同上、一三〇頁。
(51) 芥川龍之介「藪の中」『芥川龍之介全集　第五巻』岩波書店、一九七七年、一〇二頁。
(52) 同上、一〇六頁。
(53) 同上。
(54) 黒澤明『蝦蟇の油――自伝のようなもの』『体系　黒澤明　第四巻』（浜田保樹編・解説）講談社、二〇一〇年、一九五頁。
(55) 同上、一九五頁。
(56) 同上、二〇〇頁。
(57) 芥川龍之介「或旧友へ送る手記」『芥川龍之介全集　第九巻』岩波書店、一九七八年、二七九頁。引用に際しては、正字を新字に改めた。
(58) 三島由紀夫『暁の寺』『三島由紀夫全集　第十四巻』新潮社、二〇〇二年、二七頁。
(59) 三島由紀夫『春の雪』『三島由紀夫全集　第十三巻』新潮社、二〇〇一年、五五頁。
(60) ［原注］この点に関しては、クレア・カヴァナーの論文「若い読書家の肖像――丸善書店の芥川龍之介」（ジョイスの作品にかけたタイトルも見事）を参照のこと。
(61) ククリット・プラモート（吉川敬子訳）『王朝四代記　第五巻』井村文化事業社、一九八二年、八五頁。
(62) 同上。
(63) 同上、八七頁。
(64) 同上、八四頁。
(65) 同上、八五頁。
(66) 同上。
(67) ククリット・プラモート『王朝四代記　第四巻』（吉川敬子訳）井村文化事業社、一九八一年、九七頁。
(68) 同上、九三頁。
(69) ククリット・プラモート『王朝四代記　第五巻』、二二六頁。
(70) 三島由紀夫『春の雪』、六九頁。
(71) 同上、六九頁。
(72) 同上、一八七―一八八頁。

（73）同上、一八八頁。

（74）プルースト『失われた時を求めて1　スワン家のほうへⅠ』（吉川一義訳）岩波文庫、二〇一〇年、一一七頁。

（75）三島由紀夫『春の雪』、一八八頁。

（76）三島由紀夫『音楽』『三島由紀夫全集　第十一巻』新潮社、二〇〇一年、一一五頁。

（77）三島由紀夫『天人五衰』『三島由紀夫全集　第十四巻』新潮社、二〇〇二年、六四六頁。

（78）同上、六四八頁。

（79）同上、六四八頁。

（80）『源氏物語　第十巻』（玉上琢彌訳注）角川文庫、一九七五年、二二六頁。

（81）三島由紀夫『天人五衰』、六四六頁。

（82）同上、六四六―六四七頁。

## 第3章

（1）Posnett 235.

（2）Posnett 236.

（3）Posnett 236.

（4）*Something of Myself* 5.

（5）*Plain Tales from the Hills* 6.

（6）Lewis 103.

（7）*Complete Verse* 14-16.

（8）*Kim* 197.〔『少年キム』四一五―一六頁〕。

（9）*Kim* 198.〔『少年キム』四一七頁〕。

（10）*Kim* 198-99.〔『少年キム』四一八―四二〇頁〕。

（11）Said 153.〔『文化と帝国主義　1』二八一頁〕。

（12）Eliot 120.

（13）*Something of Myself*, 248.

（14）Woolf 79-80.

（15）Wells 515-16.

（16）Wells 526-27.

（17）Perlowski 162.

（18）Mason 345.

（19）Davis 130.

（20）Furst 530-53.

（21）Vorda and Herzinger 139.

（22）*The Mandala of Sherlock Holmes*.［訳注］同書からの引用は拙訳。『シャーロック・ホームズの失われた冒険』という題名で邦訳がある（東山あかね・熊谷彰ほか訳、河出書房新社、二〇〇四年）が、本文で後に言及される「用語辞典」およびハリーの学術的経歴は割愛されたものとなっている。

（23）*Mandala* 5.

（24）*Mandala* 48.

（25）*Mandala* 101.

（26）*Mandala* 269.

（27）*Mandala* 269, 279.

（28）*Mandala* x.

（29）*Mandala* 33.

（30）*Mandala* 6.

（31）*Mandala* 6.

（32）*Mandala* xix.

(33) *Mandala* 19.
(34) *Mandala* 96.
(35) *Mandala* 138.
(36) ［訳注］ラサにある密教の最高学府が、かつてきわめて優秀な超自然科学の達人を二名認定したが、その一方が中国皇帝の臣下たちに唆されて悪の道へと走り、もう一方は白神鳥僧院長となった。そして双方が転生し、前者はモリアーティ教授、後者がシャーロック・ホームズとして英国で活躍していた、という設定になっている。
(37) *Mandala* 242.
(38) *Mandala* 238.
(39) *Mandala* 139.
(40) *Mandala* 255–56.
(41) *Mandala* 256.
(42) *Shadow Tibet* 7.
(43) "Imaginary Homelands" 15.
(44) "Imaginary Homelands" 15.
(45) "Imaginary Homelands" 15.
(46) "Imaginary Homelands" 17.
(47) Vorda and Herzinger 134–35.
(48) "Imaginary Homelands" 9, 12.
(49) Ishiguro and Oe 76.（『国際交流』一〇〇頁。一部改訳）。
(50) ［訳注］既訳（寺門泰彦訳『東と西』）は「預言者の髪の毛」。この実際に起こった盗難事件については、「ムハンマドのあごひげの毛だと信じられている聖遺物」との報道がある。例えば、二〇一五年一二月二七日付『ライジング・カシミール』の記事（http://www.risingkashmir.in/news/the-mystery-of-moiemuqqadas-theft）など。
(51) *East, West* 45. 本書からの引用は拙訳。
(52) *East, West* 43–44.
(53) ［原注］「伝説的なザムザマ大砲」はキプリングの『キム』への明白な目配せである。小説の幕開けでキムは「市の立入禁止命令などおかまいなく〔中略〕、ザムザマ大砲にまたがった。『火吹き龍』ザムザマ大砲を握る者はパンジャブを握ると言われるくらい、その緑青色の大砲はつねに征服者たちのいちばんの戦利品であった」（『少年キム』九頁）。
(54) *East, West* 44.
(55) ［訳注］日本では吹替版が一九六〇年代末に初放送され、当時の邦題は『宇宙大作戦』だった。ここでのチェーホフとスールーは、前者が（英語読みの）チェコフ、後者はカトウ（加藤）。
(56) *East, West*, 153.
(57) *East, West* 149.
(58) *East, West* 151.
(59) *East, West* 165.
(60) *East, West* 165.
(61) *East, West* 170.
(62) 『職業としての小説家』五三頁。
(63) 『職業としての小説家』五四頁。
(64) Jones 130.
(65) Ishiguro and Oe 76.（『国際交流』一〇五頁、一部改訳）。
(66) ［訳注］Walkowitz 94. 同書からの引用は拙訳。ただし、キーワードとなる「生まれつき翻訳」は既訳（佐藤元状・吉田恭子監訳、田尻芳樹・秦邦生訳『生まれつき翻訳』）による。

(67) Walkowitz 101.

(68) Ishiguro and Oe 76.〔『国際交流』一〇四頁〕。

(69) Nobel Prize Committee, Kenzaburo Oe citation.

(70) “Dunyazadiad” 56〔「ドニヤーザード姫物語」五〇頁〕。

(71) “The Dunyazát” 67.

(72) “My Family Values” The Guardian, 15 December 2012.

(73) 「シェエラザード」二〇七頁。

(74) 同上、一八九頁。

(75) 同上、二一五頁。

(76) Treisman.

(77) 「シェエラザード」二二一—二二二頁。

(78) Chozick（2008）63.

(79) ［訳注］該当箇所は「三島さんはヨーロッパ人に対してあなた方が持っている日本人像が私だと言ったんだと思います」『国際交流』一〇三頁。

(80) Ishiguro and Oe 110〔『国際交流』一〇〇頁〕。

(81) Ishiguro and Oe 115〔『国際交流』一〇三—一〇四頁〕。

(82) Ishiguro and Oe 118〔『国際交流』一〇六頁〕。［訳注］だが後年大江は、村上春樹をもっと前向きに評価するようになった。「日本文学始まって以来のことなんです、村上さんの仕事の受け入れられ方は。この国でどんなに評価されても、されすぎということはありません。ノーベル賞の授賞も十分ありうるでしょう。その際、日本的かどうかということは私たちが心配することではなくて（笑）、世界の読者が考えることでしょう。〔中略〕国際的に読まれる小説を書きながら、村上さんにも自分は日本語で書いているという意識が根本にあると思います。〔中略〕その場合、それらはやはり「日本文学」なんです、明らかに。」〔『大江健三郎作家自身を語る』三三六頁〕

(83) ［原注］さらに言うと、村上春樹は日本の文壇に属していない。二〇一四年イギリスでのインタビューで、日本での受容をどう思っているかと問われると、くっくっと笑って「微妙な問題ですね」と応じる。「僕は日本の文学界の、いわばのけ者でね。読者はいるんだけど〔中略〕批評家、作家たちの多くは僕のことが嫌いなんです」。どうして？「知りませんよ！三五年間執筆を続けてきたけど、最初から今現在まで、状況はほとんど変わってませんね。僕はみにくいアヒルの子みたいなものです。いつまでたってもアヒルの子で、白鳥にはなれないんです」（Poole）。

(84) ［訳注］村上春樹は自身の好みとは別に、明治以来の日本を代表する十大作家投票なるものがあれば、芥川はその五位以内には入るだろうと述べている。このランキングでの一位は夏目漱石で、森鷗外・島崎藤村・志賀直哉・谷崎純一郎・川端康成のラインアップに続き、太宰治と三島由紀夫を挙げているが、（十大作家にするための）もう一人は思いつかない、と注記している。

(85) ［訳注］鮎川信夫訳（荒地出版社）と高村勝治訳（講談社文庫）の邦題。高見浩訳（新潮文庫）では「男だけの世界」。

(86) Bryer 281.

(87) 『イン ザ・ミソスープ』一六頁。

(88) 同上、二九—三一頁。

(89) ［訳注］新宿高島屋などが入る複合施設の実際の名称は、中黒（・）なしの「タカシマヤタイムズスクエア」。

(90) 『イン ザ・ミソスープ』四一頁。

(91) 同上、一〇—一一頁。
(92) 同上、一三二—一三三頁。
(93) 同上、二七七頁。
(94) 同上、二七五頁。
(95) Perlowski 156.
(96) [訳注] 後に『文字移植』として文庫化（河出文庫）。
(97) Verwandlungen 36.
(98) [原注] ペレックの小説は、そのアルファベットの制約を目標言語で再現する上で創造的なやり方を発見した翻訳者にとってはたまらない作品となっている。今までところ、同作は英語（A Void）と日本語（イ段抜きにした『煙滅』）、カタロニア語、オランダ語、ドイツ語、ロシア語、スペイン語、スウェーデン語、トルコ語に翻訳されている。
(99) "Exsul" 289–303.
(100) [訳注] 日本での出版が先で、新潮社より二〇一一年刊行。
(101) 『雪の練習生』一二頁。
(102) Between 395.
(103) Between 396.
(104) Between 409–10.
(105) Between 419.
(106) [原注] 別の選択肢では、Über Seezungen「ソール（魚、シタビラメの類）について」とも読めるが、この読み方が現実的であるとするものを多和田は何ら与えてはくれない。"Übersetzungen" のデフォルメが二つの意味の可能性を生み出すが片方ははずれである、と言えるのではないか。
(107) Überseezungen 66.
(108) Überseezungen 58–59.
(109) Überseezungen 59.
(110) Überseezungen 67.
(111) Überseezungen 138.
(112) Überseezungen 116.
(113) Überseezungen 11.
(114) Überseezungen 109.
(115) Sprachpolizei und Spielpolyglotte 92.
(116) Borsò und Goerling 13.
(117) Überseezungen 46.
(118) Banoun 421.
(119) Überseezungen 51–52.
(120) [訳注] とはいえ、そのような読者であっても解読は事実上不可能であり、メッセージは謎のまま残されていると考えるのが妥当である。
(121) [訳注] 日本語で書き下ろした「使者」は、『新潮』二〇〇八年一月号で発表。括弧内は同誌一三三頁より。
(122) Klawitter 341.
(123) Überseezungen 121–21.
(124) Überseezungen 133.
(125) Überseezungen 136.
(126) Überseezungen 136.
(127) Überseezungen 144.
(128) Überseezungen 145.
(129) Überseezungen 148.
(130) Überseezungen 139.

(131) Übersezungen 152.
(132) Übersezungen. 150.
(133) Between. 565.
(134) Between, 574.

## （あとがきにかえて）

（1）邦訳デイヴィッド・ダムロッシュ「比較できないものを比較する——世界文学　杜甫から三島由紀夫まで」『文藝』（秋草俊一郎・渡辺有希・小松真帆・坪野圭介・山辺弦・桐山大介訳）二〇一二年春季号、三六—五一頁。
（2）ダンテ・アリギエリ『神曲　煉獄編』（原基晶訳）講談社学術文庫、二〇一四年、三九一頁。
（3）*Selected Non-fictions* 423.〔J・L・ボルヘス『ボルヘス・コレクション　論議』（牛島信明訳）国書刊行会、二〇〇〇年、二三四頁〕。
（4）*Selected Non-fictions* 426.〔『ボルヘス・コレクション　論議』二三九頁〕。
（5）McGrath.
（6）Yokota-Murakami 179-80.
（7）Yokota-Murakami 171.
（8）Yokota-Murakami 187.
（9）Yokota-Murakami 15.
（10）Yokota-Murakami 172.
（11）Yokota-Murakami 172.
（12）引用文箇所は拙訳、タイトルは邦訳版（松澤和宏監訳、鎌田隆行・宮川朗子・永田道弘・宮代康丈訳、名古屋大学出版会、二〇一二年）のもの。
（13）*Collected Fictions* 94.〔J・L・ボルヘス『伝奇集』（鼓直訳）岩波文庫、一九九三年、六六頁〕。
（14）*Collected Fictions* 94.〔『伝奇集』六五頁〕。
（15）*The Captain's Death Bed and Other Essays* 103.〔ヴァージニア・ウルフ『ヴァージニア・ウルフ著作集7』（朱牟田房子訳）みすず書房、一九七六年、七頁〕。
（16）*Time, History, and Literature: Selected Essays of Erich Auerbach* 254.〔エーリヒ・アウエルバッハ『世界文学の文献学』（高木昌史・岡部仁・松田治共訳）みすず書房、一九九八年、四〇五—四〇六頁〕。
（17）*The Crisis in Comparative Literature* 23.
（18）*What is World Literature?* 281.〔デイヴィッド・ダムロッシュ『世界文学とは何か？』秋草俊一郎・奥彩子・桐山大介・小松真帆・平塚隼介・山辺弦訳、国書刊行会、二〇一一年、四三二頁〕。
（19）〔訳註〕『ハルーンとお話の海』のこと。

# 著者について

デイヴィッド・ダムロッシュ David Damrosch 氏は一九五三年生まれ、アメリカ合衆国の文学研究者、現在ハーバード大学比較文学科教授、同大学の世界文学研究所所長。

一国一言語の枠組みを超えて、世界の文学を幅広い視野でとらえ、世界規模での出版・交換・受容といった広大なネットワークの中での相互作用に焦点を合わせて研究・教育を進めており、その意味での「世界文学」研究の主導者として国際的に知られている。英語以外に、ヨーロッパの主要言語の多くに通じたポリグロットだが、古代シュメールの叙事詩であっても、さらには自ら原語で読むことのできない中国文学や日本文学であっても文化横断的に論じ、直接影響関係のない遠く離れた文学や作家を組み合わせて、「比較できないものを比較する」ダイナミックな読解によって、グローバルな文学のあり方に新鮮な光を当てている。

ダムロッシュ氏は世界文学研究に関する多くの著作で知られる第一線の研究者であると同時に、精力的で人気の高い教育者でもある。同氏が二〇一〇年にハーバード大学比較文学科を基盤にして創設した「世界文学研究所」Institute for World Literature（略称ＩＷＬ）は毎年夏、ハーバード大学と世界各地（北京、イスタンブール、香港、リスボン、東京、コペンハーゲン、マインツ、ニコシアなど）の大学の持ち回りで、四週間にわたる集中セミナーを開催してきた。世界数十か国から博士号取得者および大学院生を中心に、若手研究者が一〇〇人から一五〇人程度集まり、ダムロッシュ教授を初めとする教授陣とともに世界文学研究の様々な側面について集中討議を行うこのサマー・セッションは、いまや世界の文学研究を牽引する力の一つになっている。なお、二〇一八年度は東京大学（本郷キャンパス）がこのサマー・セッションのホスト校を引き受け、文学部現代文芸論研究室が実施責任者を務めた。

ダムロッシュ氏は健脚の飽くことなき旅人でもあり、これまでに世界五〇か国以上から招かれて数百回におよぶ講演を行ってきた。

### デイヴィッド・ダムロッシュ氏経歴

一九五三年生まれ
一九七五年　イェール大学卒
一九八〇年　イェール大学博士号取得（比較文学。テーマは「エジプト、ミドラッシュ（古代ユダヤの聖書注解書）、『フィネガンズ・ウェイク』」
一九八〇―二〇〇九年 コロンビア大学英文科および比較文化科助教授、准教授を経て、一九九三年教授
二〇〇一―二〇〇三年　アメリカ比較文学会会長
二〇〇九年―現在　ハーバード大学比較文学科教授
二〇二三年　バルザン賞受賞

## 主要著作

単著

*Scriptworlds: Writing Systems and Cultural Memory*, 現在執筆中。

*Around the World in 80 Books*, Penguin Press, 2021.

*Comparing the Literatures: Literary Studies in a Global Age*, Princeton University Press, 2020.

*How to Read World Literature*, Blackwell, 2009.

*The Buried Book: The Loss and Rediscovery of the Great Epic of Gilgamesh*, Henry Holt, 2007.

*What Is World Literature?* Princeton University Press, 2003.（邦訳『世界文学とは何か？』二〇一一年、国書刊行会、秋草俊一郎・奥彩子・桐山大介・小松真帆・平塚隼介・山辺弦共訳、沼野充義解説）

*Meetings of the Mind*, Princeton University Press, 2000.

*We Scholars: Changing the Culture of the University*, Harvard University Press, 1995.

*The Narrative Covenant: Transformations of the Genre in the Growth of Biblical Literature*, 1987.

その他、全六五〇〇ページにのぼる『ロングマン世界文学アンソロジー』全六巻（二〇〇四年）編集主幹、『ロングマン・イギリス文学アンソロジー』全六巻（一九九八年）編集主幹、『プリンストン比較文学原典資料集』（二〇〇九年）共編、『ラウトリッジ世界文学コンパニオン』（二〇一一年）共編など、世界文学・比較文学に関する影響力の大きな編著書を多数手がけている。

ダムロッシュ氏の著書は、アラビア語、中国語、デンマーク語、フランス語、ドイツ語、日本語、ペルシア語、ポーランド語、ポルトガル語、ルーマニア語、スペイン語、トルコ語、ヴェトナム語など、多くの言語に翻訳されている。

（沼野充義）

# 翻訳の分担と謝辞

本書の翻訳の分担は以下の通りである。
はじめに・Ⅰ　近世の世界文学　片山耕二郎
Ⅱ　文学と近代化　高橋知之
Ⅲ　文学とグローバリゼーション・日本文学の新たな理解に向けて　福間恵
全体にわたる監修　沼野充義

なお、訳文および脚注の作成にあたっては、東京大学大学院人文社会系研究科博士課程に在籍する岩佐頌子・勝田悠紀・鈴木愛美氏の協力を得た。

本書の出版は諸般の事情により、当初の予定よりもずいぶん遅れてしまったが、ダムロッシュ教授はその間も辛抱強く訳者たちを励まし、教育と研究と執筆で超多忙なスケジュールの中、いつでも問い合わせに電光石火の速さで懇切丁寧に答えてくださり、導きの光であり続けた。

また二〇一七年にダムロッシュ教授とともに来日し、東京大学で連続講義を行い、シュルレアリスムと世界文学というテーマで聴衆を魅了したデリア・ウングリャーヌ博士（ブカレスト大学准教授、ハーバード大学世界文学研究所副所長）も、訳者たちを世界文学探索へと駆り立てる霊感の源となった。

本書の編集は、注や様々な引用が多く煩瑣な作業となり、東京大学出版会の山本徹氏にひとかたならぬお世話になった。本書がこのような望ましい形で世に出ることになったのも、ひとえに同氏の熱意と的確かつ緻密な仕事のおかげである。

文学が軽視されがちな時代に本書があえて文学の素晴らしさを示し、文学の読み方に対してよき刺激を与えるささやかな試みとなることを期待しつつ、お世話になったすべての皆様にあらためて心からお礼を申し上げたい。

（沼野充義）

著者紹介
デイヴィッド・ダムロッシュ
（David Damrosch）
→「著者について」（本書 297 頁）参照

ハーバード大学ダムロッシュ教授の
世界文学講義
——日本文学を世界に開く

2025 年 2 月 14 日　初　版

［検印廃止］

著　者　デイヴィッド・ダムロッシュ
監　訳　沼野充義《ぬまのみつよし》
訳　者　片山耕二郎《かたやまこうじろう》・高橋知之《たかはしともゆき》
　　　　福間　恵《ふくまめぐみ》

発行所　一般財団法人　東京大学出版会
　　　　代表者　中島隆博
　　　　153-0041　東京都目黒区駒場4-5-29
　　　　https://www.utp.or.jp/
　　　　電話　03-6407-1069　Fax　03-6407-1991
　　　　振替　00160-6-59964

組　版　有限会社プログレス
印刷所　株式会社ヒライ
製本所　誠製本株式会社


ISBN 978-4-13-083080-5　Printed in Japan

# 翻訳者紹介


**片山耕二郎**（かたやま　こうじろう）

1983 年生まれ．現在，共立女子大学文芸学部専任講師．東京大学大学院人文社会系研究科修了，博士（文学）．専門はドイツを中心とした西洋近代文学，とりわけ芸術家小説．また，データサイエンスを用いたドイツ語作品の定量分析にも取り組む．著書『ドイツ・ロマン主義と〈芸術家小説〉――ティーク『シュテルンバルト』の成立と性質』（国書刊行会），論文「芸術家を客体として描く――ホフマン～バルザック～ジェイムズを巡る，一手法の考察」など，訳書ルートヴィヒ・ティーク『フランツ・シュテルンバルトの遍歴』（国書刊行会）．

**高橋知之**（たかはし　ともゆき）

1985 年生まれ．現在，千葉大学大学院人文科学研究院助教．東京大学大学院人文社会系研究科博士課程修了，博士（文学）．専門はロシア文学．著書『ロシア近代文学の青春――反省と直接性のあいだで』（東京大学出版会）．訳書に『19 世紀ロシア奇譚集』（編訳，光文社古典新訳文庫），ドストエフスキー『ステパンチコヴォ村とその住人たち』（光文社古典新訳文庫），レールモントフ『現代の英雄』（光文社古典新訳文庫），フランコ・モレッティ『遠読――〈世界文学システム〉への挑戦』（共訳，みすず書房）など．

**福間　恵**（ふくま　めぐみ）

現在，東京大学文学部大江健三郎文庫事務補佐．東京大学大学院人文社会系研究科博士課程満期退学，文学修士．専門は現代英語圏文学，特に短編小説．訳書に，アンドレイ・クルコフ『侵略日記』（ホーム社），マイケル・バード，オーランド・バード『作家たちの手紙』（共訳，マール社），ローリー・グルーエン編『アニマル・スタディーズ――29 の基本概念』（共訳，平凡社），レアード・ハント『英文創作教室』（共訳，研究社）などがある．

［監訳者］

**沼野充義**（ぬまの　みつよし）

1954 年生まれ．東京大学名誉教授，名古屋外国語大学教授，元日本ロシア文学会会長．ハーバード大学修士，東京大学大学院人文科学研究科博士課程満期退学．専門はスラヴ文学．2007 年，東京大学文学部現代文芸論研究室創設に参加する．ワルシャワ大学，モスクワ大学，ハーバード大学世界文学研究所でも教える．著書『チェーホフ　七分の絶望と三分の希望』（講談社），『徹夜の塊 3　世界文学論』（作品社）ほか，共編『ユーラシア世界』全 5 巻（東京大学出版会），訳書ナボコフ『賜物』（新潮社），レム『ソラリス』（早川書房）など．

# 索　引

## 人名索引

(* は脚注に詳細な説明がある頁)

### あ 行



### か 行

## さ　行



## た　行



## な　行

## は 行



## ま 行

# 作品・雑誌名索引

## あ 行



## か 行



## さ 行



## た 行

## な　行



## は　行



## ま　行



## や　行



## ら　行



## わ　行

# 参考文献

（原著が日本語以外の文献で，邦訳のあるものは邦訳書誌をカッコ内に補った）

Akutagawa, Ryûnosuke. “Rashōmon” and “In a Bamboo Grove.” In *Rashōmon and Seventeen Other Stories*, trans. Jay Rubin, introduction by Haruki Murakami. London and New York: Penguin, 2006, 3–19.

——. “O'er a withered Moor.” In *Mandarins: Stories by Ryûnosuke Akutagawa*, trans. Charles De Wolf. New York: Archipelago Books, 2007, 127–138.

Auerbach, Erich. “The Philology of World Literature.” *Time, History, and Literature: Selected Essays of Erich Auerbach*, ed. James L. Porter, trans. Jane O. Newman. Princeton: Princeton University Press, 2014, 253–265.（エーリヒ・アウエルバッハ『世界文学の文献学』高木昌史・岡部仁・松田治共訳，みすず書房，1998 年）

Banoun, Bernard. “Notes sur l'oreiller occidental-oriental de Yoko Tawada.” *Études Germaniques* 65: 3 (2010), 415–429.

Barth, John. “Dunyazadiad.” In *Chimera*. New York: Houghton Mifflin, 1972, 1–56.（ジョン・バース『キマイラ』國重純二訳，新潮社，1980 年）

Bashō, Matsuo. *The Narrow Road to the Deep North and Other Travel Sketches*, trans. Nobuyuki Yuasa. London and New York: Penguin, 1966.

Benjamin. Walter. “The Task of the Translator.” *Illuminations: Essays and Reflections*, ed. Hannah Arendt, trans. Harry Zohn. New York: Harcourt, Brace & World, 1968, 69–82.（ヴァルター・ベンヤミン「翻訳者の使命」内村博信訳，『エッセイの思想』浅井健二郎編訳，三宅晶子・久保哲司・内村博信・西村龍一共訳，ちくま学芸文庫，1996 年，所載）

Bloom, Harold. *The Western Canon: The Books and School of the Ages*. New York: Riverhead, 1994.

Bojarski, Edmund A. “A Conversation with Kipling on Conrad.” In Harold Orel, ed., *Kipling Interviews and Recollections*. London: Macmillan, 1983, 2: 326–330.

Borges, Jorge Luis. “Pierre Menard, Author of the *Quixote*.” *Collected Fictions*, trans. Andrew Hurley. New York: Penguin, 1998, 88–95.（ホルへ・ルイス・ボルヘス「『ドン・キホーテ』の著者，ピエール・メナール」，『伝奇集』鼓直訳，岩波文庫，1993 年，所載）

——. “The Uncivil Teacher of Court Etiquette Kôtsuké no Suké.” *Collected Fictions*, trans. Andrew Hurley. New York: Penguin, 1998, 35–39.（J. L. ボルヘス「「傲慢な式部官長」吉良上野介」『汚辱の世界史』中村健二訳，岩波文庫，2012 年，所載）

——. “The Argentine Writer and Tradition.” *Selected Non-fictions*, ed. Eliot Weinberger, trans. Esther Allen. New York: Penguin, 1999.（ホルへ・ルイス・ボルヘス「アルゼンチン作家と伝統」，『論議』牛島信明訳，国書刊行会，2000 年，所載）

Borges, Jorge Luis, Adolfo Bicy Casares, and Silvina Ocampo, eds. *Antología de la literatura fantástica*. New York: Penguin/Debolsillo, 2007.

Brooke-Rose, Christine. *Between*. In *The Christine Brooke-Rose Omnibus: Four Novels*. Manchester and New York: Carcanet, 1986, 391–575.

——. *Textermination*. New York: New Directions, 1992.

——. *Invisible Author: Last Essays*. Columbus: Ohio State University Press, 2002.

——. “Exsul.” *Poetics Today* 17: 3 (1996), 289-303.

Bryer, Jackson R. *Fifteen Modern American Authors: A Survey of Research and Criticism*. Durham: Duke University Press, 1969.

Calinescu, Matei. *Five Paradoxes of Modernity: Modernism, Avant-garde, Decadence, Kitsch, Postmodernism*. Durham, North Carolina: Duke University Press, 2d ed., 1987.（マティ・カリネスク『モダンの五つの顔（新装版）』富山英俊・栂正行訳，せりか書房，1995 年）

Casanova, Pascale. *La République mondiale des lettres*. Paris: Editions du Seuil, 1999. *The World Republic of Letters*, trans. M. B. DeBevoise. Cambridge, MA: Harvard University Press, 2004.（パスカル・カザノヴァ『世界文学空間——文学資本と文学革命』岩切正一郎訳，藤原書店，2002 年）

Cavanaugh, Claire. “Portrait of the Artist as a Young Reader: Akutagawa Ryûnosuke in the Maruzen Bookstore.” In Dennis Washburn and Alan Tansman, eds., *Studies in Modern Japanese Literature: Essays and Translations in Honor of Edwin McClellan*. Ann Arbor: Center for Japanese Studies, University of Michigan, 1997, 151-172.

Cheng, Eileen J. “Recycling the Scholar-Beauty Narrative: Lu Xun on Love in an Age of Mechanical Reproductions.” *Modern Chinese Literature and Culture* 18: 2 (2006), 1-38.

Chikamatsu Mon’zaemon. *Love Suicides at Amijima*. In *Major Plays of Chikamatsu*, trans. Donald Keene. New York: Columbia University Press, 1990, 387-425.

Chozick, Matthew. “De-Exoticizing Haruki Murakami’s Reception.” *Comparative Literature Studies* 45: 1 (2008), 62-73.

——. “Eating Murasaki Shikibu.” *Journal of World Literature* 1: 2 (2016), 259-274

Compagnon, Antoine. *Les Antimodernes: De Joseph de Maistre à Roland Barthes*. Paris: Folio, 2016.（アントワーヌ・コンパニョン『アンチモダン——反近代の精神史』松澤和宏監訳，鎌田隆行・宮川朗子・永田道弘・宮代康丈訳，名古屋大学出版会，2012 年）

Conrad, Joseph. *Heart of Darkness*, ed. Ross C. Murfin. Boston: Bedford St. Martins. 2d ed., 1996.（コンラッド『闇の奥』黒原敏行訳，光文社古典新訳文庫，2009 年）

Coombes, John. “Comedy of Which Manners? The Drama of Absolutism in England, France, and Japan.” *New Comparison: A Journal of Comparative and General Literary Studies* 3(1987), 33-44.

Damrosch, David. *What is World Literature?* Princeton: Princeton University Press, 2003.（デイヴィッド・ダムロッシュ『世界文学とは何か？』秋草俊一郎・奥彩子・桐山大介・小松真帆・平塚隼介・山辺弦訳，沼野充義解説，国書刊行会，2011 年）

——. *How to Read World Literature*. Oxford: Wiley Blackwell, 2d ed., 2018.

——. *Comparing the Literatures: Literary Studies in a Global Age*. Princeton: Princeton University Press, 2020.

Danly, Robert Lyons. *In the Shade of Spring Leaves: The Life of Higuchi Ichiyo, with Nine of Her Best Stories*. New York: W. W. Norton, new ed., 1992.

Davis, Rocío G. "Imaginary Homelands Revisited in the Novels of Kazuo Ishiguro." *Miscelánea* 15 (1994), 124–140.

Denecke, Wiebke. *Classical World Literatures: Sino-Japanese and Greco-Roman omparisons*. Oxford: Oxford University Press, 2013.

Dening, Walter. "Japanese Modern Literature." In E. Delmar Morgan, ed., *Transactions of the 9th International Congress of Orientalists (held in London, 5th to 12th September 1892)*. London: International Congress of Orientalists, 1893, 2: 642–667.

Detienne, Marcel. *Comparer l'incomparable* (2000). *Comparing the Incomparable*, trans. Janet Lloyd. Stanford: Stanford University Press, 2008.

Eliot, T. S. "The Unfading Genius of Rudyard Kipling." *The Kipling Journal* 26 (1959), 11–12. Repr. in Elliot L. Gilbert, ed., *Kipling and the Critics*. New York: NYU Press, 1965, 118–123.

Étiemble, René. *Comment lire un roman japonais: Le Kyôto de Kawabata*. Paris: Eibel-Fanlac, 1980.

——. *The Crisis in Comparative Literature*, trans. Herbert Weisinger and Georges Joyaux. East Lansing: Michigan State University Press, 1966.

Faye, Eric. "De Proust à Mishima." *SJLLF* (La Société japonaise de langue et littérature françaises) 105 (2014), 25–40.

Friederich, Werner: "On the Integrity of Our Planning." In Haskell Block, ed., *The Teaching of World Literature*. Chapel Hill: University of North Carolina Press, 1960, 9–22.

Furst, Lilian R. "Memory's Fragile Power in Kazuo Ishiguro's *Remains of the Day* and W. G. Sebald's "Max Ferber"." *Contemporary Literature* XLVIII, 4 (2007), 530–553.

Gardner, Helen, ed. *The New Oxford Book of English Verse 1250–1950*. New York and Oxford: Oxford University Press, 1972.

Genz, Julia. "Yoko Tawadas Poetik des Übersetzens am Beispiel von *Überseezungen*." *Études Germaniques* 65: 3 (2010), 467–482.

Gerlini, Eduardo. *The Heian Court Poetry as World Literature: From the Point of View of Early Italian Poetry*. Florence: Firenze University Press, 2014.

Girard, René. *Deceit, Desire and the Novel: Self and Other in Literary Structure*, trans. Yvonne Freccero. Baltimore: Johns Hopkins University Press, 1976.（ルネ・ジラール『欲望の現象学――ロマンティークの虚偽とロマネスクの真実』古田幸男訳，法政大学出版局，1971 年）

Gogol, Nikolai. "The Diary of a Madman" and "The Nose." In *The Collected Tales of Nikolai Gogol*, trans. Richard Pevear and Larissa Volokhonsky. New York: Vintage, 1998, 279–326.（ニコライ・ゴーゴリ「狂人日記」「鼻」，『ゴーゴリ全集第三巻』横田瑞穂訳，河出書房新社，1976 年）

Graham, A. C., ed. and trans. *Poems of the Late T'ang*. Harmondsworth: Penguin, 1965.

Hammer, Langdon. *James Merrill: Life and Art*. New York: Knopf, 2015.

Herder, Johann Gottfried. *Briefe zu Beförderung der Humanität*, ed. Hans Dietrich Irmscher. In *Werke*, eds. Martin Bollacher et al., vol. 7. Frankfurt am Main:

Deutscher Klassiker Verlag, 1991.

Higuchi Ichiyo. "Separate Ways." In Danly, *In the Shade of Spring Leaves*, 288–295.

Hirakawa, Sukehiro. "Japanese Culture: Accommodation to Modern Times." *Yearbook of Comparative and General Literature* 28 (1979), 46–50.

Hô Shun'yô "Akutagawa Ryûnosuke to Ro Jin [Lu Xun]: 'Konan no ôgi' to 'Kusuri' o chûshin to shite." In Yasukawa Sadao Sensei Koki Kinen Ronbunshû Iinkai, ed., *Yasukawa Sadao sensei koki kinen: Kindai Nihon bungaku no shosô*. Tokyo: Meiji Shoin, 1990, 235–247.

Hu Shih. *An Autobiographical Account at Forty*. In Li Tu-ning, ed., *Two Self-portraits: Liang Chi-ch'ao and Hu Shih*. New York: Outer Sky Press, 1992, 32–188.

——. "A Preliminary Discussion of Literary Reform." In Theodore de Bary and Richard Lufrano, eds., *Sources of Chinese Tradition, Volume II: From 1600 Through the Twentieth Century*. New York: Columbia University Press, 1999, 357–359.

Ikan Hozumi, Preface to *Souvenirs of Naniwa*, trans. Michael Brownstein. In David Damrosch et al., eds., *The Longman Anthology of World Literature*. New York: Pearson Longman, 2004, vol. D, 68–71.

Ishiguro, Kazuo, and Kenzaburo Oe. "The Novelist in Today's World: A Conversation." *boundary* 2 18: 3 (1991), 109–122.

Ingalls, Daniel H.H. et al., eds. and trans. *The Dhvanyāloka of Anandavardhana with the Locana of Abhinavagupta*. Cambridge, MA: Harvard University Press, 1990.

Jones, Sumie. "Vanishing Boundaries: Translation in a Multilingual World." *Yearbook of Comparative and General Literature* 54 (2008), 121–134

Joyce, James. *Dubliners*. New York: Viking, 1962.（ジェイムズ・ジョイス『ダブリナーズ』柳瀬尚紀訳，新潮文庫，2009 年）

——. *Selected Letters of James Joyce*, ed. Richard Ellmann. London: Faber and Faber, 1975.

Kālidāsa. *Śakuntalā and the Ring of Recollection*, trans. Barbara Stoler Miller. In Miller, ed., *Theater of Memory: The Plays of Kālidāsa*. New York: Columbia University Press, 1984, 85–176.（カーリダーサ『シャクンタラー姫』辻直四郎訳，岩波書店，1977 年）

Keats, John. *Keats*, ed. Howard Moss. New York: Dell, 1959.（『キーツ詩集』中村健二訳，岩波書店，2016 年）

Keene, Donald, ed. *Anthology of Japanese Literature from the Earliest Era to the Mid-Nineteenth Century*. New York: Grove Press, 1955.

Kim Jae-yong. "From Eurocentric World Literature to Global World Literature." *Journal of World Literature* 1: 1 (2016), 63–67.

Kipling, Rudyard. *Something of Myself: For My Friends Known and Unknown*. Garden City, NY: Doubleday, Doran & Co., 1937.

——. *Complete Verse: Definitive Edition*. New York: Anchor Books, 1989.

——. *Kim: Authoritative Text, Backgrounds, Criticism*, ed. Zohreh T. Sullivan. New York: W. W. Norton, 2002.（ラドヤード・キプリング『少年キム』斎藤兆史訳，ちくま文庫，2010 年）

——. *Plain Tales from the Hills*, ed. Kaori Nogai. London: Penguin, 2011.

Klawitter, Arne. "Ideofonografie und transkulturelle Homofonie bei Yoko Tawada." *Arcadia* 50: 2 (2015), 328-342.

Kurosawa, Akira. *Something Like an Autobiography*, trans. Audie Bock. New York: Vintage, 1983.

Lewis, C. S. "Kipling's World." In Elliot L. Gilbert, ed., *Kipling and the Critics*. New York: NYU Press, 1965, 99-117.

Li Qing-yu. "'What Happens after Nora Leaves Home': A Discussion on the Extension of Lu Xun's Thoughts in the Novels of Eileen Chang." In *Journal of Guangxi Teachers Education University* 2014: 3. Online at http://en.cnki.com.cn/Article_en/CJFDTotal-SYXI201403018.htm

Lu Xun. "Preface to *Outcry*," "Diary of a Madman," and *"The Real Story of Ah-Q."* In *The Real Story of Ah-Q and Other Tales of China: The Complete Fiction of Lu Xun*, trans. Julia Lovell. London and New York: Penguin, 2009, 15-31, 79-123.（魯迅『魯迅全集』全 20 巻，伊藤正文・山田敬三・小南一郎・丸山昇・蘆田肇・藤井省三・小谷一郎訳，学習研究社，1984-86 年）

Marx, Karl, and Friedrich Engels. *Manifesto of the Communist Party*, trans. Samuel Moore. In *Great Books of the Western World, Volume 50: Marx*. Chicago: Encyclopedia Britannica, 1952, 415-434.（カール・マルクス，フリードリヒ・エンゲルス『共産党宣言』大内兵衛・向坂逸郎訳，岩波文庫，2007 年改版）

Mason, Gregory. "An Interview with Kazuo Ishiguro." *Contemporary Literature* 30: 3 (1989), 334-347.

Matsunaga, Miho. "Schreiben als Übersetzung: Die Dimension der Übersetzung in den Werken von YokoTawada." *Zeitschrift für Germanistik*, Neue Folge 12: 3 (2002), 532-546.

McGrath, Charles. "Lost in Translation? A Swede's Snub of U.S. Lit." *The New York Times*, October 4, 2008.

Merrill, James. "Prose of Departure." *The Inner Room*. New York: Knopf, 1988, 51-72.

Mishima, Yukio. *Spring Snow*, trans. Michael Gallagher. New York: Knopf, 1972.

——. *Runaway Horses*, trans. Michael Gallagher. New York: Knopf, 1973.

——. *The Temple of Dawn*, trans. E. Dale Saunders and Cecelia Segawa Seigle. New York: Knopf, 1973.

——. *The Decay of the Angel*, trans. Edward G. Seidensticker. New York: Knopf, 1974.

Molière, Jean-Baptiste Poquelin. *The Would-be Gentleman (Le Bourgeois Gentilhomme)*. In *Five Plays*, trans. John Wood. Baltimore: Penguin, 1953, 1-62.（モリエール『町人貴族』秋山伸子訳，『モリエール全集 8』ロジェ・ギシュメール，廣田昌義・秋山伸子編，臨川書店，2001 年）

Moretti, Franco. "The Slaughterhouse of Literature." *Modern Language Quarterly* 61: 1 (2000), 207-28. Repr. in *Distant Reading* 63-90.（フランコ・モレッティ「文学の屠場」今井亮一訳，『遠読――〈世界文学システム〉への挑戦』上掲書，所載）

——. "Conjectures on World Literature" (2000) and "More Conjectures" (2004). *New Left Review* n.s. 1 (2000): 54-68 and 20 (2003): 73-81. Repr. in Moretti, *Distant*

*Reading*. London: Verso, 2013, 43–62, 107–120.（フランコ・モレッティ「世界文学への試論」「さらなる試論」秋草俊一郎訳，『遠読――〈世界文学システム〉への挑戦』，秋草俊一郎・今井亮一・落合一樹・高橋知之訳，みすず書房，新装版，2024 年，所載）

Murakami, Haruki. *Kafka on the Shore*, trans. Philip Gabriel. New York: Knopf, 2005.

——. "The Birth of My Kitchen-Table Fiction." In *Wind/Pinball: Two Novels*, trans. Ted Goossen. New York: Vintage, 2015, vii–xvii.

——. "Scheherazade," trans. Ted Goossen. *The New Yorker*, October 13, 2014. Online at https://www.newyorker.com/magazine/2014/10/13/scheherazade-3. Repr. in *Men Without Women*. New York: Knopf, 2017.

Murakami Ryu. *In the Miso Soup*, trans. Ralph McCarthy. New York: Penguin, 2003.

Murakami, Takayuki Yokota . *Don Juan East/West: On the Problematics of Comparative Literature*. Albany: State University of New York Press, 1998.

Murasaki Shikibu. *The Tale of Genji*, trans. Edward G. Seidensticker. New York: Random House, 2 vols., 1976.

Nobel Prize Committee, Kenzaburo Oe citation. https://www.nobelprize.org/nobel_prizes/literature/laureates/1994/

Norbu, Jamyang. *The Mandala of Sherlock Holmes: The Adventures of the Great Detective in India and Tibet*. New York: Bloomsbury, 2003. First published by HarperCollins Publishers India, New Delhi, 1999.（ジャムヤン・ノルブ『シャーロック・ホームズの失われた冒険』東山あかね・熊谷彰訳，河出書房新社，2004 年．ただし本文で言及されている部分は割愛されている）

——. *Shadow Tibet: Selected Writings 1989–2004*. New Delhi: Bluejay Books, 2006.

Oe Kenzaburo. "Japan, the Ambiguous, and Myself." https://www.nobelprize.org/prizes/literature/1994/oe/lecture/

Owen, Stephen. *Traditional Chinese Poetry and Poetics: Omen of the World*. Madison: University of Wisconsin Press, 1985.

——, ed. *An Anthology of Chinese Literature: Beginnings to 1911*. New York: W. W. Norton, 1997.

Perlowski, Jan. "On Conrad and Kipling." *Conrad through Familial Eyes*, ed. Zdzislaw Najder. Cambridge: Cambridge University Press, 1983, 150–169.

Pizarnik, Alejandra. *Obras Completas: Poesía y Prosa*, ed. Cristina Piña. Buenos Aires: Corregidor, 1994.

——. *Extracting the Stone of Madness: Poems 1962–1972*, trans. Yvette Siegert. New York: New Directions, 2016.

Pollock, Sheldon. "Comparison without Hegemony." In Hans Joas and Barbro Klein, eds., *The Benefit of Broad Horizons: Intellectual and Institutional Preconditions for a Global Social Science*. Leiden: Brill, 2010, 185–204.

Poole, Steven. "Haruki Murakami: 'I'm an Outcast of the Japanese Literary World.'" *The Guardian*, 13 September 2014. Online at https://www.theguardian.com/books/2014/sep/13/haruki-murakami-interview-colorless-tsukur-tazaki-and-his-years-of-pilgrimage

Posnett, Hutcheson Macaulay. *Comparative Literature*. London: Kegan Trench, 1886.

Pound, Ezra. "A Few Don'ts from an Imagiste." *Poetry*, March 1913, 200–206. Online

at https://www.poetryfoundation.org/poetrymagazine/issue/70323/march-1913
——. "In a Station of the Metro." *Poetry*, April 1913, 12. Online at https://www.poetryfoundation.org/poetrymagazine/issue/70324/april-1913（エズラ・パウンド「地下鉄のとある駅の中で」夏石番矢訳，『パウンド詩集』城戸朱里編，思潮社，1998年）

Pramoj, Kukrit. *Four Reigns*, trans. Tulachandra. Chiang Mai, Thailand: Silkworm Books, 1981.（ククリット・プラモート『王朝四代記』全5巻，吉川敬子訳，井村文化事業社，1980–82年）

——. *Many Lives*, trans. Meredith Borthwick. Chiang Mai, Thailand: Silkworm Books, 1999.（ククリット・プラモート『幾多の生命』レヌーカ・M訳，井村文化事業社，1981年）

Proust, Marcel. *Remembrance of Things Past*, Volume One: *Swann's Way; Within a Budding Grove*, trans. C. K. Scott Moncrieff and Terence Kilmartin. New York: Vintage, 1998.（プルースト『失われた時を求めて1　スワン家のほうへI』吉川一義訳，岩波文庫，2010年）

Rushdie, Salman. "The Dunyazát." *The New Yorker*, 1 June 2015, 62–67.

——. *East, West*. London: Vintage, 1995.（サルマン・ラシュディ『東と西』寺門泰彦訳，平凡社，1997年）

——. *Haroun and the Sea of Stories*. London: Penguin, 1991.（サルマン・ラシュディ『ハルーンとお話の海』青山南訳，国書刊行会，2002年）

——. "Imaginary Homelands." In *Imaginary Homelands: Essays and Criticism 1981–1991*. London: Penguin, rev. ed. 1992, 9–27.

——. "My Family Values." *The Guardian*, 15 December 2012. Online at https://www.theguardian.com/lifeandstyle/2012/dec/15/salman-rushdie-my-family-values

Said, Edward W. "The Pleasures of Imperialism." In *Culture and Imperialism*. New York: Vintage, 1994, 133–162.（エドワード・サイード「帝国主義の楽しみ」『文化と帝国主義1』大橋洋一訳，みすず書房，1998年，所載）

Sappho. "To me it seems," trans. Diana J. Rayor. In Mary Ann Caws et al., eds., *The HarperCollins World Reader*. New York: HarperCollins, 1994, 304–305.（サッフォー「恋の衝撃」，沓掛良彦『サッフォー——詩と生涯』平凡社，1988年）

Shirane, Haruo. Introduction to Bashō. In *The Longman Anthology of World Literature*, eds. David Damrosch et al. New York: Longman, 2004, vol. D, 409–410.

——, ed. *Early Modern Japanese Literature: An Anthology, 1600–1900*. New York: Columbia University Press, 2004.

Sidney, Sir Phillip. *The Defense of Poesy*. In Michael Payne and John Hunter, eds., *Renaissance Literature: An Anthology*. Oxford: Blackwell, 2003, 501–526.（サー・フィリップ・シドニー「詩の擁護」，『シドニー作品集1　シドニーの詩集・詩論・牧歌劇』大塚定徳・村里好俊訳著，大阪教育図書，2016年，所載）

Stevenson, Barbara, and Cynthia Ho. *Crossing the Bridge: Comparative Essays in Medieval European and Heian Japanese Women Writers*. New York: Palgrave, 2000.

Szentivanyi, Christina. "'Anarchie im Mundbereich': Übersetzungen in Yoko Tawadas *Überseezungen*." In Vittoria Borsò und Reinhold Goerling, eds., *Kulturelle Topographien*. Stuttgart: Metzler, 2004, 347–360.

Tawada, Yoko. *Etüden im Schnee*. Tübingen: Konkursbuch Verlag Claudia Gehrke, 2014, trans. Susan Bernofsky as *Memoirs of a Polar Bear*. New York: New Directions, 2016.

——. *Verwandlungen: Tübinger Poetik-Vorlesungen*. Tübingen: Konkursbuch Verlag Claudia Gehrke, 1998.

——. *Überseezungen: Literarische Essays*. Tübingen: Konkursbuch Verlag Claudia Gehrke, 2002.

——. "Metamorphosen der Personennamen." In *Sprachpolizei und Spielpolyglotte*. Tübingen: Konkursbuch Verlag Claudia Gehrke, 3rd ed. 2008, 91–103.

Tobias, Shani. "Tawada Yoko: Translating from the 'Poetic Ravine'." *Japanese Studies* 35: 2 (2015), 169–183.

Toer, Pramoedya Ananta. *The Buru Quartet: This Earth of Mankind, Child of All Nations, Footsteps*, and *House of Glass*, trans. Max Lane. London and New York: Penguin, 1996–1997.（プラムディヤ・アナンタ・トゥール『人間の大地　上・下』押川典昭訳，めこん，1986 年，『すべての民族の子　上・下』押川典昭訳，めこん，1988 年，『足跡』押川典昭訳，めこん，1998 年，『ガラスの家』押川典昭訳，めこん，2007 年）

Treisman, Deborah. "This Week in Fiction: Haruki Murakami." *The New Yorker, October 13, 2014*. Online at https://www.newyorker.com/books/page-turner/fiction-this-week-haruki-murakami-2014-10-13

Tyler, Royall. Introduction to Murasaki Shikibu, *The Tale of Genji*, trans. Royall Tyler. New York: Viking, 2 vols., 2001, xi–xxix.

Valmiki. *Ramayana. Book One: Boyhood*, trans. Robert P. Goldman. Clay Sanskrit Library. Cambridge, MA: Harvard University Press, 2005.（ヴァールミーキ『新訳　ラーマーヤナ 1-7』中村了昭訳，平凡社，2012–13 年）

Venuti, Lawrence. *Translation Changes Everything: Theory and Practice*. Abingdon and New York: Routledge, 2013.

Vorda, Allan, and Kim Herzinger. "An Interview with Kazuo Ishiguro." *Mississippi Review* 20: 1–2 (1991), 131–154.

Walkowitz, Rebecca. *Born Translated: The Contemporary Novel in the Age of World Literature*. New York: Columbia University Press, 2015.（レベッカ・L・ウォルコウィッツ『生まれつき翻訳——世界文学時代の現代小説』田尻芳樹・秦邦生訳，佐藤元状・吉田恭子監訳，松籟社，2021 年）

Warren, William. "Cool Hand in Thailand." *New York Times*, October 5, 1975. Online at http://www.nytimes.com/1975/10/05/archives/cool-hand-in-thailand.html

Wells, H. G. *Experiment in Autobiography: Discoveries and Conclusions of a Very Ordinary Brain (since 1866)*. New York: Macmillan, 1934.

Woolf, Virginia. "Mr. Conrad: A Conversation." *The Captain's Death Bed and Other Essays*. New York: Harcourt Brace Jovanovich, 1978, 76–81.

——. "Mr. Bennett and Mrs. Brown." *The Captain's Death Bed and Other Essays*. New York: Harcourt, Brace, 1950, 94–119.（ヴァージニア・ウルフ「ベネット氏とブラウン夫人」『ヴァージニア・ウルフ著作集 7』朱牟田房子訳，みすず書房，1976 年，所載）

Wordsworth, Dorothy. *Journals of Dorothy Wordsworth*, ed. Mary Moorman. Oxford:

Oxford University Press, 2d ed., 1988.（メアリ・ムアマン編『ドロシー・ワーズワスの日記』藤井綏子訳，海鳥社，1989年）

Wordsworth, William. *Selected Poems and Prefaces*, ed. Jack Stillinger. Boston: Houghton Mifflin, 1965.（『ワーズワース詩集』田部重治選訳，岩波文庫，1950年）